커피밭 사람들, 그 후 20년

지은이 **림수진**

전북 익산에서 태어났다. 어려서 관광버스 운전수가 되길 간절히 꿈꾸었는데, 어쩌다 보니 지리학자가 되었다.
다행히, 맘에 든다. '지리학자라면, 나고 자란 곳으로부터 가장 멀리 가야 한다'라는 말에 힘입어 서른 살이 되
었을 때 라틴아메리카로 건너왔다. 금방 돌아갈 줄 알았는데, 여전히 라틴아메리카에 살고 있다. 이곳저곳 떠
돌다가 10여 년 전, 멕시코의 작은 시골 마을에 터를 잡았다. 이곳 멕시코에서 해가 뜨면 산책을 하고 낮에는 일
을 하고 해가 지면 조용히 지구가 자전하는 소리를 기록하며 살아간다. 2006년 이후 멕시코 콜리마주립대학교
Universidad de Colima 정치사회과학대학Facultad de Ciencias Politicasy Sociales 교수로 재직 중이다.

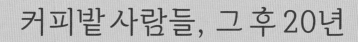

커피밭 사람들, 그 후 20년

커피의 쓴맛이 시작되는 곳의 삶에 대하여 | 림수진 지음

그린비

코스타리카 중앙은행 앞에 선 조형물. 이 나라 사람들을 형상화했다. 주변국 국민들에 비해 체구가 왜소한 모습이 반영되어 있다. 이 안에 한때 이 나라 경제의 주축으로 활약했던 커피밭 사람들이 있을 것이다.

별일 아닌 듯 살아가는 커피밭 사람들, 그 후

첫 번째 『커피밭 사람들』을 낸 때가 2011년, 햇수로 14년 만에 다시 글을 쓴다.

2001년, 나는 코스타리카로 갔다. 오로지 논문을 쓰겠다는 목적을 안고서. 한 번도 가보지 않은, 아는 사람이 한 명도 없는, 나와 관련한 그 어떤 소속도 없는 그런 곳에 간다고 하니 주변 사람 모두가 만류했다. 그래도 나는 갔다. 돌이켜 보니 아찔하다.

코스타리카에서 사람들을 만났다. 커피밭에서 삶을 살아가는 이들이었다. 그 당시 나는 통계나 설문, 이론을 차용하지 않은 논문을 쓰고 싶었다. 그래서 그들의 삶을 엿보기 시작했고 그들의 이야기를 듣기 시작했다. 내 생각이 옳은지, 내가 가는 길이 맞는지 알 수 없었지만 시간의 흐름을 믿어 보기로 했다. 사실, 믿을

게 그거 하나밖에 없었다. 망하더라도 잃을 게 별로 없다고 애써 스스로를 다독였다. 완전히 망한다 해도 기껏 2~3년 정도 에둘러 가는 거라고 생각했다. 그곳에서 죽지만 않으면 된다고 생각했다. 죽지 않고 살아난다면, 그 길이 곧 내가 가야 할 길이라고 확신하기로 했다.

커피밭 사람들이 내게 내밀어 준 첫 손을 잡았을 때 그들과의 인연이 이렇게 오래갈 것이라고는 생각하지 못했다. 짧으면 2년, 길어야 3년이라고 여겼다. 살짝 엿보고 빠져나오자는 얄팍한 계산이었다. 얼추 논문 쓸 만큼 자료가 모이면 다시 이곳에 올 일이 없을 것이라고 생각했다.

커피밭에서 살아가던 순간순간 나는 탈출을 꿈꿨다. 논문이 아니라면 애초에 올 일 없었던 곳이라고, 논문 쓸 자료만 모으면 뒤도 아니 돌아보고 내 살던 곳으로 돌아가리라고, 돌아가서 더위와 추위, 모기, 배고픔 따위와 싸우지 않고 평화롭게 살아가리라고 하루에도 몇 번씩 다짐했다. 그런데 정작 논문에는 커피밭 사람들의 이야기를 싣지 못했다. 그리고 2~3년이면 족할 것이라 여겼던 일에 나는 20년 넘게, 여전히 매달려 있다.

그들에 대해 글을 쓰기 시작한 것은 미안함 때문이었다. 커피밭 사람들이 내게 준 것만큼 돌려줄 것이 내게는 없었다. 세상의 막장이라 불릴 만한 그곳 커피밭에서 나는 약자였다. 그들만큼 일을 잘하지 못했기에 그들만큼 하루 일당을 벌지 못했다. 몸조차 여물지 못했다. 한마디로 불량 노동자였다.

그런 나를 위해 가진 것 없는 그들은 자신들의 것을 아낌없이 내줬다. 음식과 잠자리와 그들의 삶을 나눠 주었다. 그리고 내가 그곳에서 잘릴까 봐 전전긍긍하며 나를 걱정해 줬다. 그들에게 미안했다. 나에게는 돌아갈 곳이 있다고, 그곳은 이곳과는 비교도 되지 않을 만큼 풍요롭고 깨끗하고 안전한 곳이라고, 나는 평생 당신들과 같은 삶을 살지 않을 것이라고, 지금 이곳에서의 내 삶은 잠시 잠깐의 각본에 의한 것이라고, 감히 고백할 수 없었다.

서로를 믿을 수 있을 만큼 시간이 흘렀을 때 큰맘 먹고 몇 번 그들에게 고백을 했지만, 그들은 도통 나의 고백을 믿지 않았다. 내가 살아온 세상이 그들의 이해 바깥에 있었기 때문일 것이다. 알아야 믿을 수 있다. 그런데 나의 고백에는 그들이 알지 못할 말들이 너무 많이 들어가 있었다. 대한민국이라니, 대학원이라니, 게다가 논문을 쓰기 위해 이곳까지 왔다니. 나의 고백에 깃든 모든 말이 그들에게는 외계어보다 더 이상하게 들렸을 것이다.

유야무야 시간이 흐르고 마음에 빚이 쌓였다. 어떻게든 그 빚을 덜고 싶었다. 그곳에서 만난 누구든, 좋은 식당에서 인간 대 인간으로 좋은 밥 한 끼 대접하며 정성과 최선을 다해 이실직고하고 싶었다. 그들이 믿든 안 믿든, 그것이 내가 해야 할 일이라고 생각했다. 그들에게 이런 세상도 있다고 보여 주고 싶었다. 어찌 보면 내가 마음에 진 빚을 터는 가장 쉬운 방법이기도 했다. 그런데 그러지 못했다. 그들도 나도 떠도는 삶을 살고 있었다. 정들만 하면 헤어졌고 겨우 다시 만나면 다시 또 헤어지기 일쑤였다.

커피밭 사람들에 대해 글을 쓰기 시작한 것은 그 때문이었다. 내가 당신들에게 더없는 고마움을 입었노라고. 거기에 더하여 세상이 당신들을 좀 알아줬으면 좋겠다고. 이 세상에서 커피가 그토록 극진한 대접을 받는데, 당신들의 삶도 좀 그랬으면 좋겠다고. 당신들의 이야기를 글로 기록하다 보면 이 세상이 당신들에게 조금이라도 더 친절해지지 않겠느냐고. 대한민국 어디에서든 마실 수 있는 커피 한 잔에 녹아 있는 당신의 고단한 삶을 더 많은 사람이 알면 좋겠다고 생각했다. 글로라도, 그렇게 커피밭 사람들에게 입은 고마움의 빚을 덜고 싶었다.

그런데 웬걸, 갈수록 빚이 는다. 아무 때고 불쑥 찾아드는 나를 그들은 늘 한결같이 받아 준다. 삶이 한없이 시린 와중에도 어느 날 불쑥 방문한 나를 걱정하고 위로한다. 빚 갚자고 하는 일인데 빚이 자꾸 느니, 아무래도 이 빚을 털기는 영 틀린 듯하다.

어쩌다 보니 20년이 흘렀다. 사실 30년, 40년까지는 자신 없다. 하지만 다시 또 시간은 흘러갈 것이다. 끝이 언제일지 모르겠으나 신이 내게 허락하는 그때까지, 혹은 신이 그들에게 허락하는 그때까지, 아무래도 나는 그들의 삶을 기록해야 할 것 같다. 이 일이 '무슨 의미가 있을까?'라고 더 이상 묻지 않는다.

첫 번째 『커피밭 사람들』에 등장했던 이들 중 대부분이 이제는 더 이상 커피밭에서 일하지 않는다. 그럼에도 2000년이 막 시작되던 당시 커피밭에서 일을 했던 사람들의 삶이 이후로 어떻게 전개되었는지, 그리고 그다음 세대의 삶이 어떻게 펼쳐지는지를 나는 기록할 것이다. 그렇게 해서 아프고 시린 그들의 이야기가 조금이라도 이 세상으로 건너올 수 있다면, 그리고 그런 삶을 별일 아닌 듯 살아가는 그들의 내공이 이 세상에 남겨질 수 있다면 이 기록의 의미는 충분할 것 같다. 어쩌면, 계속하여 그들에게 질 빚이 늘어 가겠지만, 아무래도 그리해야 할 것 같다.

차례

● 커피밭 사람들과 만난 곳

중앙아메리카 지도

미국
마이애미
북대서양
멕시코
쿠바
도미니카
공화국
카리브 해
과테말라 온두라스
니카라과
코스타리카 파나마
베네수엘라
가이아나 프랑스령
기아나
수리남
콜롬비아
에콰도르
브라질
페루

과니
(GUAN

니카라과 지도

온두라스

북아틀란티코 자치구
(Región Autónoma
Atlántico Norte)

누에바세고비아
(Nueva Segovia)
히노테가
(Jinotega)
마드리스
(Madriz)
니카라과
에스텔리
(Estelí)
치난데가
(Chinandega)
레온
(León)
마타갈파 (Matagalpa)

남아틀란티코 자치구
(Región Autónoma
Atlántico Sur)

보아코

마나과
(Managua)
촌탈레스
(Chontales)

리바스
(Rivas)
리오 산후안
(Rio San Juan)

코스타리카

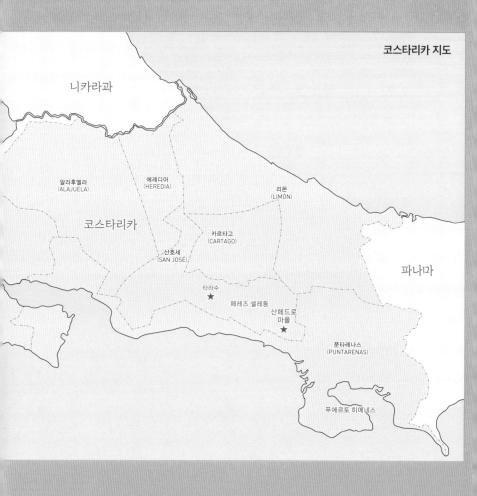

코스타리카 지도

니카라과

알라후엘라
(ALAJUELA)

에레디아
(HEREDIA)

리몬
(LIMÓN)

코스타리카

카르타고
(CARTAGO)

산호세
(SAN JOSÉ)

★ 타라수

페레즈 셀레동

산페드로
마을
★

파나마

푼타레나스
(PUNTARENAS)

푸에르토 히메네스

오래전, 커피밭 사람들

몬타냐

23년 전, 수업 시간에 본 사진 한 장이 발단이었다.

초로의 부부가 어지간히 큰 자루를 등에 진 채 걸어가는 모습이 담긴 사진이었다. 자루의 무게에 눌린 듯, 그들의 등은 땅을 향해 잔뜩 굽어 있었다. 자루 안에 든 것이 커피라고 했고 커피를 따는 그들이 하루에 벌 수 있는 돈은 미화로 3달러 혹은 4달러 정도라고 했다. 커피 한 잔 값에도 미치지 못하는 돈이었다. 대한민국에 지금 같은 커피 열풍이 불기 한참 전의 일이었지만, 그 시절 기준으로도 커피 한 잔 값에 미치지 못하는 돈이었다. 커피가 정의롭거나 공의로워야 한다는 당위 역시 생소하던 시절이었다.

그들을 만나고 싶었다.

물론, 쉽지 않은 일이었다. 작은 정보라도 얻기 위해서는 인터넷 대신 도서관이 훨씬 수월하고 유리한 시절이었다. 도서관에 틀어박혀 커피에 관련된 책들을 찾아 읽었다. 그 안에 라틴아메리카 국가들의 무수한 흥망성쇠가 녹아 있었고, 그곳에 살아가는 이들의 삶 역시 이 세상 커피 소비와 먼 듯 가까운 듯 어지럽고 복잡하게 얽혀 있었다. 어렴풋이 그들의 삶과 나의 삶이 커피 한 잔 안에 닿아 있음을 감으로 알 수 있었다.

일단, 가서 보기로 했다. 그렇게 시작된 일이다. 20여 년이 훌쩍 지난 지금까지 이들의 삶에 내 시선을 두고 살아가게 될지 전혀 생각하지 못한 일이었다.

2001년, 코스타리카로 날아갔다. 그곳에 가기만 하면 당장에라도 커피밭에서 커피 따는 이들을 만날 수 있을 것 같았다. 물론, 장고 끝에 내린 결정이었으나 '그곳으로 간다'는 사실 외에 정해진 것은 아무것도 없었다. 지도상에나 있을 것 같던 나라에 닿기까지, 하마터면 포기할 뻔했던 마음의 순간들이 촘촘하게 이어졌다. 나를 아는 모든 사람들이 나의 코스타리카행을 뜯어 말렸다. 그곳에 가야 한다고 주장하는 사람은, 이 세상에 나 혼자뿐이었다.

라틴아메리카는 여전히 생소한 곳이었고 한 번 오가는 것이 만만치 않던 시절이었다. 게다가 9·11 테러가 난 직후 그해 가을, 미국을 경유해야 하는 코스타리카행은 쉽지 않았다. 미국의 모든 공항에서는 중화기로 무장한 군인들이 승객들을 삼엄하게 경계하며 감시했다. 공항 밖으로 길게 늘어선 줄이 조금만 느슨해지거나 흐트러져도 군인들은 자신의 화기를 들어 겨누며 거친 명령을 내뱉었다. 미국인이 아닌 이상, 라틴아메리카를 오고 가는 사람들은 모두가 잠재적 테러리스트로 취급되고 있었다.

차가운 가을비가 내리는 새벽, 미국의 JFK 공항 밖으로 길게 늘어선 사람들 가운데 내가 있었다. 그러나 누구도 차디찬 새벽 공항 밖 사람들이 비에 젖는 것을 괘념치 않았고 비를 맞고 선 사람들 역시 잔뜩 웅숭그릴 뿐 가벼운 항변 한마디 하지 않았다. 같은 미국 안이었지만 군인들의 거친 태도를 그대로 받아 내고도 말 한마디 하지 못하는 곳, 그곳이 바로 라틴아메리카였다. 그제서야 내가 라틴아메리카에 발을 들여 놓고 있음을 실감했다.

살벌하기 짝이 없는 미국으로부터 대여섯 시간을 날아 코스타리카에 도착했지만, 아무리 봐도 미친 짓이었다. 사진 한 장 보고 그 사람들을 찾겠다고 머나먼 이곳까지 오다니, 헛웃음이 났다. 커피밭은 고사하고 당장 그날 묵을 숙소도 정해지지 않은 상황이었다. 코스타리카 공항이 마치 내 여정의 최종 목적지인 양, 그곳에 닿고 나니 더는 갈 곳이 없었다. 그제서야 미국에서 사 온 여행 책자를 뒤적여 다운타운에 있는 여관 한 곳을 찍었다. 겨우 공항 너머 새로운 목적지가 생긴 셈이었다.

호텔 존슨Hotel Johnson. 가까스로 공항에서 산호세 시내 여관까지 목적지를 연장했지만 그곳은 도무지 잠을 청하거나 쉴 만한 곳이 아니었다. 호텔이라는 이름을 달기는 했지만, 사실 여관도 아닌 여인숙에 가까운 숙소였다. 택시에서 내려 그곳으로 들어가기 위해서는 길에 널브러진 노숙자들을 경중경중 건너 뛰어야 하는 곳이었다. 택시 안에서 여행책자를 뒤져 대충 찍은 숙소. 그곳에 가자고 했을 때 어쩐지 택시 기사가 난감해 하더라니, 어쩐지 여관비가 싸다 했더니, 숙소가 위치한 곳은 코스타리카의 수도 산호세에서 가장 위험한 지역이었다.

짐을 던져두고 나와서, 걸었다. 낮 시간이었음에도 시내 공원에 사람들이 북적거렸다. 대부분 젊은 사람들이었다. 참 신기한 풍경이었다. 그때만 해도 우리나라에서는 노동력이 있는 사람들이라면 낮 시간에 당연히 일터에 있어야 하는 것이 정상이었다. 대한민국 어디에서도 평일 낮에 그토록 많은 사람들을 보기 힘든 시절이었다. 그 풍경이 코스타리카뿐 아니라 라틴아메리카 대부분 국가에 만연한 실업의 한 단면이란 사실을 나중에 알게 되었다. 어찌나 사람들이 북적거리는지 명절 대목장에 온 기분이었다. 낯선 풍경과 낯선 말들이 난무하는 그곳에서 도무지 정신을 차릴 수 없었다. 방향감조차 없이 걷다가 만난 맥도날드 간판이 구세주처럼 반가웠다. 맥도날드에 들어가 겨우 숨을 돌리며 생각했다. 당장 내일 돌아가겠다고.

그런데 삶은, 딱 하루하루 포기하고 싶은 마음을 이길 수 있을 만큼의 힘으로 이어졌다. 그렇게 나는 코스타리카에 남았다. '몬타냐'라는 이름과 함께.

　　　　　　　　　　　　　　　　프롤로그 오래전, 커피밭 사람들

커피밭 사람들

몬타냐! 나중에야 알게 되었다. 이 이름이 얼마나 우스꽝스럽고 엉뚱한지를. 애석하게도 스페인어권에서 내 이름 '수진'은 발음하기가 결코 만만치 않다. 스페인어 알파벳 J는 'ㅎ'으로 발음되기에 열이면 열, 나를 수진 대신 수힌으로 불렀다. 굳이 신분을 밝힐 생각도 없었다. 신분을 밝힌다 한들, 내 신분 뒤에 나를 보호해 줄 장치가 전무했다. 하여 그냥 성으로 이름을 대신하기로 했다.

수풀 림. 나무 두 그루가 함께 선 모양이니, 정확히 말하면 '두 그루 나무'가 되어야 할 것인데 애석하게도 코스타리카에는 Dos Pinos(두 그루의 소나무)라는 상호의 회사가 유제품 산업을 선도하고 있었다. 글자 그대로 내 이름을 '두 그루 나무'라 칭한다면 많은 사람이 나를 이 유제품 회사 사장의 딸로 착각할 것 같았다. 그러니 살짝 양보하여 숲 혹은 산. 그런데 숲으로 하려니 보스께Bosque, 아무래도 좀 이상하다 싶어 산을 뜻하는 몬타냐Montaña로, 그야말로 별생각 없이 그곳에서 쓸 이름을 정했다.

그렇게 나는 몬타냐가 되었다. 우리나라에는 '산' 혹은 '강'이라는 이름이 있으니까 이곳도 그러려니 했다. 스페인어권에서는 절대로 이런 이름을 짓지 않는다는 사실은 나중에야 알았다. 이후 멕시코에 살면서 만난 동료들에게 내 스페인어 이름을 말하면 어김없이 '림, 몬타냐는 말이지, 아무 쓸모없어 방치된 곳, 도둑들 혹은 마약 하는 이들이 숨어드는 곳이야'라는 답이 돌아왔다.

몬타냐라는 이름을 지을 때처럼, 그곳에서의 나의 삶도 늘 그 모양이었다. 덜컥 찾아간 그곳에서 나는 많은 사실들을 언제나 '나중에야' 깨달았다. 대부분의 일들이 그러하듯, 기왕 '몬타냐'라고 불리기 시작했으니 이 또한 이미 정해진 일. 다시 적당한 이름으로 바꾸기에는 이미 늦은 터였다. 하여 그냥 몬타냐로, 그대로 밀고 나갔다.

이름도 이상했지만, 그곳 사람들에게 비친 나는 더 이상했을 것이다. 코스타리카로 떠나기 전 주변 사람들은 내게 '왜 그곳으로 가느냐'고 주야장천 물었다. 그런데 그곳에 가니 그곳 사람들도 내게 '왜 이곳에 왔냐고' 주야장천 물었다. 이름을 묻기에 '몬타냐'라고 답하면 저으기 놀라다가, 왜 왔냐고 묻기에 '커피밭에서 일하는 사람들을 찾아왔다'고 답하면 화들짝 놀랐다.

그러거나 말거나, 코스타리카에만 가면 사방 천지가 다 커피밭일 줄 알았는데 수도 산호세 인근에서는 커피밭을 볼 수 없었다. 게다가 커피자루를 등에 짊어진 채 일하는 사람들 역시 눈을 씻고 찾아봐도 볼 수가 없었다. 그때의 나는 커피 수확기가 길어야 한두 달이라는 사실조차 모르고 있었다.

아무래도 잘못 온 것 같다고, 어쩌면 돌아가야 할 것 같다고 생각하면서도 이곳에 오기까지 내 주변의 모든 사람, 그리고 나 자신과 싸워 온 시간이 아까워 선뜻 어떤 결정을 내리지 못하고 있던 중이었다. 망망대해를 표류하는 느낌으로 하루하루를 보내던 산

프롤로그 오래전, 커피밭 사람들

호세의 하숙집, 기차가 처마끝을 습자지 한 장 차이로 스치고 지나가는 철길에 면한 그 집에서 온전히 홀로! 도착만 하면 금방이라도 대어를 잡을 줄 알았는데 대어는커녕 도무지 내가 왜 이곳에 있어야 하는지도 매일 헷갈렸다. 낚싯대를 드리웠으나 석 달 열흘 간 단 한 마리의 고기도 잡지 못한 기분이었다. 시장에서 현찰 200달러에 산 14인치 TV를 끌어안고 금방이라도 꺼져 내릴 듯 마룻바닥이 비명을 질러 대는 하숙방에서 도무지 들리지 않는 스페인어의 세계로 침잠했다. 외출이라곤 매일 아침 조간신문을 사러 나가는 것이 전부였던 그때 나는 하루 종일 사전을 뒤적여 가며 신문과 싸웠다. 마치 내가 코스타리카에 온 목적이 오직 하루도 거르지 않고 동네 구멍가게에서 신문을 사고 그 신문을 잘근잘근 씹어 먹듯 읽어 치우는 것이라도 하듯 말이다.

어지간히 지쳐가던 어느 날, 우연히 들른 커피숍에서 장식을 위해 천장 가까이 걸어 둔 커피자루를 보게 되었다. 밤을 표현한 듯 검은 바탕에 산과 달이 그려진, 거친 삼조직으로 엮은 커피자루였다. 그리고 그 안에 새겨진 글자, '타라수'TARRAZÚ. 천장에 걸린 커피자루를 보는데, 아무 이유 없이 가슴이 쿵쾅거렸다. 수업 시간에 본 사진 한 장에 끌려 이곳 코스타리카에 왔듯 이곳 커피숍에 장식으로 걸린 오래 된 커피자루 하나를 보고 다시 이사를 결심했다. 타라수! 그곳이 내가 있어야 할 곳임이 분명했다. 작은 가방 하나로 족한 이삿짐을 꾸렸다.

문제는, 아무리 많은 사람들에게 타라수에 대해 물어도 돌아오는 답은 '모르겠다'로 일관된다는 것이었다. 당시 코스타리카는 수도인 산호세에도 종합터미널 개념이 없어 각 행선지 별로 서로 다른 곳에 소규모 터미널을 갖추고 있었다. 그런데 이 사람에게 물어도 저 사람에게 물어도 타라수는 고사하고 산호세 안에서 타라수행 버스를 탈 수 있는 터미널을 알고 있는 사람들이 없었다. 지금처럼 인터넷 서비스라도 흔한 시절이라면 구글에 대고 물어볼 텐데, 그 시절 코스타리카 수도 산호세에서 인터넷 서비스를 접하기란 좀처럼 쉽지 않았다. 어디를 가든 지도를 펼치는 일이 우선이었다. 그런데 코스타리카 지도를 아무리 들여다봐도 Tarrazú라는 지명이 없었다.

수도 산호세San José. 여느 나라든 그러하겠지만 코스타리카에서도 수도에 살아가는 사람들이 갖는 자부심 혹은 자긍심은 대단했다. 나라의 건국 자체가 주변을 철저히 배척한 채 오직 백인들만 모여 사는 수도 산호세에 기반하였고, 수도 밖 유색인을 차별하는 정책을 오랫동안 유지하였으니 수도 밖은 곧 나라 밖과도 같은 느낌이 여전하였을 것이다. San José, 번역하자면 성 요셉이라는 이름의 이 작은 나라 수도 사람들은 서로를 요셉의 애칭인 호세피노(남성) 혹은 호세피나(여성)로 칭하며 살아가느라 그들이 사는 지역 바깥에 대해서는 전혀 관심도 두지 않는 것 같았다. 나의 좁고 얕은 인맥 안에서는 그들의 굳건한 '호세피노' 정신을 뚫고 나갈 탈출구가 보이지 않았다. 타라수로 이사하기로 결심했으나, 나는 그 좁은 수도 산호세 안에서 타라수로 가는 터미널도 찾지 못하고

버스가 딱 두 대 들어가는 차부와 작은 티켓 창구가 전부인 타라수행 버스 터미널.

헤매고 있었다. 도통, 해결의 기미가 보이지 않는 일이었다.

그러다 문득 '아니, 내가 괴나리봇짐 메고 걸어갈 것도 아닌데, 타라수가 어디에 있든, 타라수로 가는 버스 터미널이 어디에 있든, 그게 무슨 상관인가? 일단 가기만 하면 될 것 아닌가?'라는 생각이 들었다. 대한민국에서 이곳 코스타리카까지 날아왔는데, 설마 이 작은 나라 코스타리카에서 타라수를 찾지 못할까 하는 배짱이 샘솟았다. 그날로 이삿짐을 등에 지고 시내에서 택시를 잡아탔다.

"타라수행 버스 터미널로 가 주세요!"

하마터면 '타라수로 가 주세요!'라고 호기롭게 외칠 뻔했으나, 그간 찾아 헤매던 타라수행 버스 터미널만 찾아도 시작이 반이라고, 타라수로 가는 길이 탄탄대로처럼 펼쳐질 것 같았다. 역시나 한참을 헤매던 택시가 나를 내려 준 곳은 버스가 딱 두 대 들어가는 차부와 그 옆에 붙은 작은 티켓 창구가 전부인 곳이었다. 행선지도 딱 한 곳이었으니, 그곳에 모인 사람들 모두가 타라수로 가는 사람들이었다. 하루에 네 번 운행하고 소요 시간은 짧게는 두 시간, 상황에 따라 세 시간도 걸린다고 했다.

타라수

버스에 올라 까무룩 잠이 들었던 모양이다. 추위에 깨서 주변을 보는데 버스가 망망대해 같은 커피밭 한가운데로 다이빙을 하고 있었다. 급경사를 따라 곡예 운전을 하고 있는 버스 밖 사방이 온통 커피밭이었다. 커피밭 사이를 한참 유영하여 어느 정도 고도가 낮아졌다 싶을 때 작은 성당이 나타났고 그곳에서 사람들이 모두 내렸다. 덩달아 나도 내렸다. 그곳이 바로 타라수라고 했다. 어쩐지 지도에도 아니 나오고 사람들도 모르더라니, 타라수는 공식 행정지명이 아니라 그 지역 사람들 사이에서 오래도록 통용되던 관습적 지명이었다.

　사람들을 따라 버스에서 내린 그곳에 코발트색 돔을 지붕으로 인 교회가 있고, 그 앞으로 작은 공원이 있고, 그 주변으로 가게와 식당 몇 개가 있었는데 그것이 다운타운의 전부였다. 새 둥지처

타라수 다운타운에 있는 성당. 돔 부분이 코발트 빛으로 칠해진 것이 특징이다. 신기한 사실은 타라수 커피 수확철에 내려오는 니카라과 이주자들 가운데 상당수가 천주교 신자일 텐데 그들이 타라수 성당에 드는 일은 없었다. 코스타리카 사람들이 더 이상 커피 수확에 참여하지 않게 되면서 타라수에 많은 이방인들이 들어왔지만 성당만큼은 가장 마지막까지 오직 코스타리카인들만의 공간으로 남아 있었다.

럼 생긴, 해발고도 1,500미터 정도 되는 그곳은 온통 커피밭으로 둘러싸여 있었다. 마치 이 세상에 오직 하늘과 커피밭과 타라수라는 소읍만이 존재하는 것 같은 기분이 드는 곳이었다.

대충 휘둘러봐도, 내가 찾으려고 했던 곳이 분명했다. 반드시 내가 살아야 할 곳이었다. 더 이상 생각할 것도 망설일 것도 없었다. 사진 한 장을 보고 수개월에 걸쳐 이곳까지 찾아왔으니 어쩌면 나는 진즉 미친 사람이었다. 거기에서 조금 더 미치거나 조금 덜 미친다고 해도, 이상할 것이 하나도 없었다. 오래도록 찾아 헤매던 목적지가 바로 눈앞에 있었다. 기왕이면 가까운 곳이 좋겠다 싶었다. 다운타운에서 보이는 가장 가까운 커피밭 한 곳을 찍었다.

길에서 만난 사람들에게 눈앞에 보이는 커피밭 주인에 대해 물었다. 도냐 베르타라고 했다. 물어물어 그녀의 집을 찾아갔다. 그렇게 도냐 베르타를 만났다. 당신의 커피밭에서 일하게 해 달라고, 내심 마음의 준비를 든든히 하고 그 부탁을 하러 찾아갔는데, 도냐 베르타는 대뜸 내게 밥을 먹었는지 물었다. 지금 밥이 문제가 아니라고, 내가 당신의 커피밭에서…라고, 여차저차 나름 진지하게 답을 하려는데 그녀는 내 답을 들을 사이도 없이 당신의 소박한 부엌에 밥을 차려 냈다. 그렇게 나는 그 집 식구가 되었고, 그녀의 집 한 귀퉁이 낡아서 금방이라도 쏟아져 내릴 것 같은 작은 다락방에 둥지를 틀었다.

드디어, 커피밭 생활이 시작되었다. 수업 시간에 본 사진 한 장에 홀려, 수많은 만류에도 꾸역꾸역 날아온 코스타리카, 그리고 그곳에서 다시 여러 달이 걸린 여정의 첫 기착지였다.

도냐 베르타 집에서의 식사는 늘 소박했다. 쌀과 면을 제외한 대부분의 식재료가 집 안 텃밭에서 공수되었다. 그녀의 부엌 살림은 대부분 커피 가격이 좋던 시절 구입한 것이다. 당시 소 한 마리 값을 주고 산 솥도 있었다. 커피 가격이 하락하면서 그녀의 부엌 살림 역시 퇴색했는지 접시와 컵 대부분이 이가 빠진 형국이었으나 그녀는 대수롭지 않게 여겼다.

프롤로그 오래전, 커피밭 사람들

도냐 베르타의 다락방에서 바라본 축사. 이곳에 해마다 커피를 따는 이들이 잠시 묵어 갔다. 20여 년 전 프레디 일행을 만난 곳이기도 하다.

도냐 베르타의 집 지붕을 뚫고 나온 다락방, 그곳에 짐을 풀었다. 나무로 된 바닥은 낡아서 듬성듬성 구멍이 나 있었고 조금만 힘줘 디디면 금방이라도 방이 통째로 꺼져 버릴 것 같았다. 그 위에 역시나 낡을 대로 낡은 침대 하나가 겨우 세간의 면모를 갖추고 있었다. 그래도 서쪽으로 난 창으로 오후 해가 방 깊숙이 들어와 아늑한 느낌을 주고 있었고 그 창 너머로 저 아래 방죽 맞은편 낮게 엎드린 집 한 채가 눈에 들어왔다.

다락방 창을 통해 보이는 그 집에서는 해가 뜨기 전 세상이 물빛으로 변하기 시작하면 지붕 위로 연기가 피어올랐고, 잠시 후 사람들이 밖으로 나와 작은 물길 건너 커피밭 안으로 들어갔다.

그리고 다시 늦은 오후가 되면 아침에 보았던 사람들이 이른 새벽 갔던 길을 되짚어 내가 사는 작은 다락방 아래를 둘러 방죽가에 위치한 지붕 낮은 집으로 들어갔다. 하루 종일 허리에 차고 커피를 따 모았던 빈 바구니를 어깨에 두르고 각자 들 수 있는 만큼의 장작을 양손에 든 사람들이 돌아오면 방죽 너머 낮은 함석 지붕 위로 다시 연기가 피어올랐다. 그 연기 너머로 석양에 물든 타라수 성당의 종탑이 보였고 서늘한 저녁 종소리가 울려 퍼질 즈음이면 지붕 낮은 집의 하루도 마무리되는 듯 고요해졌다.

니카라과에서 내려온 사람들이라고 했다. 그해 방죽가 지붕 낮은 집에 머물며 커피를 따는 이들이었다. 몇 날 며칠을 벼르다가 커피밭으로 그들을 찾아 나섰다. 당시 코스타리카에서 니카라과 사람들에 대한 인식은 매우 부정적이었다. 군대가 없어 평화로운, 혹은 평화로워 군대가 필요 없는 '중미의 스위스' 코스타리카에서 벌어지는 모든 사건 사고는 니카라과 사람들 때문이라는 공식이 확고하던 시절이었다. '니카'Nica라 불리던 그들은 중미의 스위스에 반갑지 않게 끼어든 사람들이었다. 코스타리카가 원래는 스위스와 다를 바 없었는데, 니카라과 사람들 때문에 자꾸만 여느 주변 나라들처럼 중앙아메리카스러워진다는 불만이 팽배하던 시절이었다.

오랜 시간 전쟁은커녕 군대조차 없이 살아온 나라답게 아주 사소한 일에도 호들갑을 떨며 놀라워하는 코스타리카에서 죽음이 만연했던 내전을 겪은 바로 위쪽 나라 사람들은 존재 그 자체로 부담스럽고 두려운 대상이었다. 코스타리카 사람들이 더 이상 하지 않는 일을 위해 어쩔 수 없이 그들을 받아들인다지만, 자신들의 나라에서 같이 살아가기엔 한없이 불편한 존재들이 니카라과 사람들이었다. 코스타리카 어디서든, 그들에 대한 혐오가 노골적으로 드러났다.

'푸라비다!'Pura Vida, '순전한 삶'이란 말이 모든 인사를 대신하는 코스타리카에 니카라과 사람들이 들어오기 시작하면서 그간의 순수하고 완전한 삶과 반대되는 모든 사회적 문제들이 발생한다고 코스타리카 사람들은 믿고 있었다. 혐오는 과장된 공포를 낳는 법. 니카라과에서 온 사람들은 돈 몇 푼 때문에 사람 죽이는 일이 일상다반사라는 소문이 흉흉하던 시절이었다. '니카'Nica. 니카라과 사람들을 비하해서 부르던 그 말이 곧 잠재적 범죄자를 뜻하는 말과 동일시되었다.

나 역시 니카라과 사람들에 대한 온갖 해괴망측한 소문을 숱하게 들어오던 차였다. 막상 그들을 만나려니 겁이 났다. 게다가 그곳은 그들만의 그라운드나 다름없었다. 커피밭은 코스타리카 사람들이라면 이젠 어지간해서 들어오지 않는 곳이었다. 그 무렵 코스타리카의 커피는 거의 대부분 니카라과 사람들의 손을 거쳐 수확되고 있었다. 그곳에서 나는 혼자였고, 그들은 다수였다.

그 시절 코스타리카에서 발생하는 강력 사건의 기본 코드는 '어느 커피밭에서 발견된 변사체'였다. 그런 일이 한 번씩 있을 때마다 코스타리카 사람들의 반응은 호들갑과 냉소 사이 어디쯤을 오고 갔다. 자기 나라 안에서 절대로 일어날 수 없는 일이라며 호들갑스러워하다가, 알고 보면 죽은 자도 '니카'요, 죽인 자도 '니카'라는 뻔한 공식 앞에 마치 자기 일이 아니라는 듯 냉소했다. 게다가 사건사고가 빈번했던 커피밭은 이제 더 이상 코스타리카 사람들이 들어가지 않는 곳이었다. 오직 니카들만의 그라운드일 뿐이었다.

그 시절 코스타리카 사람들은 자기 나라의 커피밭을 '작은 공화국' 혹은 '어떤 공화국'이라 칭하며 애써 자신들의 삶과 그곳 커피밭 니카라과인들의 삶에 선을 긋고자 했다. 그 안에서 어떤 일이 일어나든 자신들과 상관없는 일이라 여겼다. 그러니 '커피밭 변사체'를 둘러싼 뉴스가 잊힐 만하면 재소환되며 단골 레퍼토리로 변주되었지만 결국은 그저 뻔한 스토리 정도로 치부되었다.

촤르륵 촤르륵. 커피를 따 허리춤에 맨 바구니에 담는 소리가 들려오는 곳을 향해 갔다. 일부러 몸에 힘을 잔뜩 주고 그들에게 다가섰다. 그간 길에서 주워들은 어설픈 욕지거리와 비속어를 섞고 잘 뱉어지지 않는 침을 찍찍 뱉으며 건들건들 그들에게 다가섰다. 당신들이 겪어 온 풍상고초쯤은 나도 겪고 살아왔다고, 당신들 삶의 급이나 내 삶의 급이나 바닥인 것은 매한가지라고, 그렇게 허세를 잔뜩 부리며 그들에게 다가섰다. 그런데 웬걸, 그들 중 대부분은 나와 눈도 제대로 마주하지 못하고 수줍어했다. 유일하게 프레디Freddy만이 자신의 이름을 소개하며 나의 이름을 물었다.

'몬타냐라고?' 별 희한한 이름을 다 보겠다는 표정으로 한 번 되묻긴 했지만, 그렇게 통성명이 이루어졌다. 바로 이어 그들은 내게 밥은 어떻게 먹느냐고 물었고 자기들 무리와 같이 밥을 해 먹자고 먼저 청했다. 그렇게 그들은 스스럼없이 거리를 좁혀 왔다. 그들이 나를 받아 준 셈이다.

그해, 나는 그들과 함께 도냐 베르타의 커피밭에서 커피를 땄고 같이 음식을 나누고, 같이 시간을 나눴다. 나를 이곳 코스타리카 커피밭까지 오게 만들었던 한 장의 사진. 그 속에 나오는 늙은 부부의 모습과는 많이 달랐지만 날이 채 밝기도 전부터 늦은 오후까지 일하고 버는 그들의 하루 노동 값이 세상 사람들이 쉽게 사 마시는 커피 한 잔 값에도 미치지 못한다는 사실은 다름이 없었다.

파나마 운하 건설에 동원된 중국인 노동자의 증손쯤 된다고, 당신들이 가난하다면 나도 가난하다고, 그간 살아온 당신들의 삶이 거칠었다면 내 삶도 만만치 않았다고, 나는 그들에게 내 삶을 포장했다. 그들에게 친구로 받아들여지기는 했지만, 늘 최소한의 안전장치가 필요하다고 생각했다. 니카라과인들이 험하다는 이야기를 숱하게 들은 터라 그들에게 어떤 여지를 줘서도 안 된다고 생각했다. 또한 그들에게 밀려서도 안 된다고 생각했다.

그러느라 나는 그들에게 솔직하지 못했다. 그들은 내게 자신들의 삶을 고스란히 보여 주었지만, 나는 그들에게 나의 삶을 온전히 드러내지 못했다. 나중에 시간이 흐르고 서로 간에 인간적 신뢰가 켜켜이 쌓이면서 실은 그렇지 않다고 지난 날의 고백을 정정했지만, 아쉽게도 나의 진실된 고백을 믿어 주는 사람은 단 한 명도 없었다. 내가 사실은 한국 사람이라고, 논문이라는 것을 쓰러 왔다고, 아무리 힘주어 강조하고 고백해도 그들은 나의 고백을 도무지 이해할 수 없는 외계어 정도로 여겨 버렸다. 어쩌면, 그들에게 나의 고백은 아무런 의미도 갖지 못했는지 모른다. 그저 조금 어수룩한 불량 노동자쯤으로, 그래서 그들이 굳이 신경 써 주지 않으면 언제라도 커피밭에서 잘릴 것 같은 몬타냐, 나는 그 이상도 그 이하도 아니었을 것이다. 어쩌면 내가 살아온 세계가 그들이 살아온 세계와 너무 달라서 그랬을 것이다. 내가 살아온 세계는 그들의 인식 밖에 존재하는, 그래서 그들이 도무지 이해할 수 없는 세계였을 것이다. 그렇게 나는 파나마 운하 건설에 실려온 중국인 노동자의 증손 중 한 명으로 그들에게 남아 버렸다.

프레디 부부

그곳에서 만난 프레디 부부는 내가 그해 도냐 베르타의 방죽 너머 집에 살던 사람들 사이로 들어갈 수 있는 창이 되어 주었다. 그들 대부분은 니카라과Nicaragua 보아코Boaco 산타루시아Santa Lucia라는 작은 마을에서 코스타리카 타라수까지 내려온 사람들이었다. 매년 커피 수확철이 되면 단출한 살림살이를 꾸려 도냐 베르타의 커피밭에 와서 한철 커피를 따고 목돈을 만들어 고향으로 돌아가는, 그래서 그들 스스로를 '제비'라 부르는 사람들이었다.

필요악. 어쩔 수 없이 받아들이기는 하지만, 여전히 그들에 대한 혐오가 짙던 시절 코스타리카에 그들을 위한 변변한 숙소가 있을 리 없었다. 그들은 소를 몰아 낸 축사에서 잠을 자고 밥을 지어먹으며 서너 달가량 커피를 땄다. 모두 해서 열대여섯 명이었던 그들 중에는 부부만 내려온 경우도 있었고 아이들까지 함께 내려온 경우도 있었지만 독신으로 내려온 사람이 더 많았다. 얼마간의 수고비를 받는지는 모르지만, 프레디의 아내 안토니아와 아우구스틴의 아내 플로르가 그들의 식사를 전담하고 있었다.

그 와중에 젊은 새댁 플로르는 그곳 축사에서 아이를 낳았다. 모두가 한마을 사람인데 유독 혼자만 대서양 연안 어느 마을에서 내려왔다는 이도 있었다. 별명이 '커피밭 박사'였는데 어찌된 연유인지 마음의 병을 얻고 미쳐서 어느 날 홀연히 자취를 감춰 버렸다. 이후 행방은 고사하고 생사조차 아는 이가 없었다. 사람 한두 명이 들고 나는 것에 크게 걱정하거나 관심을 두지 않는 것이 그들 사이의 불문율이었다. 20년을 훌쩍 넘기는 시간이 흐른 뒤에도, 그의 생사는 확인이 되지 않았다. 다만, 그의 별명이었던 '커피밭 박사' 앞에 '미친'이 붙어 '미친 커피밭 박사'로 가끔 그 시절 도냐 베르타의 축사에서 만났던 사람들의 대화 가운데 소환될 뿐이다.

이른 새벽 커피밭으로 올라가 한낮이 되어야 내려오는 사람들은 주인인 도냐 베르타와 코스타리카 사람들의 눈치를 봐 가며

축사에서 지내는 노동자들.

프롤로그 오래전, 커피밭 사람들

페히바제Pejibaye. 팜 나무과에서 열리는 과육으로 우리나라의 감 같은데, 맛은 밤과 비슷하다. 삶아서 먹는다. 이 음식을 볼 때마다 코스타리카로 커피를 따러 왔던 니카라과 이주 노동자들이 생각난다. 주로 야생으로 열리는 페히바제는 그들에게 주요한 간식이자 곧 음식이었다. 코스타리카 사람들은 니카라과 사람들이 뭐든 남김 없이 먹어 치운다 하여 '쥐'라고 부르며 경멸했다.

적당히 커피밭에 심겨 있는 오렌지나 바나나를 따다 먹기도 하고 야생 토란을 캐 와서 삶아 먹기도 했다. 때론 방죽가 집 안쪽에 숨어 낚시줄을 길게 드리우고 방죽 안 고기를 잡아먹기도 했다. 물론, 커피밭 주인들은 이들의 이런 소소한 절도를 혐오했고, 니카라과 사람들을 싸잡아 '쥐'라 부르기도 했다.

커피 따는 일을 마치고 축사로 돌아와 늦은 점심을 먹고 나면 하루 중 가장 편안한 시간이 이어졌다. 늦은 점심을 먹고 축사 앞 작은 마당에 두런두런 모여 앉아 실없는 이야기를 나눌 때가 참 좋았다. 타라수 특유의 따스함과 서늘함이 어우러지는 즈음이기도 했다. 아쉽게도 그 시간이 길지 않아 해가 저물며 공기가 차가워지면 축사 앞 마당에서 쉬던 사람들이 하나 둘 축사 안으로 들어갔다.

그들 대부분은 타라수의 서늘한 밤공기를 견딜 만한 옷을 갖추지 못하고 있었다. 그들의 고향이 춥지 않은 곳이다 보니 그들 짐에 딸려 온 옷들도 여름옷 일색이었다. 이른 저녁 추위를 피해 축사 안으로 들어가더라도 변변한 이불이 없었다. 이들 대부분은 얼기설기 엮은 침상에서 낮에 커피를 따 담던 자루에 발을 넣은 채 잠을 잤다. 전기라야 어두운 축사 안에서 15촉 백열등 하나 밝히고 사는 정도였으니 춥고 긴 밤의 한기와 따분함을 견디기 어려웠을 텐데 그나마 타라수 다운타운에 나가 사온 조잡한 소형 라디오를 하루 종일 애지중지 끼고 살던 '라디오맨' 덕분에 세상이 어찌 돌아가는지는 짐작할 수 있었다. 라디오에서 아는 노래가 흘러나올 때면 어둡고 먼지 풀풀 날리는 축사 안 분위기가 사뭇 둥실거렸다.

그해 커피 수확기가 끝나기도 전에 프레디 부부가 홀연히 떠나갔다. 프레디는 미국으로, 아내 안토니아는 고향 니카라과로 돌아가겠다며 어느 늦은 밤 직접 딴 꿀 한 통을 들고 나를 찾아와 작별을 고했다. 갑작스레 헤어졌지만, 서로가 곧 볼 수 있으려니 했다. 그런데 그 이후 그들을 만날 수 없었다. 이곳저곳 그들이 있을 만한 곳으로 찾아 나섰지만, 그 어디에서도 그들을 만날 수 없었다. 아이들을 두고 왔다는, 그리고 부모님이 살고 있다는 그들의 고향 마을에 가면 만나게 되려나 싶어 찾아갔지만, 어린아이들과 늙은 부모님이 프레디 부부의 소식을 알지 못한 채 그들의 부재를 힘겹게 견디고 있었다. 갑자기 찾아든 낯선 이의 등장에 모여든 안토니아의 친정 식구들은 오히려 내게 부부의 소식을 물었다.

오랜 시간 프레디 부부를 찾아 헤매다 우연히 한 번, 프레디가 간다고 했던 미국도, 안토니아가 간다고 했던 니카라과의 고향 마을도 아닌 곳에서 프레디 부부를 다시 만났다. 코스타리카 북쪽 몹시 외진 산 속의 어느 스러져 가는 농장이었다. 차가 들어갈 수도 없는 곳이었다. 같이 하룻밤을 자면서 그간 밀린 이야기를 나누고 싶었지만, 그들 삶의 공간에 그럴 만한 여유조차 없어 보였다. 판자로 엮은 마루는 소가 밟아 부서져 있었고 딱 하나뿐인 방은 제대로 벽을 두르지 못해 비가 그대로 들이치고 있었다. 화장실이나 부엌이 따로 있을 리 없는 그런 곳에서 프레디 부부는 당장 덮을 이불조차 없이 살아가고 있었다. 그들의 고향에 다녀오면서 찍어 온 아이들과 부모님 사진을 전해 주었을 때 프레디와 안토니아는 내게 진심으로 고마워했고 미안해했다.

　　그게 마지막이었다. 서로가 아쉬운 마음을 애써 접고 헤어질 때 프레디 부부가 쏟아지는 비를 마다 않고 아랫마을까지 따라 내려왔다. 한 발 떼기도 힘든 진흙탕 길을 걸어 내려오느라 서로의 몰골이 말이 아니었기에 그를 핑계 삼아 애써 웃으며 헤어질 수 있었다. 거센 비가 내리는데도 서로가 오래도록 손을 흔들어 가며 작별했다.

　　그 이후 다시 그들을 만나지 못했지만 프레디는 미국으로 그리고 안토니아는 고향 마을로 돌아갔으리라 생각했다. 서로 간에 전화나 SNS가 없던 시절이었으니 그들의 소식을 들으려면 니카라과 보아코 산타루시아, 즉 그들이 나고 자라 가정을 이루고 살던 그 시골마을까지 찾아가는 방법밖에 없었다. 하지만 그들을 찾아간 곳에서 단 한 번도 프레디와 안토니아를 만나지 못했다. 여러 해 그들을 찾아 다녔지만 번번이 헛수고였다. 코스타리카에서도, 니카라과에서도, 그리고 프레디가 내게 마지막으로 소식을 전한 미국에서도 나는 오랜 시간 그들을 만날 수가 없었다.

페레스 셀레동

도냐 베르타가 그려 준 약도 한 장을 들고 코스타리카의 남쪽 페레스 셀레동Perez Zeledón을 향해 나섰다. 그곳에 가거든 다시 산 페드로San Pedro로 가는 버스를 타야 한다고, 길 떠나는 나를 따라 차부까지 나온 도냐 베르타가 내게 신신 당부했다.

타라수에서 페레스 셀레동까지 가는 버스는 하루에 딱 한 번 있었다. 비가 부슬부슬 내리는 이른 새벽 서늘한 날씨에 타라수를 떠난 버스가 고도를 올리기 시작했다. 페레스 셀레동에 닿으려면 해발고도 3,500미터에 달하는 '죽음의 봉우리'Cerro de la Muerte를 지나야 한다. 굳이 눈 뜨고 지켜보지 않아도, 버스 안까지 밀려 들어오는 차가운 기운으로 그곳 언저리를 지나고 있음을 알 수 있었다. 이른 새벽 길을 나선 이들이 하나같이 잔뜩 웅크린 채 버스 안 추위를 견뎠다. 어느 정도 고도를 올리는가 싶더니 이제 주변에는 더이상 버스보다 높은 곳이 없었다. 죽음의 봉우리 정상이었다. 이후로는 내리막이 지루하게 이어졌다. 어느 정도 고도를 낮췄을 때 사람들이 창을 열기 시작했고, 창으로 더운 바람이 훅훅 밀고 들어왔다. 그리고 해발고도 500미터의 페레스 셀레동에 닿았다.

비릿함. 페레스 셀레동 버스 터미널에 내려서자 더위와 함께 열대 지역 특유의 기운이 훅 느껴졌다. 사실, 그 기운이 후각으로 느껴지는 것인지 촉각 혹은 시각으로 느껴지는 것인지 잘 모르겠다. 어쨌든 이른 새벽 떠나 온 타라수와는 완전히 다른 곳이었다. 타라수가 정갈하고 소박하고 절제된 느낌을 주는 곳이라면 페레스 셀레동은 눅눅하고 어수선하고 끈적거리는 느낌을 주는 곳이었다.

더운 곳일수록 가난의 흔적은 감춰지지 못하고 그대로 드러난다. 길 가는 사람들 대부분, 여자들이든 남자들이든 싸구려 슬리퍼를 신고 낡고 빛이 바랜 옷들을 입고 있었다. 그 풍경이 그곳 터미널에 내렸을 때 내게 각인된 첫인상이었는데, 이후 페레스 셀레동 어디를 가도 크게 다르지 않은 풍경이었다.

페레스 셀레동은 코스타리카 수도 산호세 이남에서 가장 큰 도시이자 파나마 국경에 닿기까지 상당히 넓은 배후지를 갖는 도시다. 정신없이 북적거리는 그곳에서 물어물어 산페드로로 가는 버스를 찾았다. 이곳 역시 목적지마다 버스 터미널이 달라서 초행길에 버스를 갈아타는 일이 결코 쉽지 않았다. 여차저차 찾아간 곳에 다행히 오후 두 시에 떠나는 막차가 남아 있었다.

약도를 그려 준 도냐 베르타가 산페드로 마을 성당이 보이는 곳에서 내리면 된다고 했는데, 굳이 그곳을 찾아 내릴 일도 없었다.

알고 보니 그곳이 종점이었다. 모든 사람들이 그곳에서 내렸다. 문제는 도냐 베르타가 그곳에 내리거든 돈 마쵸Don Macho를 찾으라 했는데, 돈 마쵸를 아는 이가 아무도 없었다. 설상가상 폭우가 쏟아졌다. 열대 우림의 스콜이었다. 그 비를 피해 선 곳, 마을 가게 처마 밑에서 돈 마쵸를 안다는 이를 만났다. 비가 멎은 후 우여곡절 끝에 산페드로에서 다시 십여 리 떨어진 돈 마쵸의 집에 닿았다. 그런데 애석하게도 그곳에는 내가 머물 수 있는 공간이 없었다.

돈 마쵸의 기별에 모인 몇몇 마을 사람들이 회의를 하더니 내가 머물 곳을 정한 듯했다. 엘레나의 집이라고 했다. 돈 마쵸의 어린 딸이 엘레나의 집으로 달려갔다가 엘레나와 함께 내려왔다. 돈 마쵸의 아내와 엘레나의 대화가 한참 이어졌다. 한눈에 봐도 돈 마쵸의 가족과 엘레나의 관계가 주종관계 혹은 수직관계라는 것을 알 수 있었다. 대화 끝에 돈 마쵸의 아내가 치즈 한 덩이를 엘레나에게 건넸다. 나를 데려가는 노고에 대한 작은 보답인 듯했다. 주인으로부터 예기치 못한 손님을 떠안은 마음이 그리 즐거울 리 없을 텐데, 엘레나는 뭐가 그리 신나는지 치즈 한 덩어리에 내 짐까지 대신 짊어지고 앞서 길을 나섰다. 그렇게 엘레나, 그리고 그녀의 남편 기예르모와의 한집 살림이 시작되었다.

엘레나와 기예르모

엘레나와 기예르모는 이제 막 신혼살림을 시작한 젊은 부부였다. 엘레나는 스물, 남편 기예르모는 스물 여섯. 나보다 나이가 한참 적음에도 그들은 항상 나를 챙겼다. 그토록 성실하고 세심한 보호자일 수 없었다. 음식이든 살림이든 늘 가장 좋은 것을 내게 주고자 했다. 신혼에 덜컥 객식구로 들어선 내게 단 한 번도 부담스럽다거나 불편하다는 내색을 하지 않았다. 애를 써 마음을 숨길 필요조차 없이 나는 늘 그들의 진심 어린 배려를 느낄 수 있었다. 그렇게 나는 그들과 식구가 되었다.

프레디 부부와 달리, 엘레나와 기예르모는 항상 그곳에 있었다. 내가 불쑥 찾아갈 때마다 나더러 도깨비냐고 물었지만, 그들도 나도 어제 만나고 다시 만나는 것처럼 늘 반갑고 스스럼이 없었다. 내가 그들의 신혼 시절에 같이 살았던 그 집에서 아이가 태어났고 그들의 살림이 조금씩 조금씩 나아졌다. 한 해 커피 수확철이 끝날 때마다 엘레나와 기예르모의 살림이 하나씩 늘어났다.

아이가 학교에 들어가기 전 해에는 땅 한 평 갖지 못한 이들 부부에게 염소 한 마리가 생겼고 그 염소가 새끼를 낳으면서 이들 부부도 좀 더 나은 세상에 대한 희망을 품을 수 있었나. 어렵게 얻은 첫 아이 이후로 여러 번 배 속의 아이를 잃었지만 다행히 그들의 아들 저스틴은 건강하게 잘 자라 주었다. 엘레나와 기예르모 부부는 그 아이가 초등학교와 중학교를 마치고 고등학교까지 갈 수 있으면 좋겠다는 꿈을 꿨다.

남편 기예르모는 일 년 열두 달 하루도 빠짐없이 새벽 네 시가 되기 전에 돈 마쵸의 농장으로 일을 나섰다. 아내 엘레나도 아이를 돌봐 가며 커피를 따 알뜰하게 돈을 모았다. 그 정도의 가난이라면 때로 악착스럽거나 염치 불고할 일들이 있으련만 그들은 이 세상 어떤 사람들보다 선하고 여유로웠다.

그런데 아이가 초등학교에 입학하기 직전, 기예르모가 사고를 당했다. 이른 새벽 마쵸의 농장에 내려가 소를 돌보던 중 소 한 마리가 날뛰며 기둥을 들이받는 바람에 지붕이 무너졌다. 기예르모가 그 아래 깔렸고, 그 일로 오직 몸을 써 가족의 생계를 책임지던 가장이 걸을 수 없게 되었다. 남편 기예르모가 걸을 수 없게 되면서 이 가족 삶의 무게가 온전히 아내 엘레나에게 지워졌다. 암담한 시절이 길게 이어졌다.

기예르모가 사고를 당한 뒤, 엘레나의 집을 찾아갈 때마다 내심 그녀가 웃음을 잃어버리지 않았을까 걱정했지만, 기우였다. 엘레나는 웃음을 잃지 않았다. 가진 것이 오직 웃음뿐인 듯, 그 어떤 상황에서도 그녀는 웃음을 잃지 않았다. 하루 종일 땀에 젖은 채 커피를 따고 와서도 내내 웃었고 남의 집 허드렛일을 도와주고 늦은 저녁 집으로 돌아와서도 내내 웃었다. 아주 오래전, 코카콜라 한 잔에 세상을 다 가진 사람처럼 행복하게 웃던 그 웃음으로 엘레나는 가장의 무게를 온전히 홀로 지고도 순간순간 웃었다.

그 웃음 뒤로 얼마나 많은 탄식과 눈물이 배어 있을지 짐작만

할 뿐이다. 어쩌다 그들을 찾아갈 때면 힘든 내색이라도 한 번쯤 할 만한데 그러지 않는다. 그들은 그들의 방식으로, 그리고 그들의 철학으로 살아간다. 적게 가진 것에 크게 만족하며 선한 마음으로 살아가는 모습을 지켜볼 때마다 나는 그렇게 살아가는 그들 삶의 내공 앞에 고개가 절로 숙여진다.

그들의 이야기

다시, 그들의 이야기를 전한다. 중미의 스위스라 불리는 코스타리카 커피밭에서 한때 커피를 따던 사람들의 이야기다. 세상이 알아주는 고급 커피를 따던 이들이지만 그들의 삶은 단 한 번도 세상 사람들이 말하는 고급의 범주에 들지 못했다. 같이 커피를 따던 20년 전의 삶이나 지금의 삶이나 그들의 삶은 별반 차이가 없다. 어쩌면 커피를 따던 그 시절이 호시절이었는지도 모르겠다.

내가 그들을 처음 만났을 때 그들에겐 서로 아끼던 가족이 있었고 몸을 써서 일할 수 있는 건강이 있었다. 그런데 20여 년의 삶을 살아 내는 동안 그들 중 누군가의 가족은 해체되었고 누군가는 건강을 잃었다. 더러는 이 세상에 살아 있지 않다. 살다 보면 운이 없어 그러려니 하겠지만 그들 곁에서 지켜본바, 그들의 가족이 해체된 것도, 건강을 잃은 것도, 그리고 더 이상 이 세상에 살아 있지 못하는 것도 결국은 가난 때문이었다.

그들과 내가 만났던 23년 전 그곳 커피밭에서 커피를 땄던 사람들은 단 한 사람도 그 시절 그들이 처했던 가난으로부터 벗어나지 못했다. 오히려 가난은 시간과 함께 그들 어깨 위에 켜켜이 쌓여 더욱 두텁게 그들의 삶을 옥죄었다. 그렇게 그들 대부분은 지금 더 가난하게 살아간다. 지난 20여 년간, 그들이 살아온 시간을 기록하자니 어쩔 수 없이 글 가운데 다시 그들의 가난이 도드라진다. 하여, 혹 내가 쓰는 이 글 속에도 그들의 가난만 보여질까 하는 걱정이 없지 않다.

지난 23년간 내가 만난 이들은 가난에 지기도 하고 가난을 이기기도 하면서 살아간다. 가난에 졌더라도 아주 지지 않았고 가난을 이겼더라도 아주 이기지도 못했다. 그들의 삶이 그렇다. 더 가난해진다 한들 기왕에 가난했으니 아주 나빠지지 않았고 덜 가난해진다 해도 기왕에 가난했으니 크게 좋아지지 않았다. 다만, 그 안에서 그들은 매 순간 진실되게 그들의 삶을 살아갈 뿐이다.

이 책은 그들이 살아온 지난 20여 년의 삶에 대한 이야기다. 내가 처음 그들을 만났을 때 그들이 딴 커피가 그들이 사는 세상 밖에서 얼마나 많은 부를 만들어 내고 얼마나 많은 사람들에게 위안을 주는지 개의치 않고 오직 자신 앞에 주어진 생을 살았던 것처럼, 여전히 그들 삶을 잔뜩 누르고 있는 세상의 무게에 굳이 핑계 대지 않고 오직 그들의 철학으로 자신들의 삶을 살아가는 이들에 대한 이야기다. 더하거나 덜함 없이, 오래전 코스타리카 커피밭에서 만났던 사람들의 삶을 계속하여 기록하고 전한다.

프롤로그 오래전, 커피밭 사람들

커피밭 사람들, 그 후 20년

제1부

도냐 베르타 이야기

2015년 6월, 도냐 베르타의 부고를 접한 곳은 미국 로스엔젤레스 공항 환승 구역이었다. 그녀와 함께 육 개월 남짓한 시간을 보내고 코스타리카를 떠나 한국으로 가던 길이었다. 도냐 베르타의 손녀딸이 내게 메일로 할머니의 죽음을 알려 왔다. 당일 새벽에 편안히 가셨다는 내용이었다.

그렇게 빨리 가실 줄 몰랐다. 복수가 많이 차긴 했지만 불과 사흘 전만 해도 거동에 크게 불편함이 없었고 유쾌하게 농담까지 하던 분이었나. 내가 산호세에서 사 간 빨강 털조끼를 입고 집안 곳곳을 돌며 좋아하던 도냐 베르타의 모습이 떠올랐다. 마지막으로 며칠을 함께 보내고 작별을 고했을 때, 그녀는 그 조끼를 입은 채 내 뒤를 따라 대문까지 나와 나를 배웅했다. 하루 종일 차갑게 비가 내리던 날이었다. 그녀는 대문 처마에 서서 빗속에 길을 나서는 나를 걱정했다. 타라수, 그곳 비 내리는 날의 서늘함 속에 혹여 감기라도 걸릴까 걱정되어 어서 들어가시라 해도, 그녀는 딸의 부축을 받으며 한참을 그렇게 서 있었다. 우산을 받쳐 들고 걷다가 이제는 들어가셨겠지 싶어 뒤돌아보면 여전히 그 자리에 서 있었다. 그렇게 내가 사다 드린 빨강 조끼를 입고 빗속 처마 밑에 서 있던 모습이, 내가 본 도냐 베르타의 마지막 모습이었다.

타라수에서 커피를 마시는 일이란

언제나처럼 금방 다시 그녀를 뵐 수 있을 것이라 생각했다. 그간 그러했듯이, 아무 때라도 연락 없이 불쑥 찾아가면 늘 그곳에 계실 것이라고 생각했다. 코스타리카와 나를 이어 주던 어떤 끈이 툭 하고 떨어진 느낌이었다. 유난히 복잡한 엘에이 공항 인파 속에서 무엇을 해야 할지 몰라 한참을 허둥거렸다. 비행기에 오르고 나서야 도냐 베르타의 죽음이 실감 났다.

그해 봄 나는 도냐 베르타와 함께 살았다. 직장에서 안식년을 얻었고, 곧바로 코스타리카 타라수의 도냐 베르타 집으로 향했다. 그곳이 당연히 내가 가야 할 곳인 것처럼, 그곳이 마치 내 집인 것처럼. 그것은 그녀를 처음 만난 2001년부터 내내 이어지던 일이었다. 어느 해는 커피 꽃이 피는 시절이었고 또 어느 해는 커피를 따는 시절이기도 했다. 혹은 커피가 여물어 가는 시절일 때도 있었다. 언제 찾아가도 그곳, 그 커피밭 집에 도냐 베르타가 있었다.

그곳에서의 삶은 늘 한결같았다. 매일 이른 아침 집 안 가득 그윽히 퍼지는 커피 향에 잠을 깼다. 아직 날이 밝지 않은 서늘한 새벽, 주섬주섬 옷을 챙겨 입고 부엌으로 나가보면 도냐 베르타가 커피가루가 담긴 낡은 헝겊 주머니에 뜨거운 물을 부어 커피를 내리고 있었다. 헝겊 주머니를 타고 내려오는 커피를 모아 주전자에 담고 나면, 옥수수 가루로 반죽을 만들어 토르티야를 한 장 한 장 정성스레 구워 냈다. 그것이 그녀가 하루를 시작하는 의식이었다. 아마 타라수의 거의 모든 집이 그러할 것이다. 유치원에 가는 아이도 불러 세워 굳이 커피를 마시게 하는 곳이 타라수였다. 남녀노소를 불문하고 아침, 점심, 저녁 커피를 마시는 곳. 물론 그 사이사이에도 기회가 있을 때마다 그들은 커피를 마셨다. 누가 찾아오든 커피 먼저 내리는 것이 마치 그들 삶의 가장 중요한 예절인 듯했다. 집을 떠나 멀리 출타하면 돈이 없어 밥은 못 사먹어도 커피는 어디서라도 꼭 한 잔 사 마셔야 하는 사람들이었다. 그들에겐 커피가 하루하루를 살아가는 동력이었다. 또한 하루를 살아가는 기준이기도 했다.

우리나라에서도 이미 유명해진 타라수는 그야말로 커피의 고장이었다. 소읍에 불과한 이곳 타라수에서 생산된 커피가 그리 많지 않을 텐데, 게다가 오랜 시간 유럽과 일본이 거대 시장으로 자리 잡고 있는 와중에, 이곳 커피가 우리나라까지 간다는 사실이 신기했다. 귀한 커피일수록 여느 첨가물이 들어가서는 안 된다는 것이 우리나라에선 불문율이었는데 정작 이곳 타라수에서 한평생 커피와 함께한 사람들은 헝겊에 걸러 내린 커피에 늘 설탕과 우유를 듬뿍 넣어 마셨다. 도냐 베르타 역시 늘 당신의 커피에 설탕을 듬뿍 넣었다. 아무리 가난한 집이라도 혹은 허름한 식당이라도 식탁 위에 반드시 설탕통을 둬야 하는 곳이 바로 코스타리카였다. 굳이 뜨겁지 않아도 괜찮았다. 헝겊 주머니에 뜨거운 물을 부어 내리는 와중에 식기도 했지만 식사를 위해 커피를 미리 만들어 주전자에 담아 두었으니 어지간해서는 뜨겁기도 어려웠다.

오래전, 코스타리카에서 생산된 고급 커피를 모조리 외국으로 수출하기 위해 자국민에게 고급 커피 마시는 것을 금했던 시절의 기억 때문인지, 이곳 코스타리카 사람들에게 커피는 섬세한 취향을 좇는 기호식품이라기보다는 음식이었다. 우리나라 사람들이 국을 먹듯 그들은 식사 때마다 커피를 마셨고, 힘든 일을 하며 노동주를 마시듯 일 중간중간 커피를 마셨다. 그리고 하루를 보내는 매 순간 주전부리 간식을 챙기듯 커피를 마셨다. 휴식을 위해서도, 심지어 잠자리에 들기 위해서도 커피를 마셨다.

이른 새벽 도냐 베르타가 내린 커피가 적당히 식을 즈음 아침상이 차려졌고 늘 같은 자리에 둘이 마주 앉아 아침을 먹었다. 아침이라고 해 봐야 구운 토르티야와 커피가 전부. 어쩌다 이웃으로부터 얻어 온 치즈라도 한 덩어리 식탁에 오르는 날은 도냐 베르타도 나도 괜히 마음이 둥실거렸다. 참으로 평화로운 아침이었고 하루하루 다를 것 없는 풍경이었다.

도냐 베르타의 마지막 봄

내가 도냐 베르타와 마지막으로 같이 살았던 2015년, 사순절이 시작된 첫 금요일. 그러고 보니, 그녀가 돌아가시기 석 달쯤 전이었다. 큰맘 먹고 시내에 나가 생선을 구해 왔다. 도냐 베르타는 채소로 식사를 하겠다고 했지만, 생선이 귀한 곳이니 육고기를 먹을 수 없는 사순절 동안의 금요일엔 생선을 사 드리리라 마음먹었던 참이다. 게다가 도냐 베르타는 며칠째 계속 신열에 시달리고 있던 중이었다. 꼭 생선을 사다 드리고 싶었다.

다운타운에 나가 사 온 생선을 내놓자 도냐 베르타는 아이처럼 기뻐하면서 직접 요리를 했는데, 식사하던 중 그녀가 갑자기 숟가락을 놓았다. 왜 그러냐 물으니 속이 좋지 않다고 했다. 그 이후로 그녀는 시름시름 아팠다. 그러고 나서 그곳 코스타리카의 지독히도 느린 의료 시스템 속에서 두 달이나 걸려 간암에 걸렸다는 것을 알게 되었다. 그것도 말기.

가족들이 크게 놀랐어도 도냐 베르타는 의연했다. 그해 봄 가족들과 마지막이 될지 모르는 생일파티를 했다. 그리고 하루하루 그간 살아온 일상과 크게 다름없이 평온한 날들을 보냈다. 그녀는 매일 해가 뜨기 전 손수 커피를 내리고 토르티야를 구웠고 다시 11시쯤 이른 점심을 먹고 오후 세 시가 되면 집 앞 회랑에 의자를 내놓고 앉아 저 멀리 커피밭 사이로 지나가는 산호세행 마지막 버스를 배웅했다. 해가 져 날이 추워지기 전에 밖으로 나간 짐승들을 거두어들이고, 이른 저녁으로 설탕을 듬뿍 넣은 커피 한 잔을 마시는 일이 그해 봄 도냐 베르타와 내가 보낸, 여느 날과 하루도 다를 바 없는 일상이었다.

그즈음 커피밭에서는 연일 커피를 땄다. 그해 도냐 베르타의 커피밭에서는 여러 가족으로 구성된 니카라과 사람들과 코스타리카에서 온 한 가족이 커피를 따고 있었다. 코스타리카 사람들이 커피 수확철을 좇아 타지로 돌면서 커피를 따는 일은 드문 일이 되어 버린 지 오래인데, 그해 도냐 베르타의 커피를 딴 사람들은 대서양 연안의 리몽Limón이라는 곳에서 온 가족이라고 했다.

여느 해 같았으면 서너 달 정도 이어지는 커피 수확철에 이미 여러 번 커피밭에도 올라가 보고 일꾼들이 머무는 축사에도 내려가 봤을 텐데, 그해 도냐 베르타에게는 그럴 만한 힘이 없었다. 당신은 괜찮다 했지만 봄이 가는 내내 그녀는 음식을 잘 들지 못했다.

커피밭에 올라갔던 일꾼들이 내려오고 그들이 머무는 축사에서 이른 저녁을 짓는 연기가 피어오르면 도냐 베르타와 나도 잠자리에 들 준비를 했다. 하루 동안 해야 할 일을 다 마치고 잠옷으로 갈아 입은 후에도 밖은 여전히 환했다. 그러다가 해가 살포시 기울기 시작하면 낮 동안 다소 뜨겁게 느껴지던 날씨가 급격히 서늘해지다가 이내 추워졌다. 도냐 베르타는 낮 밤으로 이어지는 그 뜨거움과 차가움의 반복이 이곳 타라수의 커피 맛을 좋게 해 준다고 했다.

해가 완전히 기울기 전 도냐 베르타와 나는 뒤뜰에 있는 짐승들에게 밥을 주고 넓은 집 이곳저곳을 단속한 뒤 거실 낡은 의자에 같이 앉아 잠옷을 입은 채 오후 여섯 시 뉴스를 봤다. 도냐 베르타는 뉴스 속 한 꼭지, 코스타리카 곳곳의 맛집을 소개하는 장을 좋아했다. 맛집 소개가 끝나고 나면 그녀는 하루도 다름없이 '몬타냐, 우리 꼭 저곳에 가 보자!'라고 했지만 그녀 역시 그 말이 당신 생에 이루지 못할 일에 대한 간절한 바람임을 알고 있었다. 뉴스가 끝나고 저녁 일곱 시가 되면 잠자리에 들기 전 기도를 올렸다. 우리는 아주 간절하게, 내일의 삶이 평화롭기를 기원했다.

하루하루가 다를 것이 없었지만, 금요일만은 조금 특별했다. 금요일이면 도냐 베르타는 매일 부엌 일을 돕기 위해 찾아오는 아드리아나에게 빵을 굽도록 했다. 한 주도 거르지 않는 금요일의 의식이었다. 이른 점심을 먹고 따뜻한 해를 등에 받으며 도냐 베르타와 아드리아나가 빵을 만들던 금요일 오후는 늘 더할 수 없이 평화로웠다. 나긋나긋해진 햇살이 부엌 깊숙이 들어올 즈음이면 화덕에서 갓 나온 빵과 함께 커피를 마셨다. 그것은 일주일간의 일과를 마치는 의식이기도 했다. 토요일과 일요일이 되면 금요일에 구워 둔 빵으로 식사를 대신하고 최소한의 일만 하면서 고요하게 시간을 보냈다. 물론, 그 고요함 속에서도 커피는 빠지지 않았다.

당부

평화로운 날들이었지만, 하루하루의 시간들은 도냐 베르타의 생을 막바지로 몰아가고 있었다. 커피 수확이 끝나 타라수 전체가 고즈넉해진 어느 봄날 그녀는 내게 당신의 커피밭을 둘러보자고 했다. 이미 당신 혼자 걷는 것이 힘들어진 즈음이었다. 내 부축을 받은 도냐 베르타가 당신과 남편이 직접 만든 철다리를 건너 커피밭으로 올라갔다. 따사로운 바람을 맞으며 도냐 베르타와 나는 천천히 그리고 오랫동안 커피밭 안을 거닐었다.

도냐 베르타는 어릴 적 커피밭에서 부모님과 함께 일하던 시절, 결혼하고 남편과 함께 커피밭을 일구던 시절, 남편을 먼저 보내고 혼자 커피밭을 돌보던 시절 이야기를 이어 갔다. 그녀의 커피밭은 그녀가 살아온 날 만큼이나 많은 시간들이 쌓인 곳이었다. 아마 도냐 베르타는 그날이 당신이 커피밭으로 올라올 수 있는 마지막 날임을 알았던 것 같다. 그녀는 걷다 서기를 반복하며 커피밭 곳곳을 둘러보았다. 그곳에서 당신이 살아온 한 생을 이야기하다가 나더러 나중에 더 나이 들거든 다시 이곳으로 돌아와

내 사진기에 담긴 도냐 베르타의 마지막 사진이다. 이 날 도냐 베르타는 내게 당신의 커피밭으로 올라가자고 청했고 그곳을 어렵게 거닐며 많은 이야기들을 들려주었다. 그리고 내게 당신 커피밭 위쪽 커다란 나무 위에 새 집처럼 작은 집 하나 짓고 살라고 당부하였다.

도냐 베르타의 커피밭에 오르려면 이 작은 개울을 건너야 했다. 해발고도 4,000미터가 넘는 죽음이 산으로부터 내려오는 이 물은 사시사철 마르지 않고 도냐 베르타의 커피밭 사이를 흘렀다. 타라수에서는 수확한 커피열매의 과육을 햇빛에 말리는 건식이 아닌 물로 씻어 내는 가공법을 썼기에 이 물은 매우 요긴할 수밖에 없었다. 커피 수확철이 되면 커피조합에서 과육을 물로 씻어 내는, 썩 유쾌하지 않은 냄새가 늘 사방에 짙게 깔렸다.

당신 커피밭 한편에 있는 커다란 나무 위에 새집 같은 둥지를 짓고 살라는 다소 엉뚱한 당부를 덧붙였다.

그날 저녁, 언제나처럼 이른 저녁 뉴스를 보고 기도를 올리고 막 잠자리에 들려던 도냐 베르타가 당신의 침대 바로 옆 침대에 누운 나를 불렀다. 그즈음 도냐 베르타와 나는 같은 방을 쓰고 있었다. 그녀는 혼자 잠들기도 힘들 만큼 많이 약해져 있었다. 어둠 속에서 도냐 베르타가 말했다. 죽는 것이 무섭다고. 간암 말기 선고를 받고 석 달을 살다 세상을 떠나기까지, 도냐 베르타는 그때 처음이자 마지막으로 죽음에 대한 무서움을 표했다.

커피 파이오니어

도냐 베르타는 1939년생이다. 그녀의 할아버지는 20세기 초반 식솔을 끌고 산호세에서 데삼파라도스Desamparados를 거쳐 이곳 타라수에 들어온 커피 파이오니어(커피 개척자)였다. 미국에 골드러시가 있었다면 코스타리카에는 커피러시가 있었다. 한때 국가 재정의 90% 이상을 커피 수출에 의존하던 시기였다. '코스타리카에서 가장 훌륭한 재상은 좋은 커피가격이다'라는 말이 있을 만큼, 커피가 코스타리카의 모든 것이었고, 사람들 역시 커피를 따라 움직였다. 커피만 재배할 수 있다면 사람들은 길이 없는 곳이라도 길을 만들어 갔다. 길을 낼 수 없는 곳은 차보다 비행기가 먼저 닿았다. 해발고도 3,000미터 혹은 4,000미터 이상 되는 활화산들이 줄줄이 늘어선 코스타리카에서 길을 내는 일은 쉽지 않았다. 실제로 20세기 초반 산호세 남쪽으로 이주한 사람들 대부분은 육로가 아닌 항공편으로 이주한 경우가 많았다.

커피가 아니었다면, 그 시절 이곳 타라수까지 사람이 들어올 리 만무했다. 코스타리카는 스페인에 의한 기나긴 식민 시기 내내 혼혈이 거의 이루어지지 않은 곳 중 하나다. 식민 초기 유럽인들이 갈구했던 금이나 은이 없었을뿐더러 그들이 원했던 열대작물 재배 또한 쉽지 않은 곳이 코스타리카였다. 게다가 멕시코나 페루같이 원주민 노동력이 풍부하지도 않았고, 굳이 대규모 노예를 들여와 식민지를 경영하기에도 큰 매력이 없는 곳이었다.

그러니 라틴아메리카 다른 지역처럼 원주민이나 흑인과의 혼혈이 거의 이루어지지 않았고 식민 시기에 들어온 소수의 유럽인들이 덥고 습한 항구 지역을 피해 해발고도 1,000미터가 넘는 중앙고원에 고립되다시피 동떨어져 살면서 그들만의 세상을 꾸렸다. 인구 수가 현저히 적었기 때문에 굳이 그곳 밖으로 나가 새로운 땅을 개척할 필요도 없었다. 그것이 코스타리카가 오늘날까지 라틴아메리카 국가들 중 사람들의 피부색이 유난히 하얀 나라로 남은 이유이기도 하다.

그렇게 중앙고원에 고립되듯 살던 사람들을 그곳 밖으로 불러낸 것은 바로 커피였다. 커피러시의 시기, 땅에 대한 욕망이 폭발했다. 커피가 곧 황금 낟알이던 시절이었다. 수도 산호세 주변에 옹기종기 모여 살던 사람들이 그 안에서 땅을 넓히고 커피를 심었다. 이들이 모여 살던 중앙고원이 커피러시의 욕망을 이기지 못하고 곧 포화 상태에 이르렀다. 다행히 수도 산호세만 벗어나면 무한한 미개간지가 존재했다. 하루 종일 말을 몰아 달린 곳까지 울타리를 쳐 자신의 소유권을 주장해도 타인의 소유권과 충돌할 여지가 없는 무주공산이었다. 그렇다고 해서 맘껏 울타리를 두를 수는 없었다. 자신의 관리가 미치지 못하는 곳을 자기 땅이라 주장하는 일만큼 무의미한 일도 없었다. 독립 이후로도 백년 이상 사람의 발길조차 닿지 않은 곳이 태반이었으니 그런 곳에서는 소유권을 증명할 법적 체계가 제대로 갖춰져 있었을 리 없던 시절이었다. 내가 쳐 둔 울타리 안으로 내일 누군가 새로운 울타리를 치고 들어온다 해도 당장 대응할 수 없다면 내 땅이라 할 수 없었다. 자연스럽게 자신의 눈길과 발길이 닿는 곳까지 소유의 경계가 정해졌다.

또한, 커피 가격이 아무리 비싸다 한들, 그리하여 땅을 확보하고 그 모든 곳에 커피를 심는다 한들, 그 커피를 수확할 사람이 없는 것도 난제였다. 오직 가족의 노동력 외에는 기계나 다른 사람, 그 어떤 것에도 기댈 수 없는 시절이었다. 지금처럼 이주 노동자들이 들어올 수도 없었으니, 온전히 가족들의 손으로 모든 노동을 해결해야 했다. 무엇보다 태평양이나 대서양 항구까지 커피를 실어 낼 수 없다면 수확 역시 의미 없는 일이었다. 커피러시를 좇아 이곳 타라수에도 사람들이 들어왔지만, 토지 소유와 관련하여

커피밭 사람들, 그 후 20년

쉬 욕심을 부릴 수 없었던 이유들이다. 게다가 수확한 커피를 항구도시까지 실어 내가는 일은 생존의 한계를 시험할 만큼 어렵고 힘든 일이었다. 그렇게 타라수의 '작은' 커피밭들이 자리를 잡기 시작했다.

타라수에서도 역시나 오랫 동안 운송이 가장 큰 문제였다. 도로 체계가 제대로 갖춰지지 않은 상황에서 산지에서 항구까지 1,000미터가 넘는 해발고도를 극복하는 일은 결코 쉽지 않았다. 화산 분출로 인해 형성된 고원지대에서 항구가 있는 해안가로 내려가기 위해서는 협곡을 수십 번 건너야 했다. 교각이 있을 리 만무했으니, 말이나 소 등에 실린 커피가 항구에 닿는다는 것은 곧 수십 개의 협곡을 오르내리며 물길을 건너는 것을 의미했다.

일찍이 커피 재배가 시작되었던 수도 산호세 주변 역시 상황은 마찬가지였다. 명색이 수도임에도 태평양이나 대서양 항구까지 내려가는 운송 인프라를 갖추지 못한 처지였다. 게다가 코스타리카 식민 역사의 특성상 원주민이나 아프리카 노예의 도움을 받을 수 없는 상황에서 이 모든 일은 온전히 한때 '호세피노' 혹은 '호세피나'라 불리던 유럽계 백인들의 몫이었다. 그것이 노예나 원주민 노동력을 이용했던 브라질과 달리, 코스타리카가 세계 커피 시장에 적극적으로 뛰어들지 못했던 확연한 한계였다.

그러던 중 한계를 돌파할 새로운 혜성이 등장하였다. 바로 위 미국, 그러니까 유럽보다 훨씬 가까운 곳에서 산업화와 도시화가 진행되면서 커피 수요가 증폭하기 시작했다. 그간 타라수에서 재배된 커피는 코스타리카의 태평양 쪽 항구를 떠나 칠레의 남단까지 내려갔고 아메리카 대륙의 최남단을 돌아 대서양을 건너 유럽에 닿는 여정을 감내해야 했다. 그런데 새롭게 등장한 미국, 특히 골드러시 이후 빠르게 성장하던 서부지역 시장들은 기존의 유럽 시장보다 훨씬 유리한 조건을 제공했다.

라틴아메리카 커피 생산 국가들에게 훈풍이 불기 시작한 가운데, 코스타리카에서도 커피 재배 면적이 인구 성장이나 국토 개발보다 훨씬 빠른 속도로 증가하기 시작했다. 커피가 금값을 구가하던 시절이었다. 오죽하면 커피가 '황금 낟알'이라 불렸을까? 커피가 모든 부를 결정하던 시기였다. 누구든 땅이 있으면 커피를 심었고, 주변과의 경쟁에서 밀린 사람들은 새로운 땅을 찾아 나섰다. 말을 타고 가든, 걸어가든, 심지어 비행기를 타고 가서라도 커피 심을 땅을 확보하는 것이 코스타리카 사람들에게 떨어진 지상 과제였다. 교통로도 확보되지 않은 곳으로 사람들이 퍼져 나갔고, 그곳에 간 사람들이 다시 커피를 심었다. 그야말로 커피 러시의 시절이었고 도냐 베르타의 부모님이 그들의 부모님들을 따라 커피 파이오니어가 되어 타라수로 들어온 시절이기도 했다.

커피 파이오니어 1.5세대로 타라수에서 성장한 도냐 베르타의 아버지는 자신과 같은 이주 역사를 갖고 있는 그녀의 어머니를 만나 가정을 꾸렸다. 그런 이유로 당연하게도 도냐 베르타는 이곳 타라수에서 태어난 온전한 1세대가 되었다. 이곳에서 성장하고 결혼하여 일가를 이뤘으며 삶을 마감하기까지 도냐 베르타는 평생을 커피와 함께 살았다. 세 살 먹어서부터 부모와 형제들을 따라 커피밭으로 올라가 커피를 땄고, 생을 마감하던 그해에도 자신의 모든 생이 담긴 커피밭 이곳저곳을 거닐며 그녀가 심고 가꿨던 나무들을 보듬었다.

커피를 세상으로 실어 내는 일

나는 도냐 베르타가 들려주는 그녀의 유년 시절 이야기를 좋아했다. 그녀가 어릴 적 마을 사람들은 일 년에 한 번 각자의 집에서 수확한 커피를 태평양 항구도시나 수도 산호세로 싣고 나가 생필품으로 교환해 왔다. 오지와 다름없던, 어쩌면 세상의 끝과 같았던 이곳 타라수에서 그것은 생존을 위한 연례행사이기도 했다.

　마을 사람들의 가장 큰 과제는 수확한 커피를 유럽에서 들어오는 배가 닿는 항구까지 실어 내는 일이었다. 오늘날과 같은 교통로가 있을 리 없었으니, 수확한 커피를 제대로 운송해 내는 것이 한 해 커피 농사 성패를 가르는 기준이었다. 아무리 농사를 잘지어도 항구까지 실어 내지 못하면 헛일이었다.

　해발고도 1,500미터 이상 되는 타라수에서 고도를 낮춰 가며 태평양 쪽 항구까지 가는 여정은 결코 쉽지 않았다. 원래는 대서양쪽 항구로 실어 내가야 했지만, 그럴 여력은 애초에 없었다. 태평양 항구까지만 어떻게든 실어 내면 유럽에서 온 상선이 칠레

남단을 돌아 대서양 너머 유럽까지 커피를 운반했다. 최소 대여섯 달이 소요되는 일정이었다. 자동차가 없던 시절, 모든 커피는 짐승의 힘을 빌려 태평양 바닷가를 향해 나아갔다. 왕복 300km 정도 거리를 오가는 데만 꼬박 스무 날 이상이 소요되었다. 그것도 운이 좋아야 그 정도 기간에 가능한 일이었다.

처음에는 말 등에 커피를 실어 냈다. 사람 한 명이 겨우 지나갈 수 있는 소로를 따라 수십 마리 말들이 대열을 꾸려 길을 나섰다. 한 달 가까이 걸리는 여정이었지만 길 중간에 사람이나 짐승이나 들어 쉴 만한 시설이 없었다. 그러니 말 열 마리가 커피를 등에 지면 그 뒤로 말 스무 마리가 보름 간 먹을 식량을 등에 지고 따라나섰다. 물론 커피를 실어 내는 사람들이 먹을 식량도 뒤에 따르는 말들의 등에 함께 실렸다. 비라도 내리면 협곡에 물이 불어 다시 몇 날을 그곳에서 노숙하며 수위가 낮아지길 기다려야 했고, 여정이 길어지면 당장 말이나 소의 먹이를 구하는 일이 큰 문제였다. 항구에 닿기 전, 생필품이나 짐승들의 식량을 보급받을 수 있는 곳 역시 변변치 않았다.

협곡을 만날 때마다 수십 마리 말들이 물길을 건너기 위해 내려섰다 오르기를 반복했다. 물을 건널 땐 혹여 가죽부대에 담아 말 등에 실은 커피가 물에 젖을까 노심초사하였다. 물이 깊은 곳에서는 커피를 등에 진 말을 한 마리씩 뗏목에 실어 건네야 했다. 커피를 운반하는 일은 그야말로 사람과 짐승의 한계를 넘나드는 대장정이었다.

시간이 흘러 길이 단단하게 다져지고 그 길의 폭이 조금 더 넓어진 이후로는 소 두 마리를 엮은 우마차로 커피를 실어 나갔다. 이 시기 마을 사람들은 기존 텃밭 수준으로 가꾸던 커피밭을 조금씩 더 넓혀 갈 수 있었다. 점점 더 많은 커피가 실려 나갔고, 해를 거듭할수록 마을 사람들의 삶도 조금씩 더 풍요로워졌다. 일년에 한 번, 커피와 사람과 짐승이 여러 날 먹을 식량을 등짐 지고 나가 교환해 오는 물자 중에 가장 중요한 것은 소금과 비누였다.

도냐 베르타의 산호세

어린 시절 내내 일년에 한 번, 많아야 두 번 산호세에 다녀오는 아버지에게 그곳 이야기를 듣고, 그곳을 동경하던 도냐 베르타가 처음으로 직접 산호세에 나가 본 것은 그녀 나이 여덟 살 때인 1947년이었다. 수도 산호세에서 남쪽으로 파나마를 잇는 판아메리칸 하이웨이가 막 건설되던 무렵이었다. 중간중간 길이 뚫리기는 했지만 완전한 연결은 되지 않은 상황이었고, 그나마 길이 연결된 곳도 온전히 비포장이었다. 게다가 타라수는 판아메리칸 하이웨이 선상에서 살짝 빗겨 있었다.

타라수에서 판아메리칸 하이웨이에 가장 단거리로 접근할 수 있는 곳은 엠팔메El Empalme다. 거리상으로는 약 15km 정도밖에 떨어져 있지 않지만 타라수보다 해발고도가 1,000미터 이상 높은

판아메리칸 하이웨이. 아메리카를 북에서 남으로 종단하는, 세계에서 가장 긴 국제고속도로다. 코스타리카 역시 니카라과와 접한 북쪽에서 파나마와 접한 남쪽에 이르기까지 판아메리칸 하이웨이가 국토를 종단한다. 왕복 2차선인 경우가 대부분이고 도로 상태가 썩 좋지는 않은 편이다. 이 도로가 만들어지기 전 산호세에서 밀려 남으로 내려온 커피 파이오니어들은 비행기로 이주를 하였다.

곳이다. '죽음의 고원'이라 불리는 해발고도 3,000미터 이상 되는 산맥이 시작되는 곳이기도 하다. 포장도로가 생긴 요즘도 차가 곡예 수준의 운전을 해야 접근이 가능하다. 거의 모든 구간이 급커브와 급경사로 이루어져 엠팔메를 거쳐 처음 타라수를 방문하는 사람들은 어지간해서는 멀미를 면키 어려운 구간이기도 하다.

처음 산호세로 나가는 여행에 그녀 가족은 타라수에서 엠팔메까지 걸어갔다. 어른들은 신을 신었지만 어린 도냐 베르타와 그녀의 형제들은 맨발이 익숙해 신발을 신지 않은 채였다. 깜깜한 새벽에 길을 나서 맨발로 40여 리를 걸어 엠팔메에 닿았고 그곳

커피밭 사람들, 그 후 20년

에서 트럭 짐칸에 실려 산호세로 들어갔다.

그 시절 한참 커피 가격이 좋을 때였으니 한 해 커피 농사를 마친 가족들은 산호세 다운타운 여관에 묵으면서 몇 날 며칠 동안 시내 구경을 다녔다. 한 해 동안의 수고로움에 대한 단맛의 향유였다. 그것은 그녀의 가족뿐 아니라 마을 사람들 모두의 연례 행사이기도 했다. 그때 묵었던 여관은 2층이었는데 도냐 베르타는 생전 처음 계단을 밟아 2층에 올라간 생소한 느낌을 생생하게 기억하고 있었다. 또 처음 가 본 동물원에 대한 기억도 선명하게 가지고 있었다. 그 시절 이야기를 할 때면 도냐 베르타는 금방 다시 예닐곱 살 어린아이로 돌아간 듯했다. 그녀에게도, 이 나라 코스타리카 사람들에게도, 참으로 달콤한 시절이었다. '황금 낟알'이라 불리던 커피가 언제까지나 장밋빛 미래를 보장해 줄 것 같았던, 호시절 이야기다.

타라수에 서늘한 비가 내리면

그녀가 어릴 적 마을의 모든 집이 커피밭을 가지고 있고 커피를 재배했지만 그땐 일꾼을 사서 커피를 따는 집은 없었다. 커피 가격이 고공행진 하던 시절이었지만, 운송이 여전히 문제였다. 재배 면적이 넓어지고 재배량이 많아진다고 해도 그 모든 양을 항구까지 실어 낼 수 없었다. 운송이 늦어지거나 운송 과정에서 커피가 물에 젖기라도 하면 한 해 수고가 말짱 헛일이 되던 시절이었다. 그러니 그 시절 마을 사람들의 커피밭 규모는 지금보다 훨씬 작았고 마을 사람들은 모두 자신들의 커피밭 안에서 가족과 함께 일하며 살아갔다.

물론, 어린아이들도 '당연하게' 커피밭에 올라 커피를 땄다. 커피 파이오니어의 자녀로 이곳에서 나고 자란 어린 도냐 베르타 역시 하루 중 대부분의 시간을 커피밭에서 보냈다. 그때를 회상할 때마다 그녀는 그 시절이야말로 이 세상에 파라다이스가 존재했다면 바로 타라수였을 것이라는 말을 강조하여 반복하였다.

도냐 베르타는 세 살 먹던 해부터 언니들과 함께 커피밭에서 커피를 땄다. 여느 농작물 같지 않고 앵두 크기만 한 커피 알갱이는 어린아이들도 얼마든지 쉽게 딸 수 있었다. 사실, 이것이 오늘날 커피를 생산하는 가난한 나라의 많은 아동들이 학교에서 공부할 기회를 빼앗기고 커피밭으로 내몰리는 딜레마이기도 하다. 차라리 커피를 따는 일이 어렵거나 성인들이나 감당할 수 있는 억센 힘을 필요로 한다면 아동들이 이로부터 자유로울 수 있을 텐데, 커피 열매는 딱 앵두 크기만 하다. 게다가 커피는 크기나 무게가 아닌 색을 구분하여 따야 하는 작물이다 보니 기계 사용에 한계가 있을 수밖에 없다. 고사리 손을 가진 아이라도 기계가 하지 못하는 색 구분만 할 수 있으면 커피밭으로 내몰리는 경우는 여전히 허다하다. 이것이 커피의 이면에 깃든 여러 슬픔 중 하나이다.

도냐 베르타 역시 세 살 때부터 신발도 신지 않고 커피밭에 올라가 커피를 땄지만 단 한 번도 그 일이 고되다는 생각이 들지 않았다고 했다. 그 시절 커피는 돈벌이 수단이라기보다는 그냥 삶의 일부였다. 어쩌면 커피를 마음껏 항구로 실어 낼 수 없던 시절의 딜레마가 주던 축복이었을 것이다. 운송이라는 제한에 걸려 사람들은 쉬 욕심을 부릴 수 없었다. 그 시절 타라수가 아름다울 수 있었던 이유이기도 하다. 그녀 어릴 적, 커피밭에서 커피를 따고 밥때가 되면 그곳 커피나

코스타리카의 대부분 집에서는 여전히 헝겊 주머니에 커피가루를 넣고 그 위에 뜨거운 물을 부어 커피를 내린다.

무 그늘 아래서 가족들과 어울려 식사를 하며 보낸 시간들을 도냐 베르타는 아름답게 기억하고 있었다. 물론 그 식사에도 커피는 빠질 수 없었다. 사탕수수로 만든 원당을 듬뿍 넣은 그 커피는 훌륭한 열량원이었다.

그녀의 파라다이스는 후각으로 각인되어 있다. 아침이면 마을의 모든 집들이 커피를 끓여 내는 일로 하루를 시작했다. 마치, 하루를 시작하는 경건한 의례처럼 사람들은 이른 아침 커피를 끓여 내는 일을 챙겼다. 오전뿐 아니라 오후에도 영국식 티타임과 같은 커피타임이 있었는데 오후 서너 시쯤 되면 또다시 마을 전체에 커피 내리는 향기가 가득했다. 비라도 내리는 날이면 사람들

은 차가운 비를 피해 집 안 화덕 옆에 옹기종기 모여 뜨거운 커피를 마셨다. 운이 좋은 날에는 커피에 빵이나 과자가 곁들여졌다. 더할 나위 없는 호사였다. 도냐 베르타는 비와 함께 안개가 몰려오고 마을 전체에 커피 향이 진하게 드리워지던 그 시절의 서늘한 오후를 그리워했다. 타라수의 비 내리는 오후가 주는 서늘함과 화덕 옆의 따스함을 익히 경험해 본바, 내게도 도냐 베르타가 생존해 있던 시절 비 내리는 타라수의 오후는 파라다이스였다.

차가운 비가 내리는 오후 마을 전체에 가득한 커피 향이라니. 생각만으로도 얼마나 아름다운 시절이었을지 익히 상상이 된다. 가늠해 보면 대략 1940년대 혹은 1950년대다. 코스타리카의 커피 개척자 가족에게서 태어난 그녀에게 그 시절은 그렇게 향기로 기억되었다. 돌아가시기 직전까지 매일 이른 아침 삶의 의례를 치르듯 손수 정성 들여 커피를 내리던 도냐 베르타의 모습은 어쩌면 당신이 기억하는 아름다운 시절에 대한 여전한 그리움과 감사였는지도 모르겠다.

도냐 베르타의 파라다이스

중앙아메리카의 작은 나라 코스타리카는 일찌감치 유럽과 미국으로 커피를 수출하여 국가 경제를 꾸렸지만 정작 이 나라 사람들은 1980년대 후반까지도 고급 커피를 마실 수 없었다. 한때 우리나라에서도 해산물이든 농산물이든 좋은 것은 일본으로 수출하고 정작 우리나라 사람들은 하품을 먹었던 시절과 비슷한 상황이었으리라. 국가가 나서서 자국민들의 고급 커피 소비를 금지하였고, 전량 내수 없는 수출을 관장하고 감독했다. 국가가 자국 재정의 근간을 조금이라도 지키고자 하는 욕망이었을 것이다.

국가가 자국 내 고급 커피 소비를 통제하던 시절 충분치 못한 커피로 인한 사건 사고들이 끊이지 않았는데, 적은 양의 커피로 진한 색을 내기 위해 원두에 염료를 입혀 볶기도 하고 때론 닭 피나 소 피를 섞어 볶기도 했다는 그 시절의 엽기적인 이야기들이 여전히 공공연하게 회자된다. 그러거나 말거나, 타라수는 그러한 시대적 현실로부터 자유로웠다. 유난히 빛이 풍부한 타라수에서 생산된 커피들을 각자 집에서 말려 원두로 만들었고 하루하루 먹을 만큼을 볶아 내려 마셨다.

그럼에도 산호세로부터 다소 멀리 있던 타라수는 자국 내 커피 소비를 통제하던 중앙 정부의 관리와 감시로부터 비교적 자유로울 수 있었다. 각 집마다 마당에 커피를 널어 건조하고 그 대부분을 연례행사처럼 산호세나 태평양쪽 항구도시로 실어 냈지만 커피는 그들 자신이 하루하루 일용할 양식이기도 했다. 아주 어린아이들도 커피를 마시던 시절이었다.

도냐 베르타가 당신의 어린 시절을 회상하면서 가장 많이 쓴 낱말은 '행복'과 '아름다움'이었다. 초등학교 졸업을 끝으로 그녀의 학업은 중단되었지만 그 시절에는 부족하지도 넘치지도 않는 정도의 학력이었다. 학교에 갈 때면 꼭 말을 타고 다녔는데, 아침이면 말들이 카라반 형태로 줄을 지어 그녀와 그녀의 형제들을 태우고 학교로 갔고 그들을 학교에 내려 준 뒤 말들 스스로 총총총 집으로 돌아왔다고. 그녀는 내게 동화 같은 이야기를 들려줬다.

코스타리카에서 커피가 황금기를 구가하던 그 시절, 학교에서는 매 학기마다 학생들에게 교복을 지어 입으라고 귀한 옷감을 나눠 줬다. 마을에 하나밖에 없던 옷 짓는 가게는 학생들의 옷을 만드느라 늦은 밤까지 훤하게 불을 켠 채 일을 했고 때론 밤을 하얗게 지새기도 했다. 아직은 전기가 귀하던 시절이라 마을에서 유일하게 전깃불을 켜고 일을 하던 곳이기도 했다.

도냐 베르타의 파라다이스는 그녀가 자라 성인이 되고 남편을 만나 일가를 이룬 뒤로도 오래도록 지속되었다. 20세기 후반 코스타리카는 주변 국가들이 정치적 혼란이나 내전을 겪는 와중에도 평화로움과 번영을 지켜 낼 수 있었다. 그런 정황들이 사람들의 마음속에도 그대로 스며든 듯, 혹은 전성기를 구가했던 커피 가격의 영향인 듯, 도냐 베르타뿐 아니라 코스타리카에서 만나는 대부분 사람들은 자신들의 과거를 한없이 아름답게 기억하거나 추억하고 있었다. 그 시절 커피 값이 한없이 좋았기에 가능한 일이었다. 어쩌면 앞으로 다시 오기 힘들 커피의 호시절이기도 했다.

플로리다에서 사 입던 리바이스 청바지,
그리고 도냐 베르타의 속마음

타라수에 커피 이주가 시작된 이후 그곳에서 태어난 그녀는 평생을 커피밭과 함께했다. 역시 커피 개척자의 아들인 남편을 만나 10만사나(manzana, 약 7헥타르)의 커피밭을 일궜다. 여덟 명의 아이를 낳아 기르는 동안 그녀는 집안일을 했고 남편 혼자 묵묵히 커피밭 일을 해냈다. 밭으로 올라간 남편에게 매일 점심을 만들어 보냈는데, 큰아들이 네 살 되던 해부터는 그 아들이 밥을 날랐다.

집에서 밭까지는 제법 먼 길이었다. 도냐 베르타가 도시락을 챙겨 말 목에 걸고 아들 목에는 피리를 걸어 말 등에 올려 주면 아이를 실은 말이 알아서 주인이 일하는 밭까지 찾아갔다. 커피밭에 도착하면 아들은 엄마가 목에 걸어 준 피리를 불었고, 그 소리에 커피밭 깊숙이 있던 아버지는 일을 멈추고 커피밭에서 나와 말 등에서 아들과 도시락을 내렸다. 아들과 함께 커피밭 어디쯤 자리를 잡고 앉아 도시락을 비운 아버지는 빈 도시락과 함께 아들을 다시 말 등에 올려 주었다. 그러면 커피밭으로 올라올 때와 마찬가지로 말이 알아서 이런 아들을 태우고 총총총 집을 향해 내려갔다.

1939년에 태어나 2015년 세상을 떠나기까지, 타라수에서 나고 자라서 결혼을 하고 가족을 이루면서 75년을 살다가 간 도냐 베르타의 생애는 이 세상 커피경제의 부침과 궤를 같이했다. 세계 커피경제가 한참 호시절이던 1970년대와 1980년대, 그녀의 살림 또한 나날이 반짝거렸다. 소 한 마리 값을 주고 산, 독일에서 왔다는 솥단지도 그 시절에 장만한 살림이었다. 내가 그녀와 살던 시절을 포함해 30년 넘게 부엌 살림의 지존이었던 솥단지는 그녀가 세상을 떠난 뒤 딸들에게 상속되었다.

1980년대에는 이 작은 마을 타라수에도 해외여행 붐이 불었다. 수도 산호세 한 번 나가 보지 못한 사람들도 해외여행을 하던 시절이 그즈음이었다. 더러는 유럽까지 가기도 했지만, 대부분은 미국 플로리다에 가서 리바이스 청바지를 사 입는 것을 최고의 호사로 여기고 누렸다. 현재보다 풍요로웠던 그 시절에 대한 회상 때문인지 도냐 베르타는 당신이 살아 있던 시절 내내 리바이스 청바지에 과하다 싶을 만큼의 애정을 줬다. 정작 당신은 리바이스 청바지를 입지 않았지만, 어쩌면 더 이상 리바이스 청바지를 살 여력이 되지 않았지만, 언제나 그녀가 그리워하는 지난 날의 호시절 속에서는 꼭 리바이스 청바지가 소환되었다.

1990년대 후반 커피 가격이 폭락하기 전까지의 시간들은 당신 삶에 있어 더할 나위 없는 호시절이었다. 그때 이후로는 더 이상 지난날과 같은 날들은 오지 않았다. 그러니 시시로 내게 들려주던, 미국 플로리다에 가서 리바이스 청바지를 사 입던 시절에 대한 기억은 당신 생전에는 다시 누리지 못할, 지난날에 대한 그리움이기도 했을 것이다.

그래서일까? 풍요의 시절을 살아 본 그녀가 돈을 쓰는 데 보인 용기는 여느 여염집 아낙의 배포를 넘어설 만큼 후하고 두둑했다. 누구에게든 항시 넉넉하게 베풀었고 타인의 딱한 사정에도 늘 민감했다. 누구든 당신 집 문 안으로 들어오면 일단 밥과 커피부터 차려 냈다. 그러고는 옷이 필요한 사람에게는 옷을, 잠자리가 필요한 사람에게는 잠자리를 내줬다. 그러면서도 정작 자신의 삶에는 검약의 습관이 몸에 배어 있었다. 무엇이든 귀히 여겼고, 오래 아껴 사용했다. 당신 말년에는 옷을 살 때도 항상 미국에서 내려온 중고 옷만 사 입었다. 간암 말기 판정을 받고, 치료를 받으러 수도 산호세에 다녀오던 길, 미국에서 내려온 중고 잠옷 한 벌을 아주 싸게 사왔다고 좋아하며 옷장 속에 고이 접어 넣던 모습이 선하다.

간암 말기 선고를 받았던 그해 봄, 나는 코스타리카 수도 산호세 인근에 있는 정원이 아름다운 호텔에 그녀를 모시고 싶었다. 꽃을 유난히 좋아했기에 꼭 그곳, 정원이 딸린 호텔에서 하룻밤이라도 그녀와 같이 머물고 싶었다. 하지만 결국 그렇게 하지 못하였다. 나름 풍요롭게 살았다고 회상했지만, 검소함이 몸에 밴 그녀. 고급스러운 호텔에서 하루 묵으면서 여유롭게 넓은 정원을 산책하고 식사를 들었더라면 얼마나 좋아했을까? 그걸 해 드리지 못한 것이 내내 마음에 걸린다.

그녀의 부음을 들은 이듬해가 되어서야 나는 그녀의 무덤을 찾아갈 수 있었다. 살아생전 그녀가 좋아하던 테킬라 한 병을 사

1939년에 태어난 도냐 베르타는 2015년에 코스타리카 타라수에서의 삶을 마감하고 먼저 간 남편 돈 나랑호 곁에 묻혔다. 돈 나랑호와 도냐 베르타는 수도 산호세 인근으로부터 이곳 타라수로 이주한 커피 개척자의 1.5세대였다. 그들은 어릴 적에 타라수로 들어와서는 이곳에서 평생 커피밭을 일구며 살았다. 그녀가 세상을 뜬 뒤에도 나는 그녀를 찾아갈 때마다 그녀에게 테킬라 한 병을 선물했다. 살아 생전 테킬라를 사다 드릴 때마다 도냐 베르타는 당신의 자녀들에게 멕시코에서 성공한 몬타냐가 사온 선물임을 두고두고 강조했다.

커피밭 사람들, 그 후 20년

들고 가 무덤 앞에 놓았다. 그간 멕시코에서 코스타리카를 방문할 때마다 테킬라를 사 갔는데, 그때마다 그녀는 아이처럼 기뻐했다. 정작 당신은 술을 마시지 못하였지만 자식들에게 멕시코에서 '성공한' 몬타냐가 사온 선물임을 강조하면서 마루 장식장 안에 고이 모셔 놓고 가끔 선심 쓰듯 한 잔씩 테킬라를 따라 주곤 했었다. 그 장면을 볼 때마다 내게 그녀의 마음이 읽혔다.

'이것 봐! 몬타냐가 이렇게 성공한 사람이라고. 멕시코에서 일해서 번 돈으로 테킬라도 사오잖아. 그러니까 혹여라도 나중에 내가 죽고 없더라도, 몬타냐가 찾아오거든 따뜻하게 잘 대해야 해!'

아마도, 그 마음이었을 것이다. 혹 당신이 돌아가시고 난 뒤라도 가끔씩 불쑥 찾아오는 몬타냐를 홀대하지 말고 챙기라는, 자식들에 대한 당부였을 것이다.

막내딸, 쟌시

그녀가 혼자 지내던 집 바로 옆에 막내딸 쟌시의 집이 있다. 딸 다섯에 아들 셋을 둔 도냐 베르타와 돈 나랑호가 막내로 입양해 키우고 마지막까지 당신의 집 바로 옆에 두고 살던 딸이 쟌시다. 쟌시는 흑인 아이였다. 흑인에 대한 차별이 유난한 코스타리카에서, 게다가 그 차별의 기준이 도시보다 훨씬 더 보수적인 시골의 작은 마을 타라수에서 흑인 아이를 입양하는 일은 결코 쉽지 않앗을 것이다. 그럼에도 도냐 베르타와 돈 나랑호는 피부색이 확연히 다른 쟌시를 입양해서 지극 정성으로 길러 냈다. 이들의 여덟 자식 역시 이 흑인 아이를 기꺼이 동생으로 맞아 주었다.

그들이 나고 자란 타라수에서 쟌시만큼 피부색이 검은 사람은 없었다. 그러니 쟌시와 그의 형제들이 어려서 받았을 시선은 얼마나 불편했을까? 그런 시선을 견디기가 쉽지 않았을 텐데, 여덟 형제들은 의연하게 쟌시를 받아들였다. 덕분에 쟌시는 도냐 베르타의 다른 자식들과 똑같이 부모님의 사랑을 받으며 성장했다.

돈 나랑호가 급성 백혈병으로 생명이 위중해 수도 산호세 병원으로 옮겨졌을 때도 아내 되는 도냐 베르타는 이미 성장한 다른 자식들과 달리 아직 어려서 엄마의 손을 필요로 하는 쟌시 때문에 한동안 남편 곁을 지킬 수가 없었다. 결국 돈 나랑호가 시집 간 넷째 딸 훌리에타를 친정으로 불러 어린 쟌시를 돌봐 줄 것을 부탁하고 나서야 도냐 베르타는 병상에 있는 남편 곁으로 갈 수 있었다. 그렇게 해서 돈 나랑호는 다행히도 서둘러 산호세에 닿은 도냐 베르타의 품에서 숨을 거둘 수 있었다.

쟌시는 결혼을 하고도 오랫동안 도냐 베르타와 함께 살았다. 쟌시가 막 결혼하여 도냐 베르타와 함께 살던 시절은 내가 도냐 베르타의 집에 둥지를 틀었던 시절과 겹친다. 나는 지붕 위 다락방을 썼고 쟌시 부부는 아랫층 곁방을 썼다. 그 즈음 그들 부부의 아이가 태어났고 도냐 베르타가 그 아이에게 안드레이라는 이름을 지어 주었다.

첫 돌을 맞도록 안드레이는 말이 없는 아이였다. 누군가와 눈도 잘 마주치지 않았다. 어느 날 아들 안드레이를 수도 산호세 소아과 병원에 데리고 나갔던 쟌시 부부가 돌아왔다. 안드레이가 어쩌면 평생 자폐 스펙트럼 장애를 가진 채 살아가야 할지도 모른다는 소식과 함께. 그날 도냐 베르타의 집에 모였던 식구들의 낙담이 얼마나 무거웠던지 다락방에 있던 나까지도 숨을 쉬기 버거웠던 기억이 난다. 그런데 도냐 베르타는 씩씩하게 일어나 밥을 지었고 낙담하고 있던 식구들을 식탁에 앉혀 밥을 먹였다. 마치 '아무 일도 아니다, 괜찮다'라는 선포를 행동으로 대신하는 것 같았다.

쟌시와 손자 안드레이가 도냐 베르타의 집 바로 옆으로 새 집을 지어 나가기까지 도냐 베르타는 정성으로 자신의 손자 안드레이를 돌봤다. 서로의 집이 붙어 있으니 분가를 한 뒤로도 안드레이는 도냐 베르타의 손에서 자라났다. 당신이 살아 있을 때 세상 모두와 벽을 쌓고 지내던 안드레이를 가끔 웃게 한 유일한 사람이 도냐 베르타였고, 당신이 세상을 떠나기까지 안드레이의 마음을 읽어 준 유일한 사람도 도냐 베르타였다. 오직, 할머니 도냐 베르타만이 안드레이의 마음을 헤아렸고 안드레이를 웃게 했으며, 안드레이와 이야기했고 안드레이와 노래했다. 도냐 베르타의 부음을 들었을 때 나는 안드레이 생각이 많이 났다.

돈 나랑호

나는 도냐 베르타의 남편 돈 나랑호를 본 적이 없다. 그녀의 침실에 놓인 사진으로만 그를 봤을 뿐이다. 선한 마음이 인상에서 그대로 느껴지는 분이었다. 도냐 베르타뿐 아니라 주변 사람들 말로도 살아생전 한 번도 화를 낸 적이 없었다고 했다. 도냐 베르타와 마찬가지로 평생을 커피밭에서 살다 간 분이었다.

도냐 베르타에 의하면 돈 나랑호가 살아 있을 때에도 그녀 집에는 항상 객식구가 끊이지 않았다고 했다. 마을의 거지들도 서늘한 비가 내리는 오후가 되면 꼭 그녀의 집 화덕 곁에서 불을 쬐고 옷을 말려 입었단다. 오후에 비가 멎어도 도통 갈 생각을 하지 않으면 돈 나랑호가 당신의 아내에게 저녁을 많이 지으라고 당부를 했다 하니, 부창부수다.

돈 나랑호를 직접 만나지는 못했어도, 집안의 물건 대부분은 그가 남기고 간 것들이었다. 커피밭을 오르내리던 45년 된 도요타 트럭은 돈 나랑호의 재산목록 1호였고 그가 쓰던 농기구들과 모자가 도냐 베르타 집 이곳저곳에 걸려 있었다. 트럭을 처음 샀을 때에는 마을 사람들을 짐칸에 태우고 산호세까지 다녀온 적도 있다고 했다. 돈 나랑호의 인생에서도 그 시절이 가장 호시절이었으리라. 커피가 모든 것을 가능케 하던 시절이었다.

내가 도냐 베르타와 같이 살던 시절에도 비가 내리면 이상하게도 사람들이 도냐 베르타의 집으로 모여 들었다. 더러 집에서

82

커피의 고장답게, 타라수의 자동차들은 커피밭에서 수확한 커피를 싣고 내리기 좋게 짐칸을 개조하는 경우가 흔하다. 타라수 커피는 대부분 마을 커피조합을 통해 공판하지만 최근 일본을 비롯한 여러 나라의 커피기업들이 열매가 여물기도 전에 타라수 커피를 입도선매 하는 경우가 흔해지고 있다.

만든 치즈나 과자를 들고 오기도 했지만, 대부분은 그냥 빈손이었다. 커피 한 잔만으로도 모여든 사람들은 충분히 즐거워했고 고마워했으며, 행복해했다. 타라수의 경우 일 년 중 약 다섯 달 정도가 우기에 해당하는데, 우기에는 아침에 해가 반짝거리다가도 오후가 되면 비가 내리면서 춥다 싶을 만큼 서늘해졌다. 그런 날이면 어김없이 도냐 베르타의 부엌 화덕에 장작불이 지펴졌고 그곳에 모여든 사람들은 설탕을 듬뿍 넣은 커피로 몸을 덥히며 도란도란 이야기를 나눴다. 그리고 그들의 이야기 속에 어김없이 돈 나랑호가 함께했다. 마을 사람들은 돈 나랑호가 돌아가신 이후로도 아주 오랫동안 그를 그리워했다. 그들의 그리움을 통해 나도 조금씩 조금씩 돈 나랑호를 알아 갈 수 있었다.

매일 오후 한두 시가 되면 커피밭으로 커피 트럭들이 올라온다. 이곳에서 각자 하루 종일 딴 커피를 계측하는데, 커피밭 주인들은 기록된 커피의 양에 따라 토요일에 주급 형태로 지급한다. 그래서 토요일 오후가 되면 타라수 다운타운은 북적거린다. 커피 수확철 한철에 반짝 빛을 보는 경제 상황 때문에 그곳 사람들은 자신들 마음에 도통 들지 않는 니카라과 이주 노동자들이나 과이미 원주민들에 대한 노골적인 불편함을 잠시 접어 둔다.

    도냐 베르타가 돌아가신 후, 코스타리카 어디에서든 서늘한 오후 비를 만나게 되면 나는 늘 도냐 베르타가 살아 계시던 때의 시간들이 그리웠다. 그녀의 부엌 한편에 있던 무쇠 화덕이 생각났고 그 위에 올려진 주전자에서 뜨겁게 데워지던 커피와 부엌 가득 짙게 드리워지던 커피 향이 생각났다. 축축하고 차가운 바깥 공기와 달리 화덕 곁에서 느껴지던 훈훈함과 평온함은 오랜 시간이 흐른 지금도 여전히 생생하게 그립다.

커피밭 사람들, 그 후 20년

금빛 발자취

도냐 베르타가 돌아가신 이후 코스타리카는 내게 그녀가 살아 있던 때의 코스타리카와는 전혀 다르게 느껴진다.

그녀의 부고를 듣던 그 순간, 타라수에 있던 나의 집이 사라져 버린 것 같은 느낌이 들었다. 실제로 집이 사라졌다. 아무 때나 불쑥 찾아갈 수 있는 집이 이제는 없다. 도냐 베르타의 집 근처에서 살아가는 그녀의 딸들이 여전히 나를 살갑게 맞아 주지만, 마치 내 집과도 같았던 도냐 베르타의 집은 이제 없다. 그리고 도냐 베르타도 없다. 어쩌면 나에게는 도냐 베르타가 곧 집이었는지도 모르겠다.

오래전, 그 삐그덕거리는 다락방. 혹여 몸을 뒤척이다 낡은 바닥이 꺼지기라도 할까 봐, 이른 아침 간밤의 추위를 기분 좋게 기억하며 조심조심 이불 속에서 꼼지락거리고 있노라면 커피 향이 그윽하게 올라왔고 침대에서 내려와 나무로 된 바닥 틈 사이로 보면 언제나 그곳에서 도냐 베르타가 신성한 의식을 치르듯 커피를 내리고 있었다. 커피를 내리고 나면 그녀는 토르티야를 구웠다. 서늘한 공기 속 향긋한 아침, 부엌으로 내려가 커피와 토르티야를 놓고 둘이 같이 아침을 먹던 날들이 아득하고 그립다.

도냐 베르타와 같이 살던 시절, 어쩌다 내가 산호세로 나가는 날이면 집을 나서는 시간이 아무리 이른 새벽이라도 그녀는 꼭 커피를 내렸고 아침을 챙겨 주었다. 그리고 언제나 차부까지 따라 나와 나를 배웅하며 늘 똑같은 당부를 잊지 않았다. 세상이 하수상해서 수도 산호세에서는 신고 있는 신발도 벗겨 간다고 하니 나이키 운동화 신지 말라고, 돈을 잘 간수하라고, 볼일 마치거든 바로 돌아오라고.

도냐 베르타가 세상을 떠난 후 그녀가 살던, 한때 나도 같이 살았던 그 집은 도냐 베르타의 뜻을 따른 자녀들의 결정으로 마을 어르신들의 모임터가 되었다. 타라수의 할머니 할아버지들이 그곳에 모여 담소를 나누고 커피를 마시고 음악을 들으며 춤을 춘다. 당호는 '금빛 발자취'다. 그곳에 모이는 한 사람 한 사람의 삶에 대한 존중을 담고자 한 이름이었을 것이다.

그곳에 모이는 어르신들 대부분이 커피를 좇아 타라수로 들어온 커피 개척자들의 2세대 혹은 3세대다. 그러니 그들의 삶이야말로 타라수 커피 역사의 한 축이라 할 수 있다. 그들 대부분의 삶은 이 세상 커피를 둘러싼 역사의 수레바퀴와 맞물려 돌아갔을 것이다. 때론 쓰고 때론 달고, 또 때론 시거나 아린 커피 맛을 이 세상에 내며 한 생을 살아왔을 것이다. 그들이 생산한 커피가 '황금 낟알'이란 이름을 얻었으니, 그들이 살아온 날들 또한 '금빛 발자취'라 하기에 충분할 만하다.

그렇게, 도냐 베르타와 돈 나랑호가 여덟 자식을 낳고 아홉 자식을 키우며 살았던 집은 타라수에서 '금빛 발자취'로 남았다. 글쎄, 도냐 베르타의 여덟 자식, 아니 아홉 자식들에게 이 집이 어떤 형식으로 상속되었는지는 알 수 없지만 당장 누군가에게 팔리지 않은 채 남아 줘서 정말이지 다행스럽고 고마웠다. 집에 붙여진 이름처럼, 그곳에 가면 언제든지 도냐 베르타가 살았던 흔적, 그녀의 금빛 발자취를 느낄 수 있어 한없이 고마웠다.

도냐 베르타가 돌아가시고 난 이듬해에 타라수를 찾았다. 더는 그녀가 존재하지 않는 타라수 소읍의 어느 식당에서 늦은 점심을 먹고 다운타운 끝자락에서 도냐 베르타의 커피밭을 바라보았다. 15년 전 수도 산호세 어느 커피집 벽에 걸린 낡은 커피자루, 그곳에 적혀 있던 이름 타라수Tarrazu를 보고 무엇에 홀린 듯, 물어물어 이곳에 찾아왔었다. 그리고 이곳 다운타운 끝자락에서 무리지어 선 학생들에게 물어 건너편 산자락 아래 펼쳐진 커피밭 주인을 찾아갔었다. 그렇게 찾아간 곳에서 만난 도냐 베르타의 첫마디는 "밥은 먹었는가?"였다.

언제든, 내가 찾아갈 때마다 도냐 베르타는 밥부터 차려 냈다. 그런데 이제 내게 그 말을 물어봐 줄 이가 없다. 언제까지라도, 빛이 한없이 좋은 고장 타라수를 찾아들면 제일 먼저 듣게 되는 말일 줄 알았는데, 이제 더 이상 들을 수 없는 말이 되어 버렸다.

"밥은 먹었는가?"

언제나 내게 같은 말을 물었던 도냐 베르타의 무덤 앞에서 이제는 내가 늘 같은 말을 되뇐다.

"도냐 베르타, 고마웠어요, 많이, 아주 많이요"

제2부
로사 가족과 파니 선생

2015년, 로사의 가족을 처음 만난 곳은 한때 프레디 부부와 니카라과 사람들이 모여 살았던 도냐 베르타의 축사였다. 유난히 지붕이 낮아 도냐 베르타의 다락방에서 보면 축사 옆 방죽이 지붕 위에 얹힌 듯했다. 오래전 여러 가족이 함께 모여 살았던 프레디 일행과 달리, 달랑 한 가족이 그 큰 도냐 베르타의 축사에 머물고 있었다. 그해에도 니카라과에서 일꾼들이 내려오긴 했지만 서로 다른 축사를 사용하고 있었고 출입구마저 서로 방향이 달라 로사 가족과 니카라과 일꾼들이 마주칠 일은 드물었다. 코스타리카 커피밭에서 코스타리카 일꾼 보기가 쉽지 않은 시절이니, 그들 가족 이야기를 들었을 때 먼저 떠오른 것은 의아함이었다.

도냐 베르타의 커피밭에서 커피를 따는 이들은 대부분 니카라과 사람들이었다. 이들은 축사에 있는 소를 밖으로 내보낸 그 공간을 잠시 빌려 사용했다. 사진에 보이는 방죽의 다른 편에 도냐 베르타의 다락방이 있었다.

대서양 연안에서 온 가족

그들이 머물고 있는 축사를 찾아간 날, 가장 먼저 눈에 띈 것은 수 돗가 주변에 지저분하게 널린 빨랫감이었다. 빛이 들지 않아 어둑한 축사 안을 들여다봤을 때 중년의 부인과 여자아이가 나를 보고 있었다. 여인의 이름은 로사였고 여자아이는 그녀의 딸, 제세니아였다.

엄마는 나의 등장을 다소 경계했고 어린 딸은 나의 등장을 퍽 반기는 듯했다. 해가 중천에 뜬 즈음이었으니 축사 안에 사람이 있을 것이라는 생각을 하지 못했다. 그때는 커피밭 일이 가장 바쁠 시간이었다. 예기치 못한 곳에서 사람을 만난 터라 나는 다소 허둥거렸는데 어둠 속에 마주친 작은 여자아이 제세니아는 나를 보고 반색했다. 아침부터 켜켜이 쌓인 무료함을 겨우 견디는 중이었을 것이다. 예기치 않은 횡재를 만난 양, 나를 보는 아이의 눈에서 반짝 빛이 났다. 반대로 엄마는 처음 보는 내게 몸을 바짝 굽힌 채 머리가 아파 일을 나가지 못했다는 말을 여러 번 반복했다. 내가 커피밭 주인도 아닌데 애써 일 나가지 않고 자리에 누워 있는 자신의 상황을 설명하려 했다. 아마도 내가 커피밭 주인 도냐 베르타의 집에 머물고 있다는 사실 때문인 듯했다.

언제부터인가 우리나라에서도 이미 유명해진 '타라수', 그곳의 햇살은 언제나 찬란하다. 일년 내내 덥지도 춥지도 않은 기온에 부드럽고 달콤한 바람이 섞이는 그 빛으로 익은 커피가 맛이

그해 도냐 베르타의 커피밭으로 일하러 온 가족은 코스타리카 대서양 연안 어디 출신이라고 했다. 총 일곱 식구 중 제세니아가 막내였다. 제세니아는 열 살 아이답지 않게 마음이 여문 데가 있었다. 이따금 제세니아에게서 나이에 맞지 않는 조숙함이 느껴질 때면 내 마음이 아슬아슬했다.

없을 리 없다. 그날도 정오 즈음의 태양이 얼마나 찬란했을까마는, 창이 없는 축사 안은 바깥세상과는 전혀 상관없는 세상처럼 어두웠다. 그나마 판자로 얼기설기 막은 벽 틈으로 얇은 빛이 들어온 덕분에 겨우 모녀의 존재를 확인할 수 있었다. 로사는 침대에 누운 채였고, 딸 제세니아는 침대 한편에 걸터앉아 나를 보고 있었다. 그들과 나 사이 희부연 공간에 판자 틈으로 들어온 빛이 몇 줄 그어지고 있었다. 어두운 축사 깊숙하게 꽂히는 빛 기둥 속에서 먼지가 부유하고 있었다.

눈이 어둠에 익숙해지자 그제야 후각이 작동했다. 축사 안쪽에서 비릿한 냄새가 훅 끼쳐 왔다. 한때 프레디 일행이 살던 시절과 사뭇 다른 느낌이었다. 창이 없으니 어두운 것이야 매일반이

커피밭 사람들, 그 후 20년

로사와 그녀의 일곱 가족이 다함께 기거하던 축사 안.

었지만 오래전 그들이 살던 시절의 질서가 사라진 채 뭔가 어수
선했다. 여기저기 살림이 널브러진 축사의 모습이 마치 로사의
아픈 머릿속 같다는 느낌이 들었다. 빨랫감도 이곳저곳 수북하게
쌓여 있었다. 불안하게 엮인 침상에는 비닐로 된 비료 포대가 이
불을 대신하여 어지러이 널려 있었다.

로사의 가족은 일곱 명이었다. 남편 디모데와 아들 넷 그리고
딸 제세니아. 그날도 남자들은 모두 커피밭으로 올라갔고 엄마
로사와 딸 제세니아만 숙소에 남아 있었다. 물론 머리가 아프지
않았다면 이들도 커피밭으로 올라갔을 것이다. 커피 수확이 한
창이라 손 하나가 아쉬울 때였다. 로사의 가족은 코스타리카 대
서양쪽 항구 리몽Limón근처에서 올라왔다고 했다. 이곳에 온 일곱
명 외에도 '서너 명'의 자식이 더 그곳에 남겨져 있다고 했다. 자

나이에 비해 체구가 작았던 제세니아와 늘 두통에 시달리던 그녀의 엄마 로사.

신들의 자식인데도 디모테와 로사는 늘 자식 숫자를 헤아릴 때 정확한 숫자를 대지 못하고 헤맸다. '일곱인가? 여덟인가? 아니 아홉이었던가?' 늘 그런 식이었다. 겨우 손가락을 꼽아 자식 수를 헤아렸지만, 그 숫자가 시시로 줄거나 늘어났다.

코스타리카 사람들임에도 이 부부가 커피를 따는 것은 올해가 처음이었다. 그간에는 리몽 근처 저지대의 바나나 플랜테이션에서 바나나 수확 작업을 했는데, 그 일이 어찌나 힘들던지 커피 따는 일은 일도 아니라는 말을 몇 번이고 반복했다.

바나나 수확 작업은 일단 정글도를 이용해 바나나 둥치를 베어내고 그것을 밭 깊숙이 들어온 화물차에 옮겨 실어야 하는데, 그곳에선 걷는 것이 허용되지 않는다고 했다. 오래전에는 바나나 둥치를 직접 어깨에 들쳐 메고 화물차가 있는 곳까지 뛰어야 했지만 최

커피밭 사람들, 그 후 20년

근엔 바나나밭 곳곳에 도르래가 설치되어서 어깨에 들쳐 매는 것은 면했다고 했다. 하지만 30~40킬로그램에 달하는 바나나 둥치를 베어 낸 다음 그것을 도르래에 걸어야 하는데, 결코 쉬운 일이 아니었다. 섭씨 40도를 웃도는 덥고 습한 곳에서 도르래에 걸린 바나나 둥치들을 밀면서 하루 종일 뛰어다니다 보면 어느 순간 몸이 고무처럼 흐느적흐느적 늘어지는 것 같았다고 했다.

그러니 기껏해야 20여 킬로그램 정도 되는 커피 바구니를 허리에 찬 채 뛰지 않아도 되는 이곳 커피밭이야말로 파라다이스가 따로 없다고 했다. 게다가 이곳은 모기도, 더위도 없는 곳이었다. 그들에게는 이제서야 이곳에 찾아 들어온 것이 사뭇 억울한 일이었다.

바나나 플랜테이션에서는 가장 디모데와 장성한 아들들만 일을 했다. 무거운 바나나를 둥치를 들고 뛰어야 하는 일은 건장한 남성들에게도 힘든 일이었다. 이곳에서 커피를 따고 있는 제세니아와 바로 위, 이제 막 중학생 나이가 된 호아킴은 감히 할 수 없는 일이었다. 물론, 로사도 그 일을 할 수 없었다. 어쩌면 머리를 싸매고 어두운 축사 한편에 누운 로사에겐 그 시절이 호시절이었을 것이고 가뿐한 커피 바구니를 허리에 묶고 일하는 디모데에게는 지금이 호시절일 것이다.

이들 가족에겐 추위가 문제였다

타라수 도냐 베르타 커피밭의 한 해 수확이 거의 끝나가던 무렵, 아침부터 제법 추운 날이었다. 간밤에 칼바람이 사방을 할퀴듯 불어 댔다. 내가 묵던 다락방으로도 온 세상의 바람이 다 쏟아져 들어오는 듯했다. 이불을 네 겹이나 겹쳐 덮고도 추운 밤이었다. 침대에 누워 저수지 너머에 바짝 웅크린 로사 가족이 머무는 축사를 바라봤다. 역시나 바람을 막아 보겠다고 창이고 문이고 꽁꽁 닫아 건 탓에 나무로 된 창 테두리에만 희미한 불빛이 새어 나오고 있었다. 불빛이 새어 나오는 것으로 보아, 아직 잠에 들지 못하고 있는 것 같았다. 어쩌면, 그러지 않아도 잔뜩 어수선한 축사 안에서 온 가족이 쏟아져 들어오는 바람과 싸우고 있는 것인지도 몰랐다.

어딘지 모르게 어리숙한 로사 가족이다 보니, 변변한 옷이나 이불도 없을 텐데 이 추위를 어찌 견디는가 싶었다. 오히려 그들과 서로 방향을 달리 한 채 축사의 다른 쪽을 사용하고 있는 니카라과에서 온 사람들은 걱정이 되지 않는데, 로사의 가족은 혹여 쏟아져 들어오는 바람에게 질까 봐 걱정이 되는 밤이었다.

아니나 다를까, 아침에 축사로 내려가 보니 간밤 바람과의 싸움이 어지간히 힘들었던 것인지, 아니면 여전히 바람과 싸우고 있는 것인지 가족들 모두가 커피밭으로 올라가지 못한 채 커피자루로 대신한 이불을 뒤집어쓰고 웅크리고 있었다. 너무 추워서

커피밭 사람들, 그 후 20년

커피 수확철, 매주 토요일 타라수 다운타운에는 중고옷 장사들이 몰려들었다. 분명 어딘가에서 기부된 옷일 텐데 여러 단계를 거쳐 타라수까지 흘러 들어오면 제법 비싼 값에 판매되었다. 어느 해 봄 도냐 베르타의 커피밭 축사에 살았던 로사의 가족들은 이 옷 한 벌을 사 입는 것도 어려워했다.

일을 못 나갔다고 했다. 가진 옷은 전부 날이 더운 그들의 고향에서 입던 것들이었으니, 이곳 타라수에서 바람 불어 추운 날 갖춰 입을 옷이 없어 식구가 단체로 일을 나가지 못한 셈이다.

몇 해 전부터 커피 수확철이면 이곳 타라수 다운타운에도 미국에서 들어오는 중고 옷가게가 있었기에 어떻게든 오늘 하루 추위를 털고 일을 나간다면 중고라도 스웨터 한 장 정도는 사 입을 수 있을 텐데, 가족들은 해가 중천에 뜨도록 일을 나가지 못한 채 축사에 머물렀다. 낮이 되면서 기온이 조금씩 올라갈 즈음에야 그들의 고향 리몽에 가족을 두고 왔다는 큰아들 만이 주섬주섬 바구니를 챙겨 들고 커피밭으로 올라갔다. 나머지 가족들은 여전히 어둡고 축축한 축사 안에서 떨며 그날 하루를 보냈다. 해가 어느 정도 올라오면 축사 안보다 밖이 오히려 따뜻해 볕을 쬐며 추위를 털 수 있을 텐데 위에서 훤히 내려다보이는 주인집 눈치를 보는 것인지 로사의 가족은 하루 종일 어둡고 눅눅한 축사 안에 머물렀다.

아버지 디모데

로사의 남편 디모데는 아무리 봐도 가족들을 이끌고 일거리를 찾아 떠도는 가장의 모습이 아니었다. 늘 머리가 아파 어두운 축사에 갇혀 지내는 아내 로사에 비해 허우대와 차림새가 멀쩡해도 너무 멀쩡했다. 매일 같이 커피 수확 작업을 마치고 나면, 늘 단벌 외출복을 차려 입고 다운타운으로 나섰다. 애석하게도 타라수의 서늘한 날씨에는 전혀 어울리지 않는 여름옷이었지만, 해 질 무렵의 추위 따위 아랑곳하지 않았다. 어쩌면 달리 선택의 여지가 없었을 것이다. 이들 가족에겐 타라수의 추위를 견딜 만한 옷이 애초에 없었다.

신사복 바지와 반팔 남방셔츠를 단정히 차려 입고 나서는 그의 모습은 빛도 들지 않는 축사에 남겨진 가족들과 전혀 다른 세상에 살고 있는 사람처럼 보였다. 커피밭 일이 끝나는 오후가 되면 아픈 아내를 대신하여 축사 안의 일을 돌보거나 하다 못해 땔감이라도 마련하면 좋으련만, 그는 늘 한 벌뿐인 신사복 바지와 반팔 셔츠를 차려 입고 서늘한 다운타운으로 길을 나섰다. 어쩌면 그때가 그의 하루 중 가장 빛나는 순간이었는지도 모를 일이다. 도무지 아버지의 인물을 따라 갈 수 없을 것 같은 아들들은 그렇게 길을 나서는 아버지를 그저 부러운 눈으로 바라봤다. 감히 그를 따라나서는 자식은 없었다.

물론, 다운타운에 딱히 할 일이 있어 나서는 길은 아니었다. 옷을 차려입고 나가 가로 세로 두세 블럭이 전부인 다운타운을 배회하다가 돌아오는 것이 전부였지만, 그에게는 그 외출이 하루를 마무리하는 의례인 듯했다. 이불도 제대로 갖추지 못한 축사에서 잠을 청하고 해가 뜨기도 전에 커피밭으로 올라가 커피를 따고 다시 축사로 돌아와 늦은 점심을 먹는 자신의 삶과 그 삶에 엉킨 가족들을 피해 달아나기라도 하듯 그는 하루도 거르지 않고 일과를 마치면 옷을 차려입고 다운타운으로 나섰다. 언제나, 뒤도 돌아보지 않은 채 도망치듯 걸어 다운타운을 향해 갔다.

엄마 로사

로사에겐 휴대전화가 있었다. 잡화점에서 살 수 있는 흑백 화면의 2G폰이었는데 가끔 걸려 오는 전화의 대부분은 빚 독촉인 듯했다. 전화가 걸려 올 때마다 전화기 너머 상대방으로부터 몸을 숨기듯, 로사는 구석진 곳으로 찾아들었다. 그리고 마치 전화기에 죄를 진 듯 연신 전화기에 대고 머리를 조아렸다. 때로는 SKY

라는 이름의 유선방송 회사에서 그간 밀린 요금을 독촉하는 전화가 오기도 했고, 때론 아들의 빚을 독촉하는 전화가 오기도 했다.

고향에서 살지 못하고 이곳저곳 일감을 찾아 떠도는 유랑 생활 중에도 빚 독촉은 선도 없는 전화기를 타고 끈질기게 따라붙었다. 빚 독촉 전화가 올 때마다 로사의 두통은 더 깊어졌고 그녀의 신경질 또한 날카로워졌다. 차라리 전화를 받지 않거나 끊어 버리면 나을 텐데, 로사는 걸려 오는 빚 독촉 전화를 꼬박꼬박 받아 냈다. 아들이 어느 장사꾼의 상술에 속아 유선방송을 신청해 생긴 빚이었다고도 하고 또한 어느 아들이 덥석 잡아 쓴 사채라고도 했다. 어쩌면 그 빚 때문에 잠시 고향을 떠나온 것이 아닐까 싶었다.

빚 독촉을 받을 때마다 심해지는 로사의 두통은 혈압 때문이라고 했다. 10여 년 전에 딱 한 번 혈압을 재 봤을 뿐, 그 이후 한 번도 병원이나 약국에 가 보지 못했다는데, 그녀의 혈압은 그녀를 어둡고 축축한 축사 한편에 가두기를 반복했다. 그 안에서 머리를 싸매고 끙끙 앓는 것이 그녀가 할 수 있는 전부였다. 그런 날이면 하루에도 여러 벌 나오는 식구들의 작업복 빨래가 축사 주변에 어지러이 널렸고 딸 제세니아는 아픈 엄마 곁에서 슬슬 눈치를 보며 시간을 보냈다.

제세니아

그런 날 내가 축사로 내려가면 제세니아는 마치 구세주라도 만난 듯 나를 반겼다. 어둑하고 비릿한 축사 안에서 두통으로 머리를 싸매고 누운 엄마를 바라보는 것 말고는 할 일이 없던 차에 누군가 새로운 사람이 나타나는 것 자체가 제세니아에겐 위로이자 구원이었을 것이다. 그런 날이면 제세니아는 유난히 종알종알 말이 많았다.

제세니아는 열 살 여자아이 치고는 체구가 작은 편이었다. 엄마 로사가 위로 아들 '대여섯'을 낳다가 뒤늦게 낳은 딸이라고 했다. 로사와 디모데는 항상 자신들이 낳은 자식들의 숫자를 제대로 헤아리지 못했다. 오직 유일하게 확실한 것은 당신들에게 딸은 제세니아 딱 한 명뿐이란 사실이었다. 위로 아들을 '대여섯' 낳다가 늦게 얻은 딸이라 제세니아는 로사와 디모데의 손녀처럼 보이기도 했다. 아니나 다를까 그들이 떠나온 고향엔 제세니아보다 나이가 많은 손주가 있다고 했다.

제세니아를 볼 때마다 내 마음은 늘 아슬아슬했다. 이제 겨우 열 살인데 제세니아에게선 문득문득 나이에 걸맞지 않은 조숙함이 보였다. 매주 토요일 오후, 모든 커피밭 노동자들이 겨우 서너 블록이 전부인 타라수 다운타운으로 쏟아져 나올 때면 제세니아 역시 항상 부모를 따라 나갔는데, 차려입고 나서는 그녀의 외양은 어딜 봐도 체구 작은 열 살 소녀의 것이라기엔 어색했다. 어디서 화장품을 구하는 것인지 진한 색조 화장을 했고 손톱에는 화려한 매니큐어가 빠지지 않았다.

제세니아는 어둑하고 비릿한 축사에 있을 때도 손톱에 매니큐어를 바르는 때가 많았다. 지금도 그녀의 모습을 생각하면 축사 밖 작은 돌 위에 올라앉아 조잡한 화장케이스를 열어 작은 거울을 든 채 화장하던 모습이 먼저 떠오른다. 토요일 다운타운에 나갈 때마다 하나씩 사들이는 작은 매니큐어로 손톱을 꾸미는 일이 낯선 곳, 아픈 엄마 옆에서 그녀가 할 수 있는 유일한 소일거리였다.

그녀의 불만 중 하나는 엄마가 지어 준 자신의 이름이었다. 제세니아가 태어났을 때 아버지 디모데가 오랜 시간 집을 비우는 바람에 결국 엄마 성을 따르고 제세니아란 이름을 갖게 되면서 위로 여럿인 오빠들과 성이 달라졌다. 일반적으로 아빠 성을 첫 번째 성으로 두지만 증인으로 참석하는 아빠가 없으면 엄마 성을 첫 번째 성으로 두기도 하는 코스타리카 출생 신고의 유연함이 작용한 결과다.

제세니아란 이름이 도무지 마음에 들지 않는다며 성인이 되자마자 이름을 바꾸겠다고 하였으니, 그녀가 간절히 바꾸길 바라 마지않던 이름은 에릭카였다. 내가 보기엔 제세니아나 에릭카나 코스타리카에서 여자 이름 중 흔하기로 치면 도긴개긴이었지만 제세니아에게 그것은 절실한 문제였다. 그녀가 나이를 하루라도 빨리 먹어야 하는 가장 큰 이유이기도 했다.

어디에서 그런 말투와 손짓을 배우는지 모르겠지만, 제세니아

매주 토요일, 주급을 받아 타라수의 다운타운으로 나들이 갈 때마다 제세니아는 조잡한 화장품들을 사 모았다. 그리고 일주일 내내 어둡고 축축한 축사에서 그 화장품을 바르고 지우고 또 바르고 지우고를 반복하며 시간을 보냈다.

는 말투도 열 살 소녀의 것은 아니었고, 손끝에서 묻어나는 제스처 역시 그녀의 나이와 걸맞지 않았다. 마음도 나이에 비해 단단한 데가 있어 빚 독촉 전화가 걸려올 때마다 전화기를 들고 쩔쩔매는 엄마에게 매우 단호하게 무시해 버리라고 충고했다. 게다가 오직 숙소와 커피밭만을 오가는 오라비들과 달리 그녀는 혼자서도 타라수 다운타운까지 진출하기도 했다. 그곳에서 어떤 아주머니를 알게 되었는데, 그 아주머니가 옷을 주기로 했다면서 한참 들떠 있기도 했다. 그해 봄, 그런 제세니아를 볼 때마다 내 마음은 늘 아슬아슬했다.

오라비들

대서양 연안 바나나 농장에서 이곳 타라수 커피밭까지 따라온 제세니아의 오빠는 네 명이었다. 그들 중 큰 축에 드는 오빠 둘은 고향에 이미 자식까지 두고 있다고 했다. 제세니아 바로 위 오빠 호아킴은 원래대로라면 중학교에 다녀야 할 것이나 부모 형제를 따라 이곳으로 오는 바람에 학교를 다니지 못하고 있었다. 이는 제세니아도 마찬가지였다. 최근 몇 년 사이 타라수 마을로 들어오는 니카라과인이나 과이미 인디오의 자녀들에게도 학교를 다닐 수 있는 기회가 열리고 있는 마당에 이들 가족 중 누구도 학교 다니는 일에 대해 관심이 없었다. 또한 그 누구도 이들 가족의 교육에 관심을 가지지 않았다.

코스타리카 교육 당국 역시 니카라과 이주자들이나 과이미 원주민들의 교육 기회는 직접 나서 챙겼지만, 정작 자국민인 로사 가족의 교육에 대해서는 그 어떤 기관에서도 관심을 가지지 않았다. 생색 나는 일이 아니었기 때문일 것이다. 결국 호아킴과 나머지 형제들은 초등교육을 겨우 마쳤고, 제세니아는 초등학교를 2년 다닌 것이 그들 배움의 전부로 굳어지고 있었다.

로사와 디모데 부부의 살림에 포함되는 자식들은 막내딸 제세니아와 바로 위 오빠 호아킴 뿐이었다. 나머지 위의 세 오라비들은 같은 축사 안에 머물면서도 밥을 따로 해먹고 빨래도 따로 했다. 그래서 그런지 엄마 로사가 머리를 싸매고 누워 있어도 제세

제세니아의 바로 위 오빠 호아킴. 중학교에 다닐 나이였지만 부모를 따라 도냐 베르타의 커피밭으로 일을 하러 오는 바람에 교육이 중단되었다. 어느 날 길에서 개 한 마리를 만나 친구가 되었고 이어 '코요테'란 이름과 함께 그를 식구로 맞아들였다. 어느 날 축사의 다른 편을 쓰고 있는 니카라과 사람들을 따라 일요일에도 커피를 따는 먼 농장으로 일을 나선 길에 코요테가 교통사고를 당해 다리가 부러졌다. 가족들의 반대를 무릅쓰고 가축병원에 데려가 깁스를 해 주긴 했는데 외상으로 달아 둔 병원비를 갚을 길이 없어 내내 애를 먹었다. 로사 가족이 사라진 뒤 코요테도 홀연히 자취를 감추었다.

니아의 오라비들은 서로 데면데면했다. 아버지 디모데도 그들과 크게 다르지 않았다. 오직 제세니아와 호아킴만이 엄마가 아픈 사실에 신경을 썼다. 하지만 그들 역시 엄마를 위해 해 줄 수 있는 일은 없었다.

리몽 근처 고향 마을에 처자식을 두고 온 둘째 오라비는 나를 볼 때마다 휴대전화에 담긴 자신의 아들 사진을 보여 줬다. 자기를 닮지 않아 피부가 하얗다는 말을 늘 강조했는데 아니나 다를까, 너무 닮지 않은 어린아이의 모습이 내게 영 낯설었다. 그런 어느 날 도냐 베르타의 커피밭에서 한참 커피를 따던 와중에 제세니아가 내게 리몽에 남아 있던 둘째 오라비의 부인이 아이와 함께 다른 남자에게 갔다는 소식을 전해 줬다. 나는 혹여 그가 다음날 일을 나가지 않으면 어쩌나 싶었는데, 둘째 오라비는 아무렇지도 않은 듯 일을 나갔고 여느 날과 다름없이 밥을 먹고 커피를 따고 휴식을 취하며 시시로 노래를 불렀다. 그간 기회가 될 때마다 내게 자랑하던 아내와 아들이 다른 남자에게 갔다는데도 말이다. 그간 내가 가지고 있던 '가족'에 개념이 다시 한번 흔들렸다.

가장 디모데의 구직

새벽마다 커피밭을 감싼 숲 곳곳에서 비의 전령사로 알려진 새 지귀로yigüirro가 울었다. 곧 비가 내리겠다는 신호였다. 바람에서도 습한 기운이 느껴졌다. 건기가 끝나고 막 우기가 시작되려는 즈음이었다. 커피밭 일도 막바지였다. 끝물에 이르면 하루하루 딸 수 있는 커피 양이 현저히 줄어든다. 기본급 개념이 없이 온전히 그날 딴 커피 양을 재 돈을 지급하니, 로사 가족들의 수입도 같이 줄어들고 있었다. 니카라과에서 온 일꾼들도 하나둘 짐을 싸 떠났고 이른 아침 커피밭에 올라가는 일꾼들은 제세니아 가족이 전부였다. 그나마 며칠 후면 이마저도 끝이 나니 가장 디모데는 이제 새로운 일터를 찾아 나서야 했다. 어쩌면 다시 그들이 떠나온 곳, 즉 대서양 연안의 바나나 플랜테이션으로 돌아갈 수도 있

커피밭 사람들, 그 후 20년

을 것이다. 그러나 커피 따는 일을 이미 천국의 일에 비유했던 가장 디모데는 그 생에 다시는 바나나 수확 일을 하지 않기로 작정한 것인지 가족을 이끌고 가야 할 방향으로 산호세 인근 에레디아Heredia쪽의 커피밭을 택했다. 가 본 적은 없지만, 니카라과 사람들이 짐을 꾸리면서 흘린 말들을 주워 담은 듯했다.

타라수에 비해 커피 수확 시기가 늦고 수확이 오래 지속되는 곳인지라, 이곳 타라수에서 커피 수확을 마치고 가도 그들 가족이 여전히 그곳에서 커피를 딸 수 있을 것이란 계산이었다. 어느 토요일, 디모데는 일찌감치 작업을 마치고 옷을 차려 입고 길을 나섰다. 에레디아로 가서 일단 식구들이 머물 수 있는 방을 알아보고 오겠다는 것이었다.

그 말에 가장 신이 난 것은 제세니아였다. 태어난 이후 아직 수도 산호세 땅을 밟아 보지 못한 것이 늘 그녀의 가장 큰 아쉬움이자 억울함이었는데 에레디아로 가기만 한다면, 매일이라도 버스를 타고 코스타리카 수도 산호세 다운타운을 누비겠다는 계산이었다. 앞서 제세니아는 그곳에서 '새로운 삶'을 살겠다고 내게 몇 번이나 다짐을 했던 참이다. 일단 수도 산호세 곁으로만 간다면 자신에게 분명히 '새로운 삶'이 열릴 것이라고 내게 몇 번이나 강조했다. 그녀, 제세니아의 꿈은 수도 산호세에 나가 가수가 되는 것이었다.

제세니아의 부푼 기대와 달리, 방을 얻으러 간 아버지 디모데는 나흘이 지나도록 감감 무소식이었다. 다 큰 아들들은 아버지의 부재와 별 상관없이 끝물 커피를 따러 바구니를 챙겨 밭으로 올라갔지만 호아킴과 제세니아는 아버지의 부재로 풀이 죽어 있었고, 엄마 로사는 신경이 곤두설 대로 곤두서 있었다. 그럼에도 그들이 크게 걱정하지 않는 것으로 보아 이 가족에게 아버지의 갑작스러운 부재는 종종 있는 일 같기도 했다. 제세니아가 태어났을 때 오랜 시간 아버지가 없어서 엄마 성을 따랐다는 말이 이해가 됐다. 외출복으로 오로지 여름옷 한 벌뿐이던 허우대 멀쩡한 가장 디모데가 가족들을 떼 놓고 여름옷이 어울릴 만한 에레디아로 나갔으니, 어쩌면 쉽게 돌아오지 않을지도 모르겠다는 생각이 들었다.

다행히 일주일 정도 시간이 흐른 뒤 디모데가 돌아왔다. 그런데 그에게서는 에레디아 어느 커피 농장을 알아봤다는 말도, 그리고 에레디아 어디쯤에 방을 구해 놨다는 말도 없었다. 식구들 중 제세니아의 실망이 가장 컸다. '새로운 삶'에 대한 기대가 와장창 무너져 버렸다고, 아버지의 귀환과 함께 산호세에 나가 가수가 되겠다는 자신의 꿈이 산산이 깨져 버렸다고, 제세니아는 여러 날에 걸쳐 내게 툴툴대며 고백했다.

수도와 가까운 에레디아에서 이들 가족이 가진 돈으로 방을 구하기는 결코 쉬운 일이 아니었을 것이다. 게다가 그곳이야말로 니카라과 사람들이 조직적으로 농장을 섭렵해 가며 커피를 따는 곳이었으니 이들 가족이 비집고 들어갈 여지가 없기도 했을 것이다. 그렇게 아버지 디모데의 귀환과 함께 수도 산호세 땅을 밟아

커피밭 사람들, 그 후 20년

보겠노라던 제세니아의 꿈이 타라수 도냐 베르타의 커피밭에서 여물지도 못한 채 사라져 버렸다.

로사의 절규

도냐 베르타의 커피밭 수확이 공식적으로 끝난 3월 어느 토요일 오후. 로사의 가족들은 그해 도냐 베르타로부터 받을 수 있는 마지막 주급을 받아 타라수의 다운타운으로 나갔다. 모두가 한철 커피 수확을 마치고 귀향을 준비하는 시기인지라, 가게마다 유난히 많은 물건들을 쟁여 둔 채 인도까지 물건들을 전시했고 사람들 또한 더없이 북적거렸다. 가게 주인 입장에서는 1년 대목의 끝자락이었으니 호객꾼들을 별도로 고용하여 생전 내보이지 않던 과장된 친절을 쏟아내고 있었고, 한철 커피 수확을 마친 니카라과 사람들이나 과이미 원주민들도 고된 노동 끝의 달콤함을 향유하듯 이리저리 몰려다녔다. 어디에서나 들뜬 기운이 느껴졌고, 기껏해야 동서남북으로 서너 블록에 불과한 다운타운은 곳곳에 운집한 사람들로 인해 발 디딜 틈이 없었다. 타라수의 커피밭에 촘촘하게 박혀 커피를 따던 이들 전부가 다운타운으로 쏟아져 나온 것 같았다. 그런 토요일, 유일한 한 사람, 로사만이 아침부터 아픈 머리를 싸맨 채 혼자 어두운 축사 안에 갇혀 있었다.

서늘함이 내리기 시작하는 늦은 오후 내가 축사로 내려갔을 때, 판자로 엮은 침상 한구석에 잔뜩 웅크린 채 그녀가 누워 있었다. 당장 다음 주부터는 더 이상 도냐 베르타의 커피밭에서 일을 할 수 없었지만, 이들 가족은 여전히 어디로 가야 할지 정하지 못한 채였다. 바로 옆 축사에 모여 살던 니카라과 사람들은 이미 며칠 전에 귀향을 했거나 귀향할 준비를 하고 있었다. 예전에 이곳 축사에 머물던 프레디 일행이 그러했듯이 그들은 고향 가족에게 가져갈 물건들을 사고 또 사 모았다. 어떻게 가져갈 수 있을까 싶을 만큼 큰 짐보따리들을 꾸리기에 여념이 없었고, 하루가 다르게 니카라과 사람들의 숫자는 줄고 있었다. 그러나 로사의 가족은 그야말로 아무런 대책이 없었고 그들 삶에도 변화가 없었다.

어쩌면 이곳 타라수에서 마지막이 될 수 있는 토요일, 가족들과 함께 나가지 못한 채 축축하고 어두운 축사 안에 있던 로사는 나의 방문을 퍽 반겼다. 그렇게 그녀와 나 둘이서 어둡고 눅눅한 축사 안에 갇힌 채 이야기가 시작되었다. 주로 그녀가 말을 이어 갔다. 그간 만났던 중 가장 많은 말을 하는 것 같았다. 그녀가 결혼하기 전 시절의 이야기였는데 워낙 일찍 결혼한 관계로 그녀의 결혼 전 이야기는 실로 순식간에 동이 나 버렸다. 13살에 결혼을 했다던가 14살에 결혼을 했다던가, 그녀는 자신이 몇 살에 결혼을 했는지조차 제대로 기억하지 못했다. 그녀의 기억이 부실한 것인지, 그 기억을 표현하는 그녀의 말이 부실한 것인지 알 수 없었지만 이제 겨우 마흔 줄에 닿은 그녀의 삶에서 일흔 혹은 여든의 세월을 살아 버린 이의 시간이 느껴졌다.

커피밭 사람들, 그 후 20년

밖이 완전히 어두워졌을 때 오후 내 다운타운에 나갔던 가족들이 돌아왔다. 로사를 제외한 그녀의 가족들은 토요일, 명절을 바로 앞에 둔 대목장 같던 다운타운의 흥에 여전히 취한 채 바깥의 어둠과 크게 구분되지 않는 축사 안으로 우~ 몰려들어 왔다.

그 순간이었을까? 로사가 남편 디에고에게 뭐라고 한마디 묻는가 싶더니 버럭 소리를 질렀다. 너무 갑작스러워 나도 어찌할지를 모른 채 서 있었다. 머리가 아파 누워 있을 땐 조용히 말하는 것도 버거워하던 그녀였는데 어디서 그런 힘이 나왔는지 모를 일이었다. 남편을 향한 고함이었다. 화가 난 것인지 슬픈 것인지 분간이 잘 되지 않을 만한 소리였다. 짐승의 울음 소리 같기도 했다. 순간 모두가 놀랐지만, 고함의 대상이었던 남편 디모데만이 오직 빙글빙글 웃고 있었다. 그 웃음에 폭풍처럼 쏟아지던 로사의 고함은 아무런 날카로움도 갖지 못한 채 축사 흙바닥에 툭 떨어져 흩어졌다.

한바탕, 발작처럼 터진 로사의 절규가 폭풍처럼 휘몰고 지나간 다음에서야 식구들은 그 이유를 짐작하는 듯했다. 지난 밤, 축사 입구에 화덕 하나를 겨우 갖춰 굳이 부엌으로 구분되었던 곳의 전구 촉이 나갔고, 마침 토요일 오후 다운타운으로 나가는 남편에게 전구를 사다 달라고 부탁했던 모양이다. 언제라고 정해지진 않았지만, 당장 내일이라도 짐을 꾸려 떠날 곳에서 구태여 전구를 갈아 끼울 필요가 있을까 싶은 것이 로사를 제외한 그들 가족 모두의 생각이었을 것이다. 오늘 밤 하루만 버티면 이들 가족은 떠나야 할 것이고 그간 이들에게 축사를 내주고 밖에서 노숙하던 소들이 다시 제 집 찾아 들어와 살게 될 것이다. 그러니 가족들에겐 로사의 부탁이 크게 와 닿지 않았으리라.

그러나 로사는 달랐다. 어찌 될지 모를 내일보다 당장 오늘이 중요했다. 사나흘이면 쌀을 한 포대씩 먹어 치우는 가족의 밥을 끓여 내는 일은 온전히 로사의 몫이었다. 아파 누워 있던 참이라도, 토요일 오후 신나게 놀고 들어온 가족들의 밥을 끓여 내야 했다. 무엇보다 그녀 스스로 밥을 짓지 않으면, 아파 누운 그녀에게 밥을 지어 줄 사람이 아무도 없었다. 그러니 그녀에게 무엇보다도 중요한 것은 화덕 하나 겨우 갖춘 부엌의 전구였을 것이다. 로사가 다운타운으로 나가는 남편에게 부탁한 전구는 그녀 스스로 당장 오늘을 죽지 않고 살아 내기 위한 것이었다.

폭풍처럼 쏟아지는 그녀의 절규를 보면서, 나는 어쩌면 식구들과 같은 생각을 했던 것 같다. 이 가족은 당장 내일이라도 갈 곳이 정해지면 떠나야 하는 상황이었다. 그러니 로사의 전구에 대한 집착이 쉽게 이해되지 않았다. 그런데 생각해 보니, 그녀에게는 내일이 없었다. 평생을 그렇게 살아왔을 것이다. 어쩌면 단 한 번도 미래를 가져 보지 못했을 것이란 생각이 들었다. 열서너 살에 결혼하고 예닐곱 명의 자녀들을 낳아 기르는 동안 그녀는 항상 '지금 당장'만을 살아왔을 것이다. 그 외 어떤 것에 신경을 쓰거나 마음을 둘 여력이 없었을 것이다. 설령 '내일'을 생각하고 마음을 둔다고 해도 그 어떤 것도 그녀의 생각대로 흘러가지 않았을 것이다. 자신이 언제 결혼했는지, 몇 명의 자녀를 두었는지도 제대로 기억하지 못할 만큼 그녀의 삶은 매 순간 '지금 당장'을 벗어나지 못한 채 절박했을 것이다. 신수가 훤하고 사교적인 남편 디모데가 몇 날씩 혹은 몇 달씩 사라지고 나면 예닐곱 자식을 먹이고 살려야 하는 일이 오직 그녀에게 짐으로 지워졌기에 감히 지금을 벗어난 미래를 생각할 여력이 없었을 것이다. 그렇게 살아오는 동안 어쩌면 그녀에게는 지금이 아닌 어떤 미래를 생각하는 능력이 도태되어 버린 듯했다.

당장 내일이라도 짐을 싸 떠날 수 있었지만 또 다른 한편으론 내일이 아닌 한 달 후라도 이들 가족이 새로운 일을 구하지 못한 채 지금 이곳, 어둡고 축축하고 비릿함이 눅진하게 밴 축사에 머물러야만 할 상황이 얼마든지 가능할 수 있음을 로사는 그간 살아온 촉으로 헤아리고 있었다. 그것이야말로 자식이 몇인지 자신의 나이가 몇인지도 제대로 헤아리지 못하는 로사가 그간의 삶 속에서 습득한 생존의 감각일 것이다.

혼자 소리를 지르던 로사는 제 풀에 잠잠해졌다. 그녀가 계속하여 소릴 지른다 해도 그녀의 소리를 들어줄 가족이 없었을 것이다. 늘 그런 식이었다. 당장 자기 앞의 생이 버거운 가족들은 가족끼리도 서로를 챙기지 못하고 살아가고 있었다. 여기 오기 전 바나나 플랜테이션에서 일하던 시절에 비하면 천국 같다던 이곳에서의 삶이 이 정도이니 그간 삶의 비루함이 지금보다 더했으면 더했지 덜하지 않았을 것이다.

그날 밤, 축사 옆 방죽 곁을 둘러 도냐 베르타의 집 다락방으로
돌아와 로사 가족이 있는 축사를 내려다봤다. 희미한 불빛이 펄
럭펄럭 새어 나오는 것으로 보아 아마도 초를 켠 채 저녁을 나는
듯했다. 로사의 절규만큼이나 힘없는 불빛이었다. 금방이라도 축
사 흙바닥으로 툭 떨어져 까무룩 흩어져 사라질 것 같은 불빛이
었다.

제세니아, 아니 에릭카

다시 날이 밝고 또 다시 여러 날이 밝도록 로사 가족은 갈 곳을 찾
지 못해 여전히 그곳에 머물렀다. 북적거리던 타라수의 다운타운
이 적막해지도록 로사의 가족은 30년은 족히 되었을 도냐 베르
타의 축사에서 가야 할 곳을 정하지 못한 채 머물고 있었다.

어느 해 커피 수확 작업이 끝난 후 스페인어를 전혀 할 줄 모르
는 과이미 여성 한 명이 어린 아들을 데리고 그 축사에 남았던 적
이 있다. 모두가 고향으로 돌아간 후에도 어찌된 연유인지 혼자
남아 도냐 베르타의 속을 태웠다. 결국 그 과이미 여인은 도냐 베
르타의 주선으로 농장에서 일하던 남자와 살림을 합치고 가정을
이뤄 살게 되었는데, 이번엔 로사의 가족이 갈 길을 찾지 못하고
축사에 눌러 앉아 있었다. 코스타리카 사람들이고 가족이 함께
있으니 어떤 상황이든 크게 걱정하진 않았지만 도냐 베르타는 그

들에게 마음을 썼다. 그러나 마음뿐, 도냐 베르타에겐 그들의 상황을 챙길 만한 힘이 없었다. 그녀 자신의 시간이 얼마 남지 않았던 즈음이었다.

그렇게 아무 대책 없이 눌러앉았던 로사 가족이 어느 날 아침 짐을 꾸려 떠나갔다. 다시 리몽으로 돌아간다고 했다. 커피 따는 일이 천국의 일 같다던 그들이 더 이상 새로운 천국을 찾지 못하고 다시 습하고 더운 고향의 바나나 농장으로 돌아가는 것이었다. 그럼에도 고향으로 돌아가는 길이라서인지 모두가 표정이 가벼운데 제세니아만 입이 댓 발 나와 괜한 심통을 부렸다. 어린 소녀의 꿈, 수도 산호세 근처에 한번 살아 보겠다는 그 꿈이 스르르 사라져 버린 것이다. 산호세에 나가 가수가 되겠다는 꿈을 접고 고향으로 돌아가는 상황이 결코 반가울 리 없었을 것이다.

그들이 떠나가는 날 도냐 베르타는 당신 몸이 아픈 와중에도 음식을 푸짐하게 차려 로사 가족이 머물던 축사로 내려 보냈다. 도냐 베르타가 끝까지 고집한 일꾼들을 대하는 방식이었다. 언제나 커피 수확철 당신의 밭에서 일을 하던 일꾼들이 고향으로 돌아갈 때면 음식을 거하게 장만하여 그들에게 감사의 마음을 전했다.

니카라과 일꾼들은 친즉 고향으로 돌아갔고 한참 갈 곳을 찾지 못해 머물던 로사 가족마저 떠나간 뒤 도냐 베르타는 나를 앞세워 빈 축사와 커피밭을 둘러봤다. 무슨 생각을 했는지 묻지 않았으니 알 수 없지만, 어쩌면 그녀 나름대로 작별을 고하는 방식이었을 것이다.

이듬해 로사 가족은 도냐 베르타의 커피밭으로 다시 돌아오지 않았다. 여전히 리몽 인근 그 덥고 습한 곳에서 바나나 둥치를 잘라 나르는 일을 하고 있는 것인지, 아니면 진짜로 산호세 인근 커피밭으로 커피를 따러 갔는지는 알 수 없다. 혹 어느 해 코스타리카 어디쯤에서 다시 이 가족을 만나게 될지 알 수 없지만, 그해 도냐 베르타의 어두운 축사에서 만났던 모습이 아니었으면 좋겠다.

로사 가족이 도냐 베르타의 축사를 떠난 후 가끔 코스타리카에서 TV를 볼 때마다 신인 가수 중 혹시 제세니아, 아니 에릭카가 나오는지 눈여겨보게 된다. 수도 산호세 근처 에레디아로 일을 구하러 갔던 아버지가 허탕치고 돌아왔을 때 자신의 꿈이 무너졌다며 씩씩거리던 그 당찬 기개라면 언젠가는 꼭 텔레비전 화면에서 에릭카를 볼 수 있을 것이라고, 나는 믿는다.

그해 만난 로사 가족의 삶은, 차별을 감수한 채 이방인으로 떠돌던 니카라과인들이나 과이미 원주민들보다도 열악했다. 이들의 삶은, 미약하게나마 니카라과인들이나 과이미 원주민들을 지원하기 위해 존재하는 기관들의 도움으로부터도 빗겨 나 있었다. 국경을 넘었는지, 넘지 않았는지의 차이만 있을 뿐, 로사의 가족이나 니카라과 사람들, 혹은 과이미 원주민들 모두 그들이 나고 자라 살던 곳을 떠나 부유하던 사람들이었다. 그해 코스타리카 커피밭에서 코스타리카인으로 살아가는 로사 가족이 니카라과인이나 과이미 원주민들에 비해 덜하거나 더할 것이 없음에도 그들은 코스타리카인이라는 이유만으로 중미의 스위스라 불리는 코스타리카의 성글게 엮인 사회 안전망에 걸리지 못한 채 비껴 있었다.

가장 안타까운 부분은 제세니아와 그녀의 막내 오빠 호아킴이 학교를 가지 않는 상황이었다. 그들 위의 형제들 역시 대부분 초등학교 교육도 제대로 마치지 못한 상태였다. 코스타리카 정부는 과이미 원주민 교육을 위해 코스타리카 역사상 처음으로 그들의 언어를 사용하는 원주민 교사를 선발하여 커피밭 깊숙한 곳까지 파견하고 있었지만 막상 로사 가족을 위한 지원은 전무했다.

처음 코스타리카의 커피밭을 찾아들었던 2000년대 초만 해도 차마 같은 사람이라 할 수 없고 가축 정도로 여겨지던 과이미 원주민이나 니카라과 사람들에 대한 인식이 십 몇 년 사이 놀라울 만큼 향상된 반면, 코스타리카 내 로사의 가족과 같은 사람들에 대한 지원은 오히려 더 인색해지고 있었다. 전자의 변화가 한없이 고맙고 반갑지만, 상대적으로 이 나라에 숱한 로사 가족들은 하루하루 더 팍팍한 삶을 살아 내야 할 것이다. 니카라과 이주민 혹은 과이미 원주민과 같은 수준의 돈을 벌어 턱없이 물가가 비싼 코스타리카에서 살아야 한다. 하루 벌어 하루를 살아가다 자칫하면 빚을 지게 되고 그 빚으로부터 도망해도 빚이 끈질기게 찾아와 따라붙는 현실을 그해 도냐 베르타의 커피밭에서 만난 로사의 가족으로부터 여실히 볼 수 있었다.

주변 국가들에 비해 더할 나위 없이 평화롭고 풍요로워 중미의 스위스라 불리는 나라 코스타리카의 이면에는 여전히 제세니아와 그녀의 오라비 호아킴처럼 오로지 먹고살기 위해 최소한의 교육도 받지 못한 채 커피밭으로 내몰리는 이들이 분명히 존재할 것이다. 그럼에도 자칭 타칭 '중미의 스위스'라는 이름에 취해 혹은 자국 커피가 갖는 고급 이미지에 취해 코스타리카가 이들을 보이지 않는 혹은 보여서는 안 될 존재로 내몰아 가는 것이 아닐까? 그해 봄 도냐 베르타의 축사에 섬처럼 고립되어 살아가던 로사의 가족을 보면서 그런 생각을 지울 수 없었다.

파니 선생

2015년 도냐 베르타의 집에 갔을 때 그곳에 파니 선생이 있었다. 전형적인 과이미 원주민의 외양이었지만 커피밭에서 볼 수 있는 과이미 여인들과는 다른 모습이었다. 파니 선생은 여느 과이미 여인들의 차림인 길고 너른 치마 대신 청바지를 입고 있었고 그들의 언어 대신 스페인어를 사용했다. 게다가 안경까지 쓰고 있었다. 그간 숱하게 봐 온 과이미 사람들 중 안경을 쓴 이는 내게 파니 선생이 처음이었다.

파니 선생이 도냐 베르타의 집에 묵고 있던 이유는 일 때문이었다. 그녀는 코스타리카 교육부로부터 이곳 타라수 주변 학교로 파견된 교사라고 했다. 커피 수확철 코스타리카를 찾아오는 과이미 원주민들의 자녀들에게 그들의 언어로 수업을 전하고 있었다.

코스타리카 교육 당국이 과이미 원주민어를 구사할 수 있는 사람들을 급하게 모집하고, 그들을 과아미 원주민들의 자녀가 다니는 학교에 파견한 시스템 덕분이었다.

코스타리카 커피 수확 현장 곳곳에서 과이미 원주민들이 니카라과 이주자들보다 더 많아지는 추세이긴 했다. 게다가 그들은 늘 가족 단위로 움직였다. 최근 몇 년 사이 코스타리카 전역에 건축 붐이 일고 도시 일용직 노동자들의 임금이 올라가면서 자연스레 커피밭으로 들어오는 니카라과 이주 노동자들의 숫자가 줄어들던 중이었다. 그러니 코스타리카 정부뿐 아니라 커피 농장주, 그리고 이들로 인해 한 시절 대목을 보는 코스타리카 상공인들에게 과이미 원주민이 이제서야 조금씩 인간 대접을 받는 것 같았다. 예전 같으면 상상키도 힘들 일이다. 어찌 됐든, 좋은 변화다.

파니 선생은 매일 새벽 다섯 시 조금 넘은 시간에 길을 나섰다. 그녀는 순환교사 형식으로 일을 하고 있었다. 통상 타라수 다운타운으로부터 가까운 농장일수록 니카라과 이주자들이 많았고 반대로 멀리 떨어진 곳일수록 과이미 원주민들이 많았다. 농장주들은 여전히 니카라과 사람들을 선호했다. 일단 말이 통했고 무엇보다 작업 속도가 빨랐다. 어디든 작업 환경과 주거 환경이 좋은 곳에는 니카라과 사람들이 먼저 들어갔다. 그러니 자연스레 그녀가 가르치는 아이들은 타라수 다운타운으로부터 멀리 떨어져 있을 수밖에 없었다. 대부분 대중교통편이 닿지 않는 곳이었다.

버스가 들어갈 수 있는 곳까지 간 후 그곳에서 다시 한두 시간 걷는 것이 예사였다. 그녀에게 배우러 오는 학생들 중에는 학교까지 서너 시간을 걸어오는 아이들도 있다고 했다. 요일마다 그녀가 가는 학교가 달랐지만, 어느 학교든 차에서 내려 최소 한두 시간 걸어야 닿을 수 있는 곳이었다. 사실 그곳은 학교라기보다는 교습소에 가까운 형편이었다. 책걸상도 제대로 갖추지 못한 곳이 태반이고, 급하게 모집하느라 교사들에 대한 제대로 된 검증과 교육 절차를 거치지 못하는 경우가 대부분이었다. 게다가 교육 당국의 지원이나 감시로부터 너무 멀리 떨어진 곳이다 보니, 사실 그 안에서 어떤 형태의 교육이 이루어지는지 확인하기도 어려운 상황인 듯했다. 그럼에도, 그간에 과이미 원주민들이 이곳 코스타리카 커피밭에서 받았던 처우를 생각한다면 그 정도도 대단한 발전이었다. 최소한 그들이 짐승이 아닌 인간 대접을 받는다는 의미였다.

그녀가 감수해야 했을 시선들

파니 선생은 코스타리카와 파나마 국경 지대에 위치한 정글 출신이었다. 대부분의 과이미 원주민들이 코스타리카 사람도 파나마 사람도 아닌 채 살아가는 곳이다. 출생 신고조차 제대로 이루어지지 않는 경우가 태반이니 그들에게 여권이 있을 리 없다. 파나마와 코스타리카의 국경 통제가 비교적 엄격함에도 이들의 왕래에는 어떤 제제도 가해지지 않았다. 설령, 잡는다 한들 이들에게서 얻어 낼 것이 없었다. 남자도 그렇고 여자도 그렇고 어른도 그렇고 아이도 그렇고, 그들은 여전히 자신들의 전통의상을 고집하고 그들만의 언어를 구사한다. 이미 유럽인종과 혼혈이 된 파나마나 코스타리카 사람들과는 확연히 다른 신체 구조와 피부색을 가지고 있어 어디서든 눈에 띈다. 물론, 오랜 시간 코스타리카가 의도적으로 이들을 보이지 않는 존재로 취급했지만 조금씩 조금씩 코스타리카 사회로 편입될 수밖에 없었다. 무엇보다 이들이 아니고서는 이 나라 코스타리카가 그토록 자부심을 갖는 커피를 수확할 사람이 없었다.

파니 선생, 그녀가 기억하는 고향은 썩 아름답지 못했다. 무엇보다 아버지의 폭력이 모질었다. 그곳에 남은 형제들 역시 아버지의 폭력을 피해 근처 어디쯤으로 뿔뿔이 흩어졌다. 그녀는 형제의 숫자를 정확하게 헤아리지 못했다. 하지만 대략 열다섯 명은 넘어선다고 했다. 일부다처가 일상적인 그들의 문화에서 그 정도는 많은 편도 아니라고 했다. 아버지의 폭력을 피해 탈출하는 오빠를 따라 그녀도 수도 산호세로 나왔고 그덕에 중학교 교육까지 마칠 수 있었다. 고향을 떠나온 뒤 그녀와 오빠는 그곳에 남겨진 가족들의 생사를 모른 채 살아왔다. 단 한 번도 고향을 방문하지 않았고 앞으로도 가고 싶지 않은 곳이라고 했다.

유난히 '하얀 피부'를 중시하는 코스타리카 수도 산호세에서

커피 수확철이 되면 타라수에 과이미 원주민들이 들어왔다. 마을 사람들은 이들이 어디에 사는지, 어디에서 오는지 잘 알지 못했다. 그저 파나마와 코스타리카 국경 어디쯤에서 온다는 것 말고는 이들에 대해 아는 바가 전혀 없었다. 어쩌면, 애써 보고 싶지 않은 이들에 대한 방어기제인지도 모를 일이다. 과이미 여성들은 어른, 아이 할 것 없이 전통의상을 입는다. 그들이 사는 곳의 기후에 맞춰서 지어 입었을 터, 아무리 봐도 타라수의 차가운 일기에는 적합하지 않아 보였다. 그럼에도 그들은 자신들의 세상으로부터 입고 온 얇은 옷 한 벌로 타라수의 추운 날씨를 견뎠다. 남자들의 경우 여자들에 비해 훨씬 더 현대화된 옷을 입었지만 그들 역시 세상의 유행과는 거리가 먼 듯, 그들만의 스타일을 고수했다. 여성들의 옷은 변화가 없었지만 남성들의 옷은 해마다 스타일이 조금씩 바뀌었다. 여자나 남자 모두 화려한 색을 선호해 이들은 커피 수확철 타라수 읍내 어디서든 눈에 띄었다.

그녀가 가족과 단절된 채 살아 냈을 삶의 무게를 가늠하기가 어렵지 않았다. 아버지의 폭력은 없었지만 그녀를 바라보는 시선의 폭력을 면키는 어려웠을 것이다. 여전히 '유럽인 순혈'에 대한 환상과 '중미의 스위스'라는 자부심을 가지고 살아가는 코스타리카 사람들에게 그들이 신앙처럼 붙들고 살아가는 순혈을 어지럽힐수 있는 '이방인'은 결코 달갑지 않은 존재들이었다. 대서양 연안

커피밭 사람들, 그 후 20년

에 살던 흑인들은 1960년대까지도 수도 산호세에 들어오는 것이 법으로 금지되어 있었고 니카라과 사람들이나 아시아에서 건너온 이주자들도 수도를 중심으로 한 중앙고원에 진입하기가 썩 쉽지 않았다. 반대로, 하얀 피부를 가진 유럽인들이나 미국인들은 언제나 대환영이었다.

2000년대 초반까지만 해도 니카라과 사람들은 코스타리카에서 '쥐'라 불릴 만큼 심한 모욕과 차별을 감수해야 했다. 그럼에도 그들이 받는 차별은 과이미 인디오들에 비하면 차라리 나았다. 대부분의 과이미 인디오들은 코스타리카에서 인간 취급조차 받지 못했다. 코스타리카 타라수의 커피 수확철에 흘러들어 온 과이미들을 향한 좋지 못한 시선에는 나름의 연유가 있었다. 코스타리카 사람들에게 보여지는 실제 그들의 삶이 차라리 들판을 헤집고 다니는 짐승에 가까웠다. 서로가 너무 다른 삶의 기준을 가지고 있었다. 일부다처제와 지독한 남성 우월주의에 사로잡힌 그들에 대한 코스타리카 사람들의 시선은 커피 수확철에 한해 어쩔수 없이 받아들여야 하는 필요악 그 이상도 이하도 아니었다.

사실, 타라수뿐 아니라 코스타리카 전반에는 여전히 이방인에 대한 불편한 시선과 감정들이 곳곳에 깊이 뿌리내리고 있다. 오랜 시간 유럽인 혹은 앵글로 아메리카 사람들이라면 환영을 받았지만 주변 국가들을 포함한 라틴아메리카 사람들이나 아시아 사람들은 거의 대부분이 '니까'(니카라과 사람을 비하하는 의미로 칭하는 말) 혹은 '치노'(중국인을 비하하는 의미로 쓰이는 말)로 통칭

되었다. 시간이 흐른 지금도 그들 생각의 기저에는 큰 변화가 없는 듯하다.

나 역시 어쩔 수 없이 코스타리카에선 중국인일 수밖에 없었다. 최근에야 많이 좋아졌지만 2000년대 초반에만 해도 코스타리카 곳곳에서 이방인인 나를 바라보는 그들의 불편한 감정들을 불쑥불쑥 마주했던 경험이 있다. 그나마 코스타리카가 중국과 경제적 이해관계로 가까워지면서 '중국인'에 대한 시선이 조금 너그러워지긴 했지만 여전히 국적 불문하고 코스타리카에서 살아가는 '치노'들과 '니까'들과 '과이미'들은 '띠꼬'(코스타리카 사람들이 스스로를 부르는 애칭)들에게 여전히 그리고 당연히 반갑지 않은 존재들이다. '중미의 스위스'가 영원해야 할 텐데 자꾸만 들어오는 불청객 때문에 그들만의 '스위스'가 사라질까 봐, 계속하여 믿어 의심치 않고 싶은 자신들의 '유럽인 순혈'에 대한 신화가 사라질까 봐, 코스타리카인들은 오랜 시간 달갑지 않은 이방인들에게 날을 세워 왔다. 그러니 그해 타라수 도냐 베르타 집에서 만난 파니 선생의 존재는 내게 신선한 놀라움일 수밖에 없었다.

토요일 저녁, 타라수 성당 앞

그녀가 기억하는 아버지의 폭력에서 커피 수확철 타라수 다운타운을 둥둥 떠다니듯 배회하는 과이미 여성들과 어린아이들 모습

코스타리카 사람들만 출입하는 타라수 성당.

이 배어 나왔다. 토요일 오후가 되면 과이미 남성들은 어김없이 타라수 다운타운에 나와 술을 마셨다. 불과 몇 년 전만 해도 상상할 수 없었던 일이다. 그 시절, 타라수 다운타운에는 그들을 받아는 술집이 없었다. 물론, '과이미 출입금지'라는 팻말을 내건 것은 아니었으니 이들이 술집에 출입할 수 없다는 공식 규정이 존재하지는 않았지만, 그 시절의 통념이 그러했다. 이들 역시 '감히' 술집에 들어가는 것을 생각할 수 없었다. 십여 년 전만 해도 그들과 코스타리카 사람들은 지금보다 훨씬 더 철저히 분리되어 있었고 상하 구분 역시 확연했다. 어떤 이들은 그들을 짐승 보듯 하기도 했다. 또 어떤 과이미들은 실제로 짐승처럼 살기도 했다. 특히, 그들의 일부다처제와 아무 곳에서는 용변을 보는 공중도덕의 부재를 코스타리카 사람들은 못 견뎌 했다.

과이미 남자들이 다운타운의 술집에 들어가지 못하던 시절, 그들은 일주일 주급을 받아 토요일 오후 타라수 다운타운에 나오면 으레 술을 박스째 사 합승 택시에 싣는 것으로 대신했다. 과연 저 술을 다 먹고도 사람이 죽지 않을까 싶을 만큼, 엄청난 양의 술이었다. 그 술을 마시는 동안 식구들에게 가해질 폭력은 보지 않아도 자명했다. 어느 해 토요일 날이 어두워지기 시작할 무렵, 과이미 남자 세 명이 짐칸이 달린 픽업형 합승 택시를 대절해 놓고 술 상자를 짐칸에 싣더니 여자들과 아이들이 짐칸에 타든지 말든지 자기들끼리 택시의 안쪽에 자리를 차지하고 들어가는 모습을 본 적이 있다. 마침 택시 기사도 차에서 내려 그들이 짐을 싣는 모든 과정을 마뜩치 않게 지켜보고 있었는데, 남자들이 여자와 아이들을 둔 채 자신들만 차 안으로 비집고 들어가자 마치 못 볼 꼴을 본 듯 고개를 절레절레 흔들어 댔다. 타라수에서 나고 자랐을 택시 기사는 자신이 그런 사람들 같지 않은 사람들을 위해 운전을 해야 하는 상황이 억울한 듯, 혹은 서글픈 듯, 하여 누군가에게라도 자신의 억울함과 서글픔을 호소해야겠다는 듯, 바로 옆에 있던 나를 보면서 계속하여 고개를 절레절레 흔들어 댔다. 나도 그와 같이 그들의 '비인간성' 혹은 '미개함'에 같이 절망하거나 분노해 주기를 간절히 바라는 마음이었을 것이다.

그런데 최근 몇 년 새 과이미 남자들이 토요일이면 다운타운

술집에 들기 시작했다. 타라수 다운타운에는 술집이 네댓 개 정도 있는데 코스타리카 사람들이 드나드는 술집에는 오직 코스타리카 사람들만, 과이미들이 드나드는 술집에는 오직 과이미들만 드나들었다. 니카라과 사람들은 아예 술집 출입을 하지 않았다. 정 술이 먹고 싶으면 가게에서 독한 술을 사서 공원이나 그들의 숙소에서 마셨다. 그러니 그들이 한데 섞이는 일은 절대 없었다.

아이러니하게도 과이미 원주민들만 드나드는 술집은 타라수 한복판 성당 바로 앞에 면해 있었다. 다운타운에서도 가장 중심이 되는 위치에 한자로 '주가'酒家라는 이름을 단 중국 술집이었다. 지난 2007년 코스타리카 정부가 오랜 시간 외교 관계를 이어 왔던 타이완과 단교하고 중국과 국교를 맺은 이후 이러저러한 기회와 함께 코스타리카에 중국인들이 부쩍 많이 들어오는가 싶더니 이 작은 시골마을까지 와서 '주가'라는 간판을 달고 그야말로 이름 없는 술집을 낸 모양이다. 그런데 여전히 혹은 유난히 보수적인 이곳 타라수 사람들은 그곳에 섣불리 발을 들여 놓지 않았다. 덕분에 그간 다운타운에 나와도 여느 술집에 들어가 볼 엄두를 내지 못했던 과이미 남자들이 '주가'에 출입하기 시작했다.

과이미 남자들이 술집에 들기 시작하면서 토요일 오후 타라수의 다운타운에는 새로운 풍경이 생겨났다. 그들을 따라 나온 여성과 아이들이 하염없이 그 술집 바깥에 선 채로, 그리고 어느 정도 시간이 흐르면 길 위에 앉은 채로 술집에 든 남편 혹은 아버지가 나오기를 기다렸다. 저녁이 되면 기온이 내려가 제법 쌀쌀해졌지만 여인들과 아이들은 더운 곳에서 입던 그들의 전통의상을 입은 채 하염없이 술집 밖에서 술집 안에 든 남자를 기다렸다.

타라수 사람들이 생각하기에 니카라과에서 온 사람들은 성정이 난폭한 것이 문제였고, 파나마 국경에서 올라온 과이미 원주민들은 도무지 인간의 삶을 살지 않았기에 견딜 수 없었다. 니카라과 사람들마저 과이미 원주민들을 대놓고 싫어했으니 이 작은 마을에서 함께 살아가면서도 그들은 서로 결코 섞일 수 없는 사람들 같았다. 커피라는 공통분모에 묶여 있기는 했지만, 그들은 철저히 타인들이었다. 무엇보다 서로가 말이 통하지 않았다. 특히 과이미 여성들 중 스페인어를 할 수 있는 사람은 거의 없었다. 니카라과 사람들은 스페인어를 사용했지만, 그들의 스페인어는 코스타리카 사람들의 스페인어와 다른 부분이 있어서 통상 코스타리카 사람들은 니카라과식 억양만으로도 상대를 무시했다.

토요일이면 이른 오후부터 과이미 남자들이 성당 앞 '주가'를 가득 메웠다. 그리고 더 많은 수의 과이미 여자들과 아이들이 그 술집 문 앞에 운집했다. 해가 지고 날이 어두워져도 남자들은 여전히 술집 안에서 술을 마셨고 여자들과 아이들은 여전히 술집 문 앞에 진을 친 채 남자들이 나오기만을 기다렸다. 풍성한 치마를 편 채 길에 앉은 여인들과 아이들은 마치 해 질 녘 빈 들에 내려 앉은 새떼 같았다. 여느 토요일이나 변함이 없어 술집 안에 든 남자들이나 술집 밖에 선 여자들이나 서로가 각자의 자리에서 토요일 오후의 의례를 치르는 것 같았다. 물론, 그 어느 쪽도 그들을

가장이 술집에 들어가고 나면 과이미 여자들과 아이들의 하염없는 기다림이 시작되었다.

불편하게 혹은 불쌍하게 바라보는 시선에 아랑곳하지 않았다.

어느 토요일 저녁 미사에 가는 도냐 베르타를 따라 나섰다. 성금요일이 가까워서인지 성당 안은 더욱 엄숙하고 장엄한 분위기였다. 니카라과에서 온 노동자들이나 파나마 국경 어디쯤에서 온다는 과이미 원주민들은 성당 안 그 어디에도 보이지 않았다. 오직 그 마을에서 나고 자란 타라수 사람들만이 미사를 드리고 있었다. 온전한, 그들만의 리그였다. 해가 갈수록 타라수의 커피밭에 더 많은 니카라과 사람들과 과이미 원주민들이 들어왔지만 성당만큼은 오롯이 코스타리카 사람들만 들 수 있는 마지막 보루인 듯했다.

토요일 저녁, 그곳 성당 안은 마치 고립된 섬 같았다. 성당 밖에선 니카라과 사람들과 과이미 원주민들이 그들 나름의 방식대로 토요일 저녁 의례를 치르고 있었고 성당 안쪽에선 코스타리카 타라수에서 나고 자란 사람들이 그들 나름의 방식으로 또한 토요일 저녁 의례를 치르는 중이었다. 이주자들의 숫자가 많아지면서 성당 안은 멸종 위기에 처한 순수 혈통을 보호하기 위해 만들어진 보호구역 같은 느낌이 들기도 했다.

길어지는 미사에 지루함을 견디지 못하고 밖으로 나와 보니 그날도 성당 앞 중국 술집에 과이미 남자들이 가득 차 있었고 그 앞에 과이미 옷을 입은 여인들과 아이들이 어둠 속에서 남편 혹은 아버지가 나오기를 기다리고 있었다. 그중 한 여자아이가 술집 밖 도로까지 내려와 배회하자 마침 성당에서 미사를 마치고 나오던 누군가가 아이 손을 잡고 술집으로 들어가 아이 아버지를 찾기 시작했다. '적어도 우리 마을 타라수에서는 이렇게 어린아이를 밤거리에 배회하게 하지 않는다'는 강한 항의였다. 인도주의적 차원이었을 것이라 생각하지만, 어쩌면 선민의식의 발로였는지도 모르겠다. 아이를 끌고 가는 손아귀에서 아이를 배려하지 못하는 거친 힘이 느껴졌다. 아이는 들어가지 않으려 뒤로 몸을 뺐지만 결국 술집 안으로 질질 끌려갔다. 그리고 잠시 후 채 스물도 되어 보이지 않는 젊은이가 술에 취해 비틀거리며 나왔다. 아이의 아비인 듯했다.

오랜 시간 차가운 길에서 아비를 기다렸을 아이가 손에 들고 있던 빵과 작은 주스 팩 하나를 술 취해 나온 아빠에게 내밀었다. 누군가 혼자 서 있던 아이를 보고 그 손에 쥐어 준 것이었다.

커피밭 사람들, 그 후 20년

먹고 싶은 마음을 꾹꾹 누르며 아빠가 나오길 기다렸을 것이다. 그 기다림 끝에 몸을 제대로 가누지도 못할 만큼 취해 나온 아빠에게 아이가 빵을 건넸는데 아비는 그 아이가 내민 빵을 거칠게 내치며 아이에게 불만을 쏟아 냈다. 술을 더 마셔야 하는데 누군가 아이 손을 끌고 술집에 들어와 아비를 찾는 바람에 그곳에서 나오게 된 사실에 화가 난 듯했다.

반가워 다가섰던 아이가 그 나무람에 제 아비에게 내밀던 빵을 멈칫하더니 거두어 길바닥에 던져 버렸다. 아이도 화가 나 있었다. 술 취한 아비에게 끌려가면서, 어쩌면 오랜 시간 먹고 싶은 마음을 눌러 가며 쥐고 있었을 빵을 거칠게 내던졌다. 그 빵에 아이의 분노가 담겨 있었다. 그들로부터 조금 떨어져 지켜보고 있던 내게도 아이의 분노가 그대로 느껴졌다. 코스타리카 사람에게서 그리고 니카라과 사람에게서 받은 차별이 켜켜이 쌓이면서 만들어 냈을 과이미들의 분노가 그 아이에게서 느껴졌다. 차가운 밤 남편 혹은 아비가 술집에서 나오길 한없이 기다리는 과이미 여성들과 아이들의 분노가, 혹독한 차별에 억눌린 분노가 그 밤 길바닥에 나뒹군 빵에 고스란히 담긴 듯했다. 그 빵을 던진 아이의 분노가 안쓰러우면서도 한편으론 고마웠다.

그들만의 술집, 주가

성당 앞 과이미 원주민들이 드는 술집, 이름 없이 달랑 '주가'라고
만 적힌 간판이 달린 그곳엔 으레 술집으로 기대할 수 있는 장식
은커녕 자리 잡고 앉을 테이블도 없었다. 술을 파는 매대 앞쪽으
로 가늘고 긴 일자형 테이블이 하나 놓여 있을 뿐이었다. 운이 좋
으면 목로木欌 바로 앞 판자를 붙여 만든 일자형 긴 의자에 엉덩이
를 걸치고 술을 마실 수 있었다. 그나마 예닐곱 명이 앉으면 꽉 차
버리는 통에 대부분은 의자 하나 없는 홀에 빽빽하게 선 채 술을
마셨다. 얼핏 보면 스탠드 바 같기도 하고 술창고 같기도 했다. 주
인 입장에선 별도의 시설을 갖출 필요도 없이 술만 팔면 되는 일
이었으니 커피 수확철 한철 장사 치곤 제법 쏠쏠했을 것이다.

그러고 보면 매주 토요일 성당 앞 중국 술집은 타라수 지역 경
제의 메카였다. 타라수 커피밭에서 풀린 돈의 상당액이 일주일에
한 번씩 그곳 중국 술집으로 빨려 들어갔다. 과이미 남성들은 그
들 스스로 몸을 가누지 못할 만큼 술을 마셨다. 그들은 오직 마시
고 취하기 위해 태어난 사람들 같았다. 그것도 오로지 맥주만 마
셨으니 매상이 적지 않았을 것이다. 사실, 코스타리카 사람들은
술에 대해 지극히 절제되거나 보수적인 태도를 갖는다. 술을 마
시는 양이 적을 뿐 아니라 집 밖에서 취해 몸을 가누지 못하는 것
은 인간 말종이나 할 일로 치부되었다. 특히 보수적 성향이 강한
타라수에는 술집 자체가 드물었다. 하다못해 통닭이나 피자를 파

는 가게에서도 맥주 대신 우유나 콜라를 팔았다. 집에서라도 술 마시는 이가 극히 드물었다.

매주 토요일 저녁이면 중국 술집 앞에 술 취해 몸을 가누지 못하는 과이미들이 켜켜이 쌓였고 마침 미사를 마치고 나오다 그 모습을 보는 타라수 사람들은 혹여 못 볼 것이라도 본 양 고개를 설레설레 흔들어 가며 애써 그들을 외면했다. 사실 토요일 저녁 중국 술집 앞은 카오스도 그런 카오스가 없었다. 들리는 말에 의하면 그곳에 든 과이미 남자들은 밖에서 하염없이 그들을 기다리는 부인들을 걸고 내기 술을 마신다고도 했다. 누구든 이기는 자는 상대방의 부인을 취했고 누구든 지는 자는 자신의 부인을 상대방에게 넘겨준 채 돌아간다는 차마 믿지 못할 소문이 횡행했다.

니카라과 사람들은 조금 달랐다. 술에 대해 코스타리카 사람들보다 대범한 것 같았지만, 그들 대부분은 어지간하면 술을 입에 대지 않았다. 술 살 돈이 있다면 차라리 고기나 당장 필요한 생필품을 사는 편을 택했다. 술을 마시더라도 값싸고 도수가 센 독주를 마셨다. 맥주는 언감생심 생각도 하지 않았다.

도냐 베르타의 커피밭에서 일하는 니카라과 사람들도 토요일 오후가 되면 다운타운에 나가긴 했지만 항상 해가 지기 전에 들어왔고 사온 물건들도 일주일치 식량이 대부분이었다. 그리고 남은 시간 동안에는 축사를 비워 만든 숙소에 머물면서 다음 일주일 동안 먹을 음식들을 만들거나 빨래를 하거나 했다. 더러 독주

타라수 다운타운의 과이미 원주민 일가족. 이들 대부분은 부부끼리도 항상 남자가 앞에 서고 여자가 그 뒤에서 아이들과 함께 따라 걷는 것이 일반적이다. 남자나 여자나 모두 전통의상을 입는다. 남성의 경우 밝은 색의 바지와 셔츠를, 여성의 경우도 밝은 색의 폭이 너른 치마를 입는다.

를 마시는 이들이 있긴 했지만 그러는 이는 극히 드물었다.

　니카라과에서 온 사람들은 토요일 늦은 밤 다운타운 한복판 중국 술집 맞은편 담에 기대서서 술에 취해 개가 되어 버리는 과이미 남자들을 구경하면서 술에 대한 욕구를 대신했다. 중국 술

　커피밭 사람들, 그 후 20년

집 맞은편 은행 벽에 느긋하게 기대선 채 독주 한 병을 서로 돌려 마시기도 했지만 한두 모금으로 족했다. 그러다 술집 안에서 싸움이 붙은 과이미 남자들이 밖으로 끌려 나오면 휘파람을 불거나 소리를 질러 가며 그 상황을 즐겼다. 마치 판돈이 걸린 개싸움이나 닭싸움을 보는 것처럼, 서로 엉켜 한 덩어리가 되어 버린 과이미들을 보면서 열광하고 흥분했다. 그렇게 니카라과 사람들은 술집에 든 과이미 남자들이 취해 나와 싸움으로 이어지는 모습을 '관람'하는 것으로 그들의 토요일 오후를 보냈다. 매번 좀 더 화끈한 싸움을 기대하면서.

코스타리카 사람들은 성당 안에서 미사와 함께 토요일 저녁을 보냈다. 니카라과도 가톨릭 신앙을 근간으로 삼는 나라이니 그곳이나 이곳이나 어디든 성당이 있는 곳이라면 들어갈 법한데, 성당 안에서는 니카라과인을 볼 수 없었다. 타라수에서 유일하게 오직 코스타리카 사람들만 들어가는 곳이 바로 성당이었다. 이미 수십 년 전 니카라과 사람들이 들어오고 이어 과이미들이 이 마을의 주력 산업인 커피를 따기 위해 들어왔고 그들 모두가 가톨릭 신앙을 그들의 전통으로 가지고 있었지만 성당만큼은 오직 코스타리카인들 만의 장소로 남아 있었다.

바깥의 소란과 흥분 섞인 고함이 성당 안의 토요 저녁 미사에 그대로 쏟아져 들어왔지만, 개의치 않았다. 바깥의 소란이 거세질수록 성당 안의 성스러움은 더 깊어진다고 생각하는 듯, 어떤 소란에도 개념치 않고 오직 미사에만 집중했다.

그렇게 매주 토요일 타라수 다운타운의 메카라 할 수 있는 성당 앞 작은 사거리는 코스타리카 사람들과 니카라과 사람들, 과이미 남자들과 또 과이미 여자들이 철저히 나뉜 각자의 공간에서 그들 각각의 토요일 오후의 전례를 치르는 곳이었다. 그들은 서로가 있어야 할 곳과 있을 수 있는 곳을 벗어나는 법 없이 철저히 자신들의 자리에서 자신들의 방식으로 토요일 밤을 보냈다.

파니 선생의 딸

그해 그곳 타라수에서 만났던 과이미 출신 파니 선생은 스무 살이 채 되지 않은 나이에 결혼해 산호세에 살고 있었다. 보통의 과이미 여성들이 열서너 살에 결혼을 하는 것에 비해서는 다소 늦은 결혼이었다고, 그녀가 말했다. 그럼에도 그녀에게는 벌써 중학교에 다니는 딸이 있었다.

타라수 벽지를 돌며 자신이 도망치다시피 떠나온 고향의 언어로 아이들을 가르치기 전에 파니 선생이 무슨 일을 했는지 모르겠으나 그녀는 선생으로 살아가는 자신의 현재에 엄청난 자부심을 느끼고 있었다. 나도 그녀에게 깍듯이 '선생'이라 불러 줬다. 그럼에도 나는 가끔 그녀의 지식 혹은 상식 수준에 놀라지 않을 수 없었는데, 그녀는 코스타리카가 아메리카 대륙의 일부라는 사실을 모를뿐더러, 아메리카 대륙 외에 유럽이나 아프리카 그리고 아시아 대륙이 있다는 사실도 모르고 있었다. 그리 멀지 않은 나라인 멕시코와 미국에 대해서도 전혀 모르고 있었다.

어느 날 우연히 뉴욕 이야기를 했는데, 그녀는 뉴욕이라는 도시의 이름도 처음 들어 본다고 했다. 벽에 쿵 부딪히는 느낌이었다. 처음엔 스페인어를 제대로 이해하지 못해 그러는가 싶기도 했지만 그녀의 스페인어는 완벽했다. 그럼에도 그녀와 이야기를 나누다 보면, 어느 순간 도무지 넘을 수 없는 벽에 부딪히는 느낌이 종종 들었다.

파니 선생은 그녀 스스로 자신과 남편을 과이미 원주민들 중 산호세에 진출한 1세대라 했다. 그녀의 말처럼 과이미 원주민들이 코스타리카 사회에 스며드는 일은 그간 거의 불가능에 가까울 만큼 어려운 일이었다. 특히 수도 산호세라면 더욱더 그랬다. 그녀의 남편도 과이미 원주민이었다. 그가 어떤 연유로 나고 자란 곳을 떠나 도시로 나왔는지 알 수 없으나, 그녀 말로는 남편이 수도 산호세에서 관광업에 종사하고 있다고 했다. 후에 우연히 산호세에서 만는 그는 작은 여행사에서 청소 일을 하고 있었다.

어쩌면 그녀가 태어나고 자란 세상에서는 아메리카 대륙이나 뉴욕에 관한 지식보다 몸에 이로운 풀이나 태양을 따라 도는 절기에 대한 지식이 훨씬 더 중요했을 것이다. 그녀는 자신의 친구들 중에는 초등교육을 제대로 받은 사람이 없다고 했고 자신도 고향에 그대로 있었다면 마찬가지였을 것이라고 했다. 그녀 스스로 탈출하다시피 자신이 나고 자란 세상을 뛰쳐나와 산호세에서 초등학교와 중학교를 마치고 계속하여 산호세에서 뿌리내려 왔음을 강조했지만 그녀의 사고와 인식 체계는 그녀가 어떻게든 닿고자 했던 산호세와 어떻게든 끊어 내고자 했던 고향 어디쯤에 갇혀 버린 듯했다.

파니 선생에겐 세 명의 자녀가 있었다. 큰딸이 산호세에서 유명한 공립 중학교에 다니고 있다고, 그녀는 시간이 날 때마다 나에게 그 사실을 반복하며 확인시켜 주었다. 그리고 중학교 교복을 입은 딸의 사진을 늘 가지고 다니며 시시로 내게 그 사진을 보여 줬다. 그것이 마치 자신의 신분증이라도 되듯, 혹은 자신이 산호세에서 살아가는 사람이라는 것을 증명하는 증서라도 되듯, 어딜 가든 그 사진을 가지고 다니며 사람들에게 보여 줬다.

'레온 트레세'León XIII. 항상 수도 산호세에 산다는 사실을 강조하던 그녀로부터 우연히, 그녀가 사는 동네 이름을 듣게 되었다. 레온 트레세는 수도 산호세뿐 아니라 코스타리카 전역에서도 가장 가난하고 위험한 곳이었다. 또한 그 때문에 집세가 싼 곳이기도 했다. 가파른 협곡에 벽과 지붕을 합판이나 함석으로 두른 집들이 켜켜이 얹혀 금방이라도 쏟아질 것처럼 위태하게 자리 잡은 곳. 종이만 아니라면 녹슨 함석을 둘렀더라도 그 집은 고급 주택에 속하는 곳. 그런 곳에서 그녀의 딸은 매일 아침 산호세의 유명 공립 학교 교복을 입고 학교를 갈 것이니 그녀에게는 그것이 곧 자신의 성공을 증명하는 가장 선명한 지표임이 분명했다.

유명 공립 중학교 교복을 입고 레온 트레세를 나서는 딸을 보며 그녀는 그제야 자신이 가족들과 연락을 끊고 탈출하다시피 고향을 떠나온 일에 대해 안도했을 것이다. 그리고 딸이 살아갈 날들이 그녀가 살아온 날들보다 조금이라도 좋아지기를 날마다 기도했을 것이다. 어쩌면 코스타리카인임에도 그녀 자신이 이곳 코스타리카에서 받았던 차별을 적어도 딸만큼은 받지 않고 살아가기를 바랐을 것이다. 공부를 잘하는 큰딸만큼은 온전한 산호세 사람, '호세피나'가 되어 살아 주길 바라고 또 바랐을 것이다. 그리하여 그녀의 자식들만큼은 '레온 트레세'에서 탈출할 수 있기를 간절히 염원했을 것이다. 십수 년 전 그녀가 그녀의 고향에서 탈출했던 것처럼.

파니 선생은 산호세에서 유명 공립 중학교에 다니는 딸의 성공이 고스란히 자신의 희생으로 말미암을 것을 믿어 의심치 않았다. 어떻게 해서든 돈을 벌어야 했고, 또 그 돈을 아껴야 했다. 파니 선생은 수업이 없는 토요일과 일요일에도 가족이 있는 산호세로 가지 않고 타라수에 남는 날들이 많았다. 차비 때문이었다. 코스타리카는 차비가 무척 싼 나라이지만, 파니 선생은 그 돈조차 맘대로 쓰지 못했다. 식사 또한 돈을 거의 쓰지 않은 채 해결하다 보니 그 양이 늘 부실했다. 그래서 도냐 베르타가 더러 당신과 내가 먹을 음식을 남겨 파니 선생에게 주기도 했지만, 그녀는 어지간해서는 고기나 생선 같은 식재료를 사는 일이 없었다. 자신의 딸이 온전한 '호세피나'가 될 수 있다면 얼마든지 감내할 수 있는 희생이었다.

그녀는 자신이 선생이라는 사실이, 그리고 자신의 딸이 산호세의 유명 공립 중학교에 다니고 있다는 사실이 전에는 차마 꿈꿔 보지 못한 삶이라고 했다. 그녀는 자신의 딸이 온전히 코스타리카 사회에 편입될 수 있다면 그것이 곧 자신의 대단한 성공이라 믿었다. 고향에서 탈출한 한 세대의 희생이 아니고서는 자신의 가족이 온전한 수도 산호세의 시민이 되는 일이 불가능할 것이라고 굳게 믿었다.

그때 갓 서른을 넘겼던 파니 선생을 2015년 이후 다시 보지 못했다. 도냐 베르타가 세상을 떠난 뒤 더 이상 그 집에 묵을 수 없었던 파니 선생은 아마 다른 숙소를 찾아갔을 것이다. 이듬해 타라수를 방문했을 때 그녀의 행방을 수소문했지만 찾을 수 없었다. 그녀 스스로 일을 관둔 것인지, 교육부 방침이 바뀐 것인지, 아니면 그녀가 더는 타라수에 오지 않는 것인지 알 수 없었다. 그렇지 않고서야 그 좁은 타라수 안에서 몇 날 며칠을 수소문했는데도 그녀를 찾지 못할 리 없다.

그녀가 산다고 했던 '레온 트레세'로 가 볼까 하다가 말았다. 레온 트레세는 그곳에 터잡고 사는 사람이 아니고서는 섣불리 발들여 놓기 어려운 곳이었다.

그녀와 같이 살던 시절에도 내가 어쩌다 레온 트레세로 찾아가겠다고 하면 펄쩍 뛰며 질겁을 하던 그녀였다. 어쩌면 산호세, 그곳에서의 자신의 삶을 내게 보여 주고 싶지 않았을 것이다. 이곳 타라수에서 선생으로, 그리고 매일 아침 유명 공립 학교 교복을 입고 학교에 가는 딸이 있는 것으로, 딱 그만큼만 자신을 보여 주고 싶었을 것이다. 어찌 되었든 산호세의 유명 공립 중학교에 다닌다고 했던 그녀의 큰딸이 코스타리카 사회에 온전히 편입할 수 있기를 나 또한 바라면서, 그렇게 나는 도냐 베르타의 집에서 잠깐 만났던, 자존심은 셌지만 한편으론 어리숙했던 파니 선생을 기억할 것이다.

제3부

엘레나 가족 이야기

2010년 3월, 놀라 날뛰던 소가 축사 기둥을 들이받아 지붕이 무너지면서 기예르모를 덮쳤다. 그 옆에 농장 주인 마쵸가 있긴 했지만 무거운 지붕을 혼자 들어낼 수 없어 기예르모는 한참 동안이나 무너져 내린 지붕에 짓눌린 채 여러 번 기절하기를 반복했다. 집에 있던 엘레나가 소식을 듣고 달려왔을 때도 기예르모는 여전히 지붕에 깔린 채였다. 무너진 지붕을 어렵게 들어내고 병원으로 옮겼을 때 기예르모는 의식이 없었고 뒤 따르던 엘레나도 여러 번 혼절하였다. 경추 골절과 복강 내 출혈이 의심되는 기예르모가 목숨을 건 대수술을 받는 와중에 엘레나는 같은 병원에서 자신의 임신 소식을 듣게 되었다.

첫 아이 저스틴Justin을 어렵게 얻고 그 아이가 여섯 살이 되도

엘레나와 기예르모의 집에서 바라본 마을 전경. 마을에 있는 집들은 대부분 함석지붕을 이고 있다.
멀리 보이는 산, 구름에 가린 곳에 엘레나의 친정이 있다. 친정 아버지는 딸이 결혼한 이후 항상 직접
농사 지은 식량과 설탕을 보내 줬다. 사위 기예르모가 사고를 당한 이후에는 더 많은 식량들을 내려
보내 줬다. 엘레나는 아침에 눈을 뜨면 가장 먼저 친정집을 향해 혼잣말로 부모님께 안부를 전한다.

록 소식이 없던 두 번째 아이가 그렇게 엘레나와 기예르모에게
찾아왔다. 오랜 시간에 걸친 대수술이 끝났지만, 상황이 워낙 위
중해 기예르모는 다시 수도 산호세로 이송되었다. '죽음의 산맥'
이라 불리는 해발고도 4,000미터 이상 되는 산간도로를 거쳐야
하는 여정이기에 최소 네 시간 이상 소요되는 길이었다. 그렇게
기예르모를 보내고 엘레나는 낯선 병원에 혼자 남았다.

　글쎄, 한국에서라면 당연히 부인인 엘레나가 기예르모와 동행
했을 것이지만 코스타리카에서 엘레나는 의식이 없는 남편을 따
라 나설 수 없었다. 보호자라고 하더라도 잠깐 동안의 면회 시간
을 제외하면 병원 밖에서 대기해야 하는데, 산호세에는 그녀가
머물 수 있는 곳이 없었다. 병원 주변에 환자 가족들을 위한 싸구
려 여관이 있다지만, 엘레나는 그 비용마저 감당할 수 없는 자신

의 형편을 뻔히 알고 있었다. 어쩌다 면회라도 한번 갈 수 있으면 좋으련만, 산호세까지 나가는 여비를 마련할 수도 없으려니와 하룻길로는 되돌아올 수 없는 여정이라 그곳에 가면 어쩔 수 없이 하룻밤을 묵어야 하는데 산호세 어디에도 그녀가 머무를 수 있는 곳은 없었다. 친척집이든 병원 근처 싸구려 여관이든.

기예르모의 사고 소식을 단 한 줄 문자로 전해 듣고 자세한 소식을 기다렸지만, 더 이상 소식이 없었다. 직접 찾아가는 편이 좋겠다 싶어 서둘러 비행기표를 구했다. 코스타리카에 도착했지만, 내게는 구체적 정보가 없었다. 어찌어찌 수소문하여 겨우 기예르모가 입원한 병원을 찾아갔을 때 그는 가슴 아래로 몸을 움직일 수 없는 상태였다. 가족이 없는 환자에게 면회객이 찾아왔으니, 의료진은 마치 묵은 숙제를 처리하듯 환자의 상태에 대한 설명을 쏟아 냈다. 폭풍 같은 설명이었다. 의료진 말로는 '기적'이 일어나야 기예르모가 두 발로 서고, 다시 또 한 번 '기적'이 일어나야 두 발로 걸을 수 있을 것이라고 했다. 그렇게, 여러 번 '기적'이라는 말이 강조되었다.

기예르모를 본 뒤 서둘러 산페드로 마을로 엘레나를 찾아갔다. 산페드로 마을에는 엘레나와 초등학교 입학을 앞둔 아들 저스틴, 그리고 배 속의 아이까지 셋이서 함께 집을 지키고 있었다. 당장 생활에 급한 돈은 기예르모가 사고를 당한 농장의 주인인 마쵸가 대주고 있다고 했다. 다행이다 싶었지만, 그 돈이 언제까지 계속되리라는 보장은 없었다. 엘레나가 그 사실을 더 잘 알고 있었다.

기예르모는 가장 기본적인 사회보장보험에도 가입되어 있지 않은 상태였다. 보험 가입은 당연히 기예르모를 고용한 마쵸가 해 줘야 하는 일이었지만, 시골 마을 사람 중에서 일꾼들에게 사회보장보험을 들어 줄 만한 여력이 있는 사람은 극히 드물었다. 주인이나 일꾼이나 보험 가입은 감히 생각하기도 힘든 일이었다. 만약, 기예르모에게 기적이 일어나지 않는다면, 그래서 그가 걷지 못한다면 당장 이 가족이 어찌 살아갈까 싶어서 옆에서 지켜보는 내 마음이 초조하고 암담하기 이를 데 없었다. 그러니 엘레나의 마음은 오죽했을까?

그런 마음을 애써 닦아 내기라도 하듯, 엘레나는 하루에도 몇 번씩 집 안팎을 쓸고 닦았다. 원래 부지런한 성정이었지만, 기예르모가 산호세 병원으로 실려 간 이후 그녀의 부지런함은 밤낮을 가리지 않았다. 배 속에 아이를 가진 채 낮엔 집안일을 하고 밤엔 그녀의 재산 1호인 재봉틀에 앉아 마을 사람들이 맡긴 옷수선에 집중했다.

그때만 해도 엘레나 부부 중 아무도 휴대전화를 갖지 못한 시절이라 엘레나는 남편의 병세를 제대로 알지 못하였다. 기예르모 역시 자신이 떠나온 뒤 집안이 어떻게 돌아가는지 알 수 없었다. 휴대전화는 고사하고 집안에 유선전화도 없던 시절이었다. 내가 병원으로 기예르모를 찾아 갔을 때, 그는 단 둘이 남겨진 아내와 아들이 무엇을 먹고 어떻게 살아가는지 걱정하고 있었다. 가슴 아래로는 몸을 가누지 못하는 그를 찾아오는 이는 입원 후 단 한 명도 없었다. 아무리 병원에서 세끼 밥을 챙겨 준다지만, 그 누구도 면회오지 않는 중환자가 어찌 돈이 아쉽지 않았을까? 면회 시간이 끝나 갈 때 멕시코에서부터 준비해 간 돈을 기예르모의 배게 밑에 넣어 줬다. 그러나 기예르모는 한사코 그 돈을 시골에 있는 엘레나에게 가져다 달라고, 내게 간절히 부탁했다.

기예르모는 엘레나가 임신한 소식을 알고 있었다. 페레스 셀레동 병원에서 수술을 마치고 위중한 상태로 산호세로 이송되기 직전 누군가가 소식을 전한 모양이었다. 짧은 면회 시간이 끝나고 병실을 나서면서 내가 엘레나에게 가겠다고 했을 때, 기예르모는 내게 고맙다고 했다. 그리고 기예르모가 울었다. 엉엉, 울었다. 구체적인 말은 하지 않았지만, 그는 엘레나와 배 속에 있는 아이에 대한 걱정이 많았을 것이다.

어서 부활절이 되었으면

부활절을 이틀 앞둔 성금요일이었다. 엘레나는 배가 아프다고 하면서도 굳이 손에서 비와 걸레를 놓지 않았다. 옆집 사는 도냐 마리아가 와서 말려도 한사코 집 안팎을 쓸고 닦았다. 첫째 아이를 얻고 난 후 이미 여러 차례 배 속의 아이를 잃은 적 있는 엘레나는 많이 불안해했다. 그러면서도 그녀는 집안일을 놓지 않았다.

너무 멀어 한 번도 가 보지 못한 산호세 병원에 남편 혼자 둔 것이 마음에 걸린 것인지, 아니면 어려운 상황에서 태중에 들어선 아이에게 미안했던 것인지, 그도 아니라면 이제 막 초등학교에 들어간 아들 저스틴에게 미안했던 것인지 모르겠다. 무엇이 그리 미안한지 엘레나는 잠시도 몸을 편히 두지 않고 닥치는 대로 집안일을 찾아 했다. 어쩌면, 한시도 떨칠 수 없는 불안함을 애써 털어 내기 위함이었는지도 모르겠다. 그렇게 그녀는 쉬지 않고 집 안팎을 쓸고 닦았다.

그날, 때 아니게 비가 내렸다. 비 내릴 철이 아닌데, 비가 내렸다. 그제서야 엘레나도 일을 손에서 놓고 쉬었다. 엘레나와 저스틴 그리고 나. 그렇게 셋이서 나란히 처마 밑에 앉아 비를 바라봤다. 셋이 별 말을 나누진 않았지만, 비를 보며 서로가 속으로 오직 한 가지를 바랐으리라. 기예르모가 하루라도 빨리 집으로 돌아오는 것. 때 아닌 비가 내리는 통에 그러지 않아도 세상이 모두 침잠

엘레나의 깔끔한 성품이 그대로 드러나는 풍경. 엘레나는 하루에도 몇 번씩 집을 쓸고 닦을 뿐 아니라 역시나 하루에도 몇 번씩 신발을 닦아 말린다.

커피밭 사람들, 그 후 20년

엘레나의 집 앞마당에서 내려다본 풍경. 엘레나와 기예르모가 사는 산페드로 마을에는 나무가 많다. 그 나무들 사이로 커피밭이 촘촘하게 들어선 곳이다. 아침에 안개가 피어오를 때, 그리고 오후에 스콜이라 불리는 열대우림의 소나기가 쏟아질 때, 엘레나의 집 처마 밑에 놓인 의자에 앉아 모두가 함께 앉아 안개를 보고 비를 보곤 했다. 물론, 커피를 마시면서.

해 버린 듯 착 가라앉은 성금요일 오후 분위기가 더 무거워졌다. 집 앞을 오가는 사람조차 한 명 없는 오후였다.

그 밤 엘레나는 배가 아프다고 했다. 가까이에 병원이 없는 상황. 배 속 아이가 혹시 잘못될까 무서워 나는 나름 귀동냥으로 들은 대로 엘레나에게 다리를 벽에 세워 올리고 가만히 꼼짝 말고 누워 있으라고 했다. 그것밖에는 내가 그녀에게 해 줄 수 있는 일이 아무것도 없었다. 그 밤 엘레나가 얘기했다. 어서 부활절이 되었으면 좋겠다고, 부활절이 되면 모든 것이 다 좋아질 것이라고. 나도 속으로 어서 부활절이 오길 애써 바랐다. 오후부터 내린 비는 늦은 밤까지 이어졌다. 엘레나의 집 양철 지붕을 두드리는 빗소리가 밤이 늦도록 구슬펐다.

다시, 또 하나의 슬픔

나는 갓 결혼한 엘레나와 기예르모의 신혼집에 얹혀살았다. 작은 방 한가운데에 판자로 벽을 치고서. 지금 와서 생각해 보면 그때 엘레나의 나이는 갓 스물 무렵이었다. 그런데 그때 그녀는 내게 삼시 세끼 밥을 차려 주었다. 그 시절 마을은 바야흐로 커피 붐의 와중이었으니 날이 밝으면 모두가 점심까지 싸 들고 커피를 따러 나가던 때였다. 이른 새벽, 동이 트기도 전에 남편 기예르모가 돈 마쵸의 집으로 소젖을 짜러 내려가고 나면 엘레나는 부엌에서 희미한 백열전구를 켜고 아침밥과 점심 도시락을 준비했다.

당시 불량 노동자 신세를 면치 못하던 나는 오후에 내리기 시작한 비가 밤까지 이어지기라도 하면 그 비가 다음날 아침까지 계속 내리게 해 달라고, 신에게 간절히 빌고 또 빌었었다. 신의 가호로 아침까지 비가 내리면 늦잠을 잘 수 있었고 아침을 먹고도 계속 비가 내리면 그날 하루는 엘레나와 함께 집에 머물며 시간을 보낼 수 있었다. 그런데 기예르모의 상황은 달랐다. 아무리 많은 비가 내려도 그는 깜깜한 새벽에 커다란 비닐 옷을 입고 돈 마쵸의 농장으로 내려가야 했다. 소를 돌보는 일이라, 기예르모에게는 일년 365일 쉬는 날이 단 하루도 없었다. 소젖을 짜고 우유를 모아 치즈를 만들고 오후가 되면 돈 마쵸의 낡은 차에 우유와 치즈를 싣고 마을 곳곳을 돌며 팔아야 했다. 눈물이 날 만큼 안쓰러운 시절이었지만, 회복의 기약 없이 병상에 누운 기예르모를

커피밭 사람들, 그 후 20년

생각하니 힘든 지난 시절이 눈물이 날 만큼 그리워졌다.

부활절 아침 엘레나는 그 어느 때보다 정성 들여 단장을 한 다음 종려나무 잎을 높이 치켜들고 아랫마을 성당으로 내려갔다. 산호세 병원에 있는 기예르모와는 통화할 방법이 없었다. 그러니 아무도 부활절 아침 기예르모가 어떻게 지내는지 알 수 없었다. 간절히 기다리던 부활절이었지만 엘레나도 저스틴도 그리고 나도 기쁘지 않았다. 미사를 마치고 집으로 돌아오는 길, 저스틴은 내내 칭얼거렸다. 그래서 집까지 한 번에 오지 못하고 중간중간 길에 앉아 쉬어야 했다. 엘레나도 힘이 없었다. 모두가 기뻐하는 부활절에 저스틴이 느끼는 아버지의 부재 때문이었을 것이다.

비가 올 듯 말 듯 후텁지근한 부활절 오후였다. 오전에 종려나무를 들고 예배당에 다녀온 엘레나는 다시 배가 아프다고 했다. 여전히 무엇을 해야 할지 몰라 허둥대는 나에게 그녀는 배가 아프다면서도 집안 곳곳을 쓸고 닦은 후에야 방에 들어가 누웠다. 그런 그녀를 쫓아 들어간 나는 그녀의 다리를 벽에 기대 높여 주고는 엘레나의 집에서 조금 떨어진 곳에 사는 마리 아주머니에게 가서 엘레나 집으로 와 줄 것을 청했다. 나를 따라 내려온 아주머니는 방에 누운 엘레나를 보더니 다시 당신 집으로 올라가 약초를 가져와 급하게 달여 엘레나에게 먹였다. 그 덕분인지, 밤이 되면서 엘레나가 좀 괜찮아진 것 같다고, 오히려 나를 안심시켰다.

다음날 아침, 밤새 조금 괜찮아졌다는 엘레나의 말을 믿고 나는 그곳을 떠나왔다. 멕시코로 돌아오는 길 내내 신에게 엘레나와 기예르모의 두 번째 아이를 지켜 줄 것을 간절히 기도했지만, 엘레나는 결국 그 아이를 잃고 말았다. 기예르모의 동생 마르타가 이메일로 전해 준 소식이었다. 소식의 말미에, 오빠 기예르모가 여전히 산호세 병원에 입원해 있다는 내용이 적혀 있었다. 그녀에게 언제쯤 오빠가 퇴원하게 될 것 같은지 물었지만, 답신은 없었다.

엘레나가 어렵게 가진 둘째 아이를 잃었다는 소식에 그녀의 절망이 느껴졌다. 아득하고 암담한 상황에서도 어떻게든 지키고자 했던 작은 희망의 불씨가 꺼진 느낌이었다. 이메일은 물론, 전화도 할 수 없는 상황이니 한마디의 위로조차 전할 수 없었다. 그럼에도 내게는 그녀가 언제나처럼 씩씩하게 쉬지 않고 집 안팎을 닦을 것이고 밤낮으로 재봉틀 앞에 앉아 마을 사람들이 맡긴 옷을 수선하며 그녀의 방식대로 잘 이겨 내고 있으리란 믿음이 있었다. 남편 기예르모의 사고 소식에 더해 그녀 마음 깊은 곳에 또 하나의 슬픔이 새겨졌을 것이지만, 엘레나라면 어떻게든 그 슬픔 앞에 지지 않을 것이란 믿음 말이다.

기예르모를 가둔 집

2010년 3월에 사고를 당해 병원에 입원했던 기예르모는 같은 해 8월이 되어서야 퇴원할 수 있었다. 완쾌되어 하게 된 퇴원은 아니었다. 사실, 더 이상 병원에서 해 줄 수 있는 치료가 없었다. 입

엘레나와 기예르모가 사는 마을 풍경. 이 길을 걸어 족히 2km를 걸어 내려가야 작은 물건이라도 하나 살 수 있는 가게가 있다.

원해 있는 다섯 달 동안 유일한 면회객이었을 내게 의사가 지난 3월에 반복하여 강조했던 '기적'은 일어나지 않았다. 퇴원 명령이 내려졌지만 기예르모는 설 수 없었고 또한 걸을 수도 없었다.

입원 기간 다섯 달 동안 엘레나는 단 한 번도 면회를 가지 못했다. 다행히 병원의 배려로 기예르모가 한 번 집에 다녀갈 수 있었다. 그가 혼자 휠체어에 앉을 수 있으면 집에 잠시 보내 주겠다는 병원 측의 독려에 기예르모가 이를 악물고 재활 연습을 한 결과였다. 앰뷸런스에 실려 와서 이틀 밤을 집에서 보내고 다시 앰뷸런스에 실려 산호세 병원으로 갈 때 저스틴이 많이 울었다고 했다.

사고를 당하고 기예르모가 병원에 입원해 있는 동안 돈 마쵸의 집에서 기예르모가 받던 월급을 생활비로 대쳤다. 그러나 그 일도 사람이 하는 일이기에 오래 지속되기는 힘들었다. 따지고 보면 돈 마쵸의 입장에서는 그 정도도 최선을 다한 일이었을 것이다. 그때만 해도 코스타리카의 사회보장이 지금처럼 촘촘하지 못하여 보통 주급이나 보름급을 받기로 하고 고용된 대부분의 농촌 임금노동자들은 사회보장에 등록되지 않은 경우가 허다했다. 기예르모도 예외가 아니었다. 10년 넘게 새벽 네 시부터 늦은 오후까지 하루도 거르지 않고 돈 마쵸의 농장 일을 해왔지만 단 한 번도 돈 마쵸에게 사회보장과 의료보험 가입에 대한 이야기를 들은 적이 없었다. 물론 기예르모 스스로도 감히 그런 생각을 하지 못했다.

마쵸의 소를 돌보다 다쳤으니 기예르모 입장에서는 마쵸에게 서운한 감정이 들지 않을 리 없었고 마쵸 입장에서는 기예르모가 일을 하지 못하는 가운데에서도 이미 여러 달 급여를 지급해 왔으니 심적 부담을 느낄 수밖에 없었을 것이다. 결국 10년 넘게 돈독했던 두 가족 사이에 서운함이 불거졌고 서로가 서로에게 마음을 닫아 갔다.

병상 생활이 길어지면서 기예르모의 서운함은 원망으로 짙어졌다. 기예르모가 다쳤을 때 병원에서는 상황에 따라서 언제라도 다시 걸을 수 있다고 진단을 내렸다지만, 반년 가까이 입원해 있던 기예르모의 상황은 희망적이지 않았다. 그 와중에 농장 주인 돈 마쵸가 기예르모에게 지급하던 급여를 중단했다. 어쩌면 처음부터 오래가지 못할 일이었다. 결국 처음 사고가 났을 때만 해도 두 집안은 서로 걱정해 주고 의지하는 관계였는데, 기예르모의 병상 생활이 길어지면서 서로 간의 서운함과 원망이 자꾸만 불거졌다.

사고 이후 기예르모의 형제들과 마을 사람들이 나섰다. 그가 병원에서 퇴원 후 돌아와 불편하게 지내지 않도록 집을 개조하기 시작했다. 집 안의 문턱을 모조리 없애고 그 혼자서 씻을 수 있도록 욕실도 보완하였다. 마침 기예르모의 형제들이 건축 일을 하고 있던 터였다. 마을 사람들이 십시일반 돈을 모아 자재를 샀고 기예르모의 쌍둥이 형 안토니오가 그날 그날 일을 마치고 돌아와 늦은 밤까지 기예르모가 살 수 있는 공간들을 만들어 갔다. 큰 추위가 없는 곳이라 가볍게 지어진 집은 개조 또한 생각보다 가볍게 진행되었다. 바닥엔 시멘트가 발리고 벽은 판자로 둘러졌다. 타일은 기예르모가 쓸 목욕탕에만 겨우 붙였다. 기예르모의 귀향은 기약 없었지만, 기예르모가 살아갈 집은 뚝딱뚝딱 지어졌다.

문제는 그의 집이 길가에 면해 있음에도 길과 집의 높낮이가 다르다는 것이었다. 마당 끝에서 길을 향해 흙으로 된 가파른 경사로를 내려와야 집 바깥 사람들과 만날 수 있고, 다시 그곳을 올라와야 집으로 돌아올 수 있었다. 집을 고친 마을 사람들이 다시 나서서 시멘트를 구해다 엉성하게나마 휠체어 바퀴가 닿을 만큼의 폭으로 경사로를 만들었지만 경사가 너무 급해서 기예르모 혼

길보다 높게 자리한 집은 휠체어 생활을 해야 했던 기예르모를 집에 가둬 버렸다. 휠체어 바퀴가 닿는 자리에 급하게 시멘트 공사를 해 겨우 휠체어가 오르내릴 길을 닦긴 했지만, 그 길을 내려선다 해도 온통 자갈밭인 길에서 기예르모의 휠체어는 힘을 쓸 수가 없었다. 그렇게 집에 갇힌 남편 기예르모를 위해 아내 엘레나는 가게를 열었다. 그들의 집 한편에 소소하게 물건을 갖춘 가게를 열자 사람들이 엘레나의 집으로 찾아들었다. 아주 작은 물건 하나를 사더라도 사람들은 그곳에서 기예르모의 말벗이 되어 주었다.

자 휠체어를 타고 오르내릴 수 없는 길이 되어 버렸다.

누군가의 도움을 받아 어렵사리 경사로를 내려온다고 해도 그곳에 또 다른 복병이 기다리고 있었다. 기예르모가 사는 마을에는 포장도로는 고사하고 평평한 흙길조차 드물었다. 어딜 가도 길은 온통 자갈투성이었다. 그러니 휠체어를 탄 기예르모가 누군가의 도움을 받아 길에 내려선다 해도 그 길은 도저히 휠체어가 다닐 수 없는 상황이었다. 결국, 기예르모가 집에 갇혀 버리고 말았다.

엘레나의 가게

사고 전 기예르모는 단 한시도 쉬지 않고 집 밖에서 일을 하던 사람이었다. 겨우 초등학교 1학년을 마치고 어려서 산호세 인근 빵집으로 나가 일을 배우던 시절엔 새벽 두 시면 일어나 빵을 만들었고, 이후 마을마다 돌아다니던 이동식 천막 롤러스케이트장에 취직했을 때는 천막짐을 짊어진 채 코스타리카 전역을 떠돌기도 했다. 그리고 다시 고향으로 돌아와 엘레나와 결혼한 이후로는 매일 새벽 네 시 반이면 간밤에 내린 차가운 이슬을 헤쳐 가며 일터에 나가 하루 종일 그곳에서 몸을 썼다. 그에게는 토요일도 일요일도 없었다. 그는 늘 밖에 있어야 했던 사람이었다.

그런 기예르모가 사고 이후 집 안에 갇혀 버렸다. 누군가 일부러 그를 찾아오지 않는 이상, 기예르모는 그 누구에게도 다가갈 수 없게 되어 버렸다. 그때는 요즘처럼 휴대전화나 SNS가 흔한 시절도 아니었다. 집에 갇힌다는 것은 곧 세상으로부터 단절되는 것이었다. 그런 남편을 위해 아내 엘레나가 기가 막힌 아이디어를 냈다. 집 안에 가게를 연 것이다. 그러니까 엘레나가 사람들을 기예르모가 사는 집 안으로 찾아들게 만든 것이다. 그 소식을 듣고 그냥 있을 수 없었다. 나는 다시 멕시코에서 코스타리카로 날아갔다.

산호세에서 페레스 셀레동으로, 그리고 그곳에서 다시 하루에 두서너 번밖에 없는 완행버스를 탔다. 버스 기사님은 내가 내려

페레스 셀레동에서 산페드로 마을로 들어가는 버스는 하루에 두 번 혹은 세 번이 전부였다. 하여, 버스 안은 언제나 만원이었고, 물건이라도 들고 탈라 치면 전쟁이 따로 없었다.

야 할 곳을 기억하고 있었고 정확히 길가에 면한 엘레나의 집 앞에 나를 내려 주었다. 올망이라는 이름의 이 기사님은 사실, 내가 2001년에 어설픈 약도 한 장을 가지고 페레스 셀레동의 남쪽 산페드로란 마을 어디쯤 산다는 돈 마쵸를 찾아갈 때 나를 버스에 태웠던 분이다. 그때 이후로도 20여 년간 그는 계속 같은 버스를 운전하고 있다. 엘레나의 집을 찾아갈 때마다 그는 내가 어디 내려 달라는 별도의 부탁을 하지 않아도 엘레나의 집 앞에 나를 내려 주었다.

　버스에서 내리자마자 나를 반긴 것은 엘레나가 차린 가게의 간판이었다. "세쌍둥이 가게" 집 아래쪽 울타리에 걸린 작은 함석 간판에 그렇게 적혀 있었다. 이름이 독특한데, 그러고 보니 기예르모가 세쌍둥이였다. 안토니오와 파트리시아 그리고 기예르

커피밭 사람들, 그 후 20년

모가 한꺼번에 태어났을 때 마을이 떠들썩했고 지역 신문에도 났다 하니, 어쩌면 기예르모는 이미 유명인사였던 셈이었다. 게다가 실은 엘레나도 쌍둥이였다. 그리고 그 집에 영원한 하숙생으로 남은 나 역시 쌍둥이다. 그러므로 우리의 만남은 참으로 드물고도 희한한 조합이지 않을까?

엘레나가 불쑥 나타난 나를 보고 반가워 뛰어내려 왔다. 내 짐을 받아든 그녀가 총총총 뛰어올라가며 호들갑스럽게 남편 기예르모를 불렀고, 내가 그 뒤를 따라 올라갔다. 집 앞 처마 아래 회랑에 앉아 있던 기예르모가 손에 든 지팡이를 흔들며 갑자기 찾아든 나를 반겼다.

그런데 그녀가 연 가게란 것이 우리가 통상 생각하는 것과는 많이 달랐다. 개방된 점포에 물건을 진열하고 손님들이 그곳에 들어와 물건을 직접 고르고 사는 방식이 아니라 방 두 개 중 마당에 면한 방 안쪽에 물건을 진열해 두고 손님이 찾아오면 창문을 통해 손님이 원하는 물건을 내주는 방식이었다. 손님들은 물건을 건네받기 전이나 후에 회랑에 놓인 의자에 자리를 잡고 앉아 집에 갇힌 기예르모의 말 상대가 되어 주었다.

마침 그 인근에는 작은 구멍가게조차 하나 없어 누구든 과자한 봉지만 사려고 해도 2km가 넘는 아랫마을까지 내려가야 했는데 가게가 생긴 것이다. 엘레나의 생각은 그야말로 탁월했다. 주변 사람들은 당장 소소한 것이 필요하면 엘레나의 가게로 달려왔고, 물건을 산 후로도 한참 동안 그곳에 머물며 이런저런 세상

엘레나가 기예르모를 위해 가게를 차린 집 입구에 café REY 라는 간판이 걸려 있다. 어느 나라 같았으면 당연히 Coca Cola 간판이 붙었을 텐데, 역시 커피의 나라답다. 그리고 바로 그 위에 '신부복을 대여해 드립니다'라는 안내판이 붙어 있다. 가게를 차린 후 엘레나는 집에 있는 물건들도 과감히 가게에 내 놓아 팔고는 했다. 가게 이름은 "세쌍둥이 가게". 엘레나의 남편 기예르모는 세쌍둥이로 태어났고 여전히 세 명의 쌍둥이들이 산 페드로 마을에서 각자 일가를 이루고 살아가고 있다. 가게의 간판은 기예르모와 엘레나가 직접 썼다.

세쌍둥이 구멍가게의 전경. 사고를 당한 기예르모가 집에 갇히게 되면서 엘레나는 집 안에 가게를 차렸다. 그렇게 갇힌 기예르모에게 새로운 세상을 열어 주었다.

커피밭 사람들, 그 후 20년

살아가는 이야기를 나누었다. 엘레나는 판매 담당, 기예르모는
접대 담당이었다.

엘레나를 따라 집으로 들어간 나는 반가운 마음에 가게부터
들여다보았다. 진열된 물건은 얼마 되지 않았지만, 곳곳에서 엘
레나의 살뜰한 손길이 그대로 느껴졌다. 흙마당에 닿은 집이니
쓸어도 그만 아니 쓸어도 그만일 집 안팎을 하루에도 몇 번씩 쓸
고 닦는 엘레나가 가게라고 쓸고 닦지 아니할 리 없었다. 진열된
물건들이 너무나도 가지런하고 반짝거려 가짓수와 수량이 넉넉
하지 못한 물건들 사이가 더욱 휑해 보이는 것 같았다.

가게라지만 구색을 제대로 갖춘 것도 아니요 물건의 종류가
많은 것도 아니었다. 대부분 동전 몇 닢으로 구할 수 있는 것들이
었다. 비누도 세 쪽 혹은 네 쪽으로 소분해 팔았고 조미료, 설탕,
소금 같은 것들도 전부 작은 비닐에 나눠 담아 진열해 두고 팔았
다. 물건들 대부분은 당장 하루하루의 생활에 필요한 것들이거
나 아이들이 동전을 가지고 와 구할 수 있는 주전부리들이었다.
100콜론(한국 돈 약 200원)짜리 과자가 태반이었고, 간혹 값이
비싼 물건들은 100콜론 단위에 맞춰 소규모로 재포장되어 소박
한 진열대에 올려졌다.

그날그날 닭이 낳은 계란도 휑한 진열대 한 칸을 메워 줬고, 때
론 기르던 닭을 잡아 집 안 냉장고에 넣어 두고 임자가 나타날 때
까지 기다렸다. 마을 사람들은 당장 돈이 없으면 집 울타리에서
호박 하나를 따서 가져오거나 집에서 기르는 닭이 낳은 알을 가

엘레나의 가게. 그녀의 깔끔함 때문에 오히려 물건들 놓인 자리가 더 휑해 보이는 것이 아닐까 싶었으나 엘레나는 그곳을 늘 털고 닦았다. 그리고 시간이 날 때마다 종이로 손수 장난감을 만들어 판매하기도 했고, 집 안에 오랫동안 간직하던 인형들을 내다 팔기도 했다.

엘레나가 가게를 열면서 이들 가족의 식탁은 한층 더 풍성해졌다. 특히 어느 저녁 기예르모가 엘레나의 가게에 있는 감자튀김 한 봉지를 쏘는 날에는 가장 기예르모의 위풍 또한 한층 더 당당해졌다. 늘 소박한 식사, 거기에 더해진 감자튀김은 산해진미 이상이었다. 쌀과 삶은 팥과 설탕물이 전부인 저녁 식사에 감자튀김이 더해졌고 가족들은 더 없이 행복해했다.

커피밭 사람들, 그 후 20년

져오기도 했다. 물건 값으로 받은 현물은 그날 저녁 엘레나의 식탁에 오르기도 하고 다시 엘레나의 가게에서 되팔리기도 했다.

가장 기예르모의 한턱

기예르모가 사고를 당한 후 집 안팎 살림은 오롯이 엘레나의 몫이 되어 버렸다. 당장 엘레나가 할 수 있는 일은 자신의 집을 대신해 다른 집을 쓸고 닦아 주는 일이었다. 엘레나는 동네 이곳저곳에 가정부로 돈을 벌러 다녔지만 그녀가 하루에 벌어 오는 돈은 5달러를 겨우 넘기는 수준이었다. 아무리 시골이라도 물가가 높기로 악명 높은 코스타리카에서 그 정도 벌이로는 생활이 불가능했다. 간혹 동네 사람들이 맡기는 옷을 수선하고 바느질도 해서 돈을 벌었지만, 이 또한 세 식구가 먹고 살기엔 턱없이 부족한 돈이었다. 기대할 수 있는 것이라고는 오직 하루 빨리 커피 수확기가 돌아와 커피를 따는 일이었지만, 그 일은 일년 내내 할 수 있는 일이 아니었다. 커피 수확 기간은 길어야 고작 서너 달이었다. 그러니 나머지 시간들이 이 가족에게 얼마나 암담하고 가혹했을지 짐작이 가고도 남는다.

사고 직후 기예르모가 일하던 축사의 주인이었던 마쵸가 얼마 동안 기예르모의 급여를 지급해 줬지만 결국 마쵸가 급여를 중단하면서 사회보장 보험에 가입되 있지 않았던 기예르모는 당장 생활에 타격을 받았다. 그나마 불행 중 다행스러운 일이라면 기예르모가 사고를 당하고 노동력을 상실하게 되면서 앞으로 십 수년을 갚아야 했던 집값 대출 상환이 면제되었다는 사실이다. 집을 짓고 딱 1년 만에 당한 사고였다. 그 사고로 20년 상환 계획으로 주택공사에서 얻은 빚이 탕감되었다.

또한 기예르모가 장애인으로 등록되면서 한달에 약 150달러 정도의 장애인 연금을 받을 수 있게 되었다. 사회보장 보험에 가입되어 있지 않았던 터라 정부로부터 받을 수 있는 장애인 연금은 최하 등급이었다. 그럼에도 그 돈은 그들의 삶에 단비가 돼 주었다. 아무리 빠듯하게 살아도 세 식구가 온전히 살아 내기 힘든 돈이었지만, 이 돈이 있어 땅 한 평 없이 몸 하나에 의지해 먹고 살았던 엘레나의 가족이 최소한 굶지 않을 수 있었다. 매달 기예르모 앞으로 연금이 지급되면 엘레나는 한 달 먹을 식량부터 비축했다.

엘레나와 기예르모가 가게를 연 덕분에 편해진 건 나였다. 예전 같으면 엘레나의 집을 방문하기 전 일단 산호세에서부터 생필품을 사야 했다. 그런 다음 그 물건들을 이고 진 채 장거리 버스에 실려 페레스 셀레동으로 와서 그곳에서 다시 신선식품이나 빵 같은 식량을 추가로 구입해야 했다. 그렇게 산호세에서부터 페레스 셀레동까지 오는 동안 모아진 그 모든 짐을 바리바리 짊어지고 하루에 딱 두 번 들어가는 완행 버스를 기다려 어렵게 엘레나 집에 닿았다. 보통 힘든 여정이 아니었다. 그런데 엘레나가 가게를

기름에 볶은 쌀과 계란이 전부였으나 감사와 기쁨으로 받아들었던 식사

차린 다음부터 그녀를 찾아가는 나의 여정이 한결 가벼워졌다.

산호세에서부터 이고 지고 다니던 생필품이나 식량을 엘레나의 가게에서 해결할 수 있었다. 언제가 되었든, 엘레나 집에 도착하는 날 그날 하루 그 가게 진열장을 통째로 사면 되는 일이었다. 조금 더 선심 써 그곳에 있던 물건들을 엘레나의 부엌이나 곡간으로 옮겨 주면 되는 일이었다. 물론 가게 진열장을 통째로 사더라도 그 값은 다해서 200달러, 비싸도 300달러를 넘은 적이 없었다. 때론 내가 사서 부엌으로 옮겨 준 물건들이 다음날 다시 엘레나의 가게에 진열되기도 했지만, 서로가 그 마음을 알기에 깔깔거리고 웃으면 그뿐이었다.

가게를 차린 이후, 식구들끼리 모여 저녁을 먹을 때면 간혹 기예르모가 한턱 내는 일도 더러 있었다. 가장인 그가 즐겨 쏘던 것은 감자튀김 한 봉지. 아들 저스틴을 시켜 가게에 걸린 감자튀김

엘레나네 집에서의 식사 역시 늘 소박했다. 쌀과 팥이 기본이었고 그 곁에 바나나를 얇게 썰어 튀긴 반찬이 올라온다면 진수성찬. 그에 더해 닭튀김 한 조각이라도 곁들여진다면 금상첨화. 물론, 늘 빠질 수 없는 것은 커피다. 설탕을 듬뿍 넣은 커피는 훌륭한 반찬이 된다.

한 봉지를 식탁으로 가져와 그곳에 앉은 식구들 그릇의 음식 위에 골고루 나눠 줬다. 그때마다 나는 기예르모에게서 가장으로서의 당당함을 볼 수 있었다. 늘 기름에 볶은 쌀밥과 잘 해야 채소 반찬 한 가지를 곁들여 먹는 식사인데, 그 위에 얹힌 몇 조각 감자 튀김은 그야말로 별미였다. 기제르모가 사고를 당하고 난 뒤에서야 식구들이 간간이 누리는 호사였다. 물론, 그간 이들 삶의 순간 순간에 얼마나 많은 시름과 아픔이 있었을까마는, 그래도 그런 날은 식구들 모두 세상을 다 가진 것처럼 행복해했다.

166

'사고당한 것이 천만다행이지'

나의 방문에 멀리 떨어진 윗마을에 사는 엘레나의 친정 식구들이
내려왔다. 그들의 표현대로, 어느 날 홀연히 나타났다가 어느 날
다시 홀연히 사라져서 어디선가 죽었으려니 했는데, 이번에도 역
시 죽지 않고 다시 살아온 몬타냐의 무사 귀환을 축하하는 잔치
였다. SNS는커녕 전화도 없던 시절이었으니 한 번씩 내가 나타
날 때마다 '죽지 않고 살아 돌아온 몬타냐'를 위한 잔치가 열렸다.
아침 일찍 엘레나의 친정 마을로 올라가는 버스 편에 엘레나가
몬타냐의 귀환 소식을 실어 보냈다. 그리고 해가 질 무렵 가슴에
아코디언을 맨 엘레나의 아버지와 어깨에 기타를 건 작은 아버지
가 악단이 되어 커다란 트럭에 가족들을 태워 내려왔다. 친정 엄
마와 언니가 음식을 만들어 왔지만, 엘레나의 집에서도 음식을
만들기에 여념이 없었다. 나는 돼지고기를 부조했고 엘레나가 그
것을 뒷마당 화덕에 솥뚜껑을 뒤집어 얹고 튀겨 내는 중이었다.

　멕시코라면 잔칫상에 당연히 맥주가 푸짐하게 곁들여져야 할
것이나 이곳 코스타리카 하고도 산페드로 시골 기예르모의 집에
선 그 누구도 맥주를 아예 생각조차 하지 않았다. 고기도 마찬가
지다. 멕시코에서라면 이런 날 당연히 소고기가 구워졌을 것이
다. 넉넉지 못한 살림이라도 한 주 내내 일하고 쉬는 토요일 오후
라면 멕시코 사람들은 으레 숯을 피워 소고기를 구웠다. 그런데
이곳 코스타리카에서는 달랐다. 기름에 튀긴 돼지고기 두서너 점

에 설탕물을 곁들이면 그걸로 충분했다. 혹 코카콜라라도 곁들여진다면, 더할 나위 없는 금상첨화였다. 늘 느끼는 바지만 멕시코에 비해 코스타리카, 특히 이곳 시골 마을의 음식은 매우 소박하고 그 양에서는 항상 절제가 느껴졌다. 소박함 혹은 섬세함을 국민성으로 갖추고 이를 자랑스럽게 여기며 살아가는 코스타리카 사람들다웠다.

그날 잔치에서 엘레나의 친정 언니는 닭을 준비했다. 물론 닭이 공수된 곳은 세쌍둥이 가게의 냉장고였다. 오후가 되면서 스콜이 쏟아졌다. 마침 뒷마당에서 진행되던 음식 준비도 비를 피해 집 안으로 들어왔다. 엘레나의 큰언니가 친정 대표답게 세쌍둥이 가게의 냉장고를 열어 꽁꽁 얼어 있던 닭 한 마리를 당당하게 꺼내 들었다. 그리고 마루를 질러 부엌으로 들어가다가 회랑 의자에 앉아 망연히 비를 보던 기예르모에게 한 마디 던졌다.

"사고당한 것이 천만다행이지."

순간 내 귀를 의심하는데 그녀는 부엌으로 들어가며 계속 혼잣말을 이었다. "사고를 안 당했어 봐, 이렇게 쏟아지는 빗속에서도 남의 소 뒤치다꺼리나 해 주고 있을 게 뻔한데…." 그녀의 말 속에서 안도와 원망이 동시에 느껴졌다. 그녀는 자신의 말에 다시 못을 박았다.

"사고당해서 가게 차렸으니 차라리 잘 됐지. 비 맞고 죽어라 일해도 생전 닭 한 마리도 마음대로 못 먹었는데, 이렇게 먹을 것도 맘대로 먹으니 차라리 다행이지…."

커피밭 사람들, 그 후 20년

그 말을 들은 나는 지난해 기예르모가 내게 했던 말이 생각났다. 부활절을 앞에 둔 성금요일 오후였다. 코스타리카의 경우 공공기관뿐 아니라 모든 가게들까지 문을 닫고 대중교통도 서비스를 하지 않는 날이라 이 세상이 멈춰 버린 듯 느껴지던 날이었다. 그날도 오후가 되면서 스콜이 쏟아졌다. 양철 지붕을 때리는 빗소리 말고는 아무 소리도 들리지 않았다. 지구의 자전마저 멈춰 버린 것 같은 시간이었다. 마당을 향해 열어 둔 가게에 손님이 있을 리 없었다. 가게 앞 회랑에 놓아둔 긴 의자에 앉은 기예르모와 내가 오직 내리는 비를 바라보던 참이었다.

"몬타냐, 사고를 당하기 전에 나는 단 한 번도 성금요일에 쉬어 본 적이 없어. 부활절에도, 크리스마스에도 쉬어 본 적이 없어. 내가 축구를 엄청 좋아하는데, 나는 지금까지 단 한 번도 축구 경기에 참여해 본 적이 없어. 마을 사람들이 다같이 모여 축구하고 노는 날도 나는 늘 소들을 돌봐야 했으니까. 그런데 차라리 다치고 나니까 좋아. 축구를 직접 하진 못해도, 남들 다 모여서 축구하는 날 나도 그곳에 가서 구경할 수 있으니까, 그게 좋아"

기예르모는 좋다고 하는데, 나는 그 말에 같이 좋아하지 못했다. 다행스럽게도 겨우 휠체어 신세는 면했지만, 기예르모는 여전히 제대로 걸을 수 없었다. 양손에 지팡이를 짚고 보조기 찬 다리를 어렵게 끌어가면서 움직이는 상황이었다.

마쵸의 농장에서 일하던 시절 사회보장 보험에 가입되지 않았던 이유로 정부로부터 제대로 된 장애인 연금을 받을 수 없는 처지이면서도 자신에게 일어난 사고를 두고 차라리 다행이라고 말하는 기예르모의 말을 처음엔 이해할 수 없었다. 그런데 시간이 갈수록 그의 말에 내 마음이 기운다. 성금요일에 쉴 수 있고, 아들 저스틴의 졸업식에도 갈 수 있고, 남들 축구할 때 같이 축구를 하진 못해도 그곳에 함께 자리할 수 있는 지금이 어쩌면 그의 인생에서 호시절일 수도 있다는 생각이 들었다. 도무지 상상하기 어려운 마음이지만, 그의 마음이 그리 기우니, 내 마음도 그리 기운다. 기예르모의 그 마음이 한없이 불쌍하고 고마워서 말이다.

엘레나의 내공

기예르모가 한 달에 받는 장애인 연금은 약 150달러. 세 식구가 살아가기에는 턱없이 부족한 돈이다. 나머지 몫은 온전히 엘레나에게 지워졌다. 그녀는 기예르모의 큰형님 집에 가서 허드렛일을 도와주고 하루하루 일당을 벌어 왔다. 마침 기예르모의 큰형은 마을에서 알아주는 목수였고 큰형수는 집 안에 재봉틀을 놓고 마을 사람들에게 필요한 옷을 만들어 주는 일을 하고 있었다. 엘레나는 그 집에서 청소부터 요리에 이르는 가사일을 도와줬다. 그나마 그 일이 매일 있으면 다행이겠으나 기예르모의 형수에게 일감이 많이 밀릴 때만 엘레나는 그 집에 가서 일을 할 수 있었다. 큰형수의 일감이 적어지면, 엘레나는 그 집 일을 할 수 없었다.

커피밭 사람들, 그 후 20년

가족사진. 엘레나는 사고 이후 집에 갇힌 남편 기예르모를 위해 집 한 켠에 가게를 열었다. 어느 날, 엘레나의 가게 앞에서 사진을 찍었다.

여전히 혼자 걷지 못했지만, 기예르모 역시 그가 할 수 있는 최선을 다했다. 커피를 따는 계절이면 목수 형님이 만들어준 작은 의자를 커피밭에 들고 나가 거기 앉아 커피를 땄다. 손 닿지 않는 부분은 지팡이로 가지를 끌어내려 커피를 땄고 의자 옆에 둔 작은 바구니가 가득 채워지면 누군가에게 부탁해 커피자루에 쏟아 부어 가며 커피를 땄다. 마을 사람들은 기예르모가 나무를 옮겨야 할 때마다 의자를 들어 옮겨 줘 가며 같이 커피를 땄다. 엘레나가 가정부 일을 가지 않아 함께 커피를 따는 날이면 기예르모는 훨씬 더 많은 커피를 땄다. 그렇게 매년 커피를 따 모은 돈으로 엘레나와 기예르모는 자신들의 살림살이를 하나씩 장만해 나갔다.

이즈음 기예르모는 사람들의 부축을 받아 설 수 있었다. 사고 당한 후 처음 찍는 가족사진이다. 사고 당하기 전에도 같은 곳에서 가족사진을 찍었다. 그때는 아들 저스틴이 아빠 기예르모의 팔에 안겨 있었는데, 그새 커서 아버지의 옆에서 버팀목이 되어 주고 있다.

팍팍한 삶에 한 번이라도 힘들다는 내색을 할 법도 한데, 엘레나는 언제나처럼 씩씩하고 밝았다. 가사도우미 일을 나가는 와중에도 그녀는 시간이 날 때마다 집 안팎을 쓸고 닦았다. 이제 막 초등학교에 들어간 아들을 살뜰하게 보살폈고, 가까운 이웃들의 옷을 수선해 주면서 모은 돈을 살림에 보탰다. 이제 갓 서른을 넘긴 나이였지만 엘레나에게선 그녀의 나이보다 훨씬 더 오랜 시간을 살아온 듯한 삶의 내공이 느껴졌다. 아무리 힘든 상황에서도 그녀는 쓸고 닦는 일을 놓지 않았고 암담한 순간순간 웃음을 잃지 않았다. 그 내공 덕분에 그녀의 집은 언제나 반짝거렸고 그녀

커피밭 사람들, 그 후 20년

어느 해 크리스마스. 엘레나와 기예르모가 사는 산페드로 마을에는 화이트 크리스마스 대신 그린 크리스마스가 찾아온다. 엘레나와 기예르모는 정성을 다해 예수 탄생을 기리는 장식을 했다. 크리스마스라고 여느 나라의 여느 사람들처럼 흥청망청할 수는 없지만, 그들 나름의 크리스마스를 보낸다. 소박하지만, 아름답게.

의 남편 기예르모는 항상 정갈했다. 그리고 그녀의 아들 저스틴은 철이 없다 할 만큼 한결같이 밝았다. 그리하여 객식구인 나마저 가끔 이 집에 얹혀살면 참 좋겠다는 헛된 희망을 가지게 만들었다. 아무리 생각해도 대단한 내공이다.

희한한 셈법

'세쌍둥이'라는 상호를 걸고 연 가게가 그리 오래 가진 못했다. 마을 사람들은, 가게가 망한 이유로 기예르모 가족의 입을 핑계 댔다. 그들이 먹어 치우는 것이 그들이 파는 것보다 많았다는 것이다. 그러거나 말거나 나는 안다. 걷지 못해 고립된 기예르모를 위해 가게를 내고 일 년 남짓 그 가게를 운영했던 시절이 이 가족에게는 또 한 번의 호시절이었다는 사실을.

가게를 하는 동안 엘레나가 내게 여러 번 한 말이 있다.

"몬타냐, 가게를 해 보니까 참 좋아. 굶어 죽을 일은 없을 것 같아서. 게다가 우리가 다른 가게에서 사 먹어야 하는 돈보다 훨씬 싼 돈으로 같은 것들을 먹을 수 있잖아. 그러니까 많이 안 팔려도 괜찮아. 여기 이 가게에 있는 것들은 다 우리가 먹고 쓸 수 있는 것들이니까".

참으로 희한한 셈법과 경영 방식이었지만 그래도 그 시절, 저

엘레나의 남편 기예르모는 세쌍둥이다. 이들이 태어났을 때 지방 신문에까지 기사가 실렸다고 했다. 사진의 좌측이 기예르모, 그 옆이 쌍둥이 여동생 파트리시아, 사진 우측이 쌍둥이 형 카를로스다. 형 카를로스는 기예르모가 사고를 당했을 때 동생이 생활할 수 있는 방을 직접 만들어줬다.

커피밭 사람들, 그 후 20년

녁을 먹다가 가장 기예르모가 가끔이지만 호기롭게 감자 튀김 한 봉지라도 쏠 수 있었으니, 그리고 때론 팔려고 냉동고에 얼려 둔 닭도 꺼내서 요리해 먹을 수 있었으니 언젠가 이 가족들은 세쌍둥이 가게 시절을 분명히 아름다운 시간들로 기억할 것이다. 망한 것이 아니라 세쌍둥이 가게 덕분에 그들 삶 가운데 한 시절을 아주 풍요롭게 보낸 것이라고, 그들은 기억할 것이다.

이 가족의 엥겔지수

나는 가끔 엘레나 가족의 앵겔지수에 대해 생각했다. 이 집의 수입원은 다양했다. 먼저, 기예르모의 장애인 연금은 2015년까지 7만 콜론(당시 환율 기준 약 15만원)이었다가 이후 13만 콜론(당시 환율 기준 약 25만원)으로 증가했다. 그리고 엘레나가 가사도우미 일을 해서 버는 일당 4천 콜론(약 8천원). 그런데 그 일은 매일 할 수 있는 일이 아니었다. 그녀의 손윗동서인 시니아가 자기 집 안에 차린 작은 맞춤옷집 일이 바쁠 때만 갈 수 있었다. 엘레나의 마음 같아서는 아마도 매일이라도 가고 싶었을 것이나 그 집에 가는 횟수는 많아야 일주일에 두 번 혹은 세 번이었다. 그나마도 동서의 일감이 없어지면서 엘레나도 자동으로 일거리를 잃어버렸다.

또 다른 수입원은 아들 저스틴의 장학금이었다. 코스타리카 정부가 자국 청소년들의 교육 이탈을 막기 위해 학교에 적을 두고 있는 모든 학생들에게 장학금을 주기 시작한 것이다. 아들 저스틴이 받아오는 장학금은 한달에 1만 4천 콜론이었다. 한국 돈으로 환산하면 약 2만 8천 원 정도 되는 돈이다.

그러니까 한 달에 이 가족에게 들어오는 수입은 모두 합쳐도 3백 달러가 되지 않았다. 그렇다면 하루에 쓸 수 있는 돈은 최대 10달러. 그 돈으로는 물가가 높기로 악명 높은 코스타리카에서 이 가족이 살아가는 것은 도무지 불가능할 것 같았다.

그럼에도 엘레나는 언제나 '절대로 굶어 죽는 일은 없을 거야'라는 말을 입에 달고 살았다. 그것은 그녀의 염원이기도 했지만, 자기최면 같기도 했다. 그래서 그런지 실제로 이 가족은 굶어 죽지 않았고, 오히려 밥과 프리홀레스가 전부인 그들의 식사 시간엔 매번 객식구가 붙었으며 늘 하하하 호호호 하는 웃음이 곁들여졌다.

어쩌다, 아주 간혹 한 번씩 고기를 먹는 것을 제외하곤 이들의 식사 대부분은 집 주변 텃밭에서 공수한 채소들이었다. 때론 윗마을 친정에서 쌀이나 콩 같은 것들을 내려 보내기도 했다. 그리고 친정아버지가 치매에 걸리기 전까지는 그가 직접 재배한 사탕수수로 원당을 만들어 수시로 딸에게 보내 줬다. 설탕물도 반찬의 일부로 여겨지는 이들의 식사 습관상, 원당은 없어서는 아니될 식량이었지만 엘레나는 가끔 친정아버지가 보내주는 원당을 팔아 돈을 만들어 가용에 보태기도 했다. 아랫마을에 있는 시댁에서도 늘 호박이며 감자 같은 것들을 가져왔다.

　엘레나의 시아버지는 아들이 다친 후 늘 손수 아들 집 마당의 풀을 베 주었다. 당신 역시 아들 기예르모와 다를 바 없이 당신 앞으로 된 땅 한 평 갖지 못한 채 평생 남의 농장에서 일을 해왔다. 그러니 늘 이른 새벽 농장 일을 가야 하는데 그보다 더 이른 새벽에 부러 아들의 집까지 와서 아픈 아들 집 마당의 풀을 베 주었다. 깜깜한 어둠 속에서, 아무 기척 없이 조용히 아픈 아들 집 풀을 베 주었다. 그 아버지 덕분에 기예르모가 사고를 당한 뒤 단 한 번도 그의 집 마당이 웃자란 풀로 지저분해지는 일이 없었다.

　그렇게 여러 사람들의 도움으로 이 가족은 가장이 일을 하지 못하게 된 이후로도 굶는 일 없이 살았다. 그리고 이른 아침부터 늦은 오후까지 단 한 번도 커피 마시는 일을 거르지도 않았다. 아랫마을 공판장에서 파는 커피 중에서 가장 저렴한 커피였지만, 그래도 엘레나는 하루에도 몇 번씩 커피를 내릴 수 있음에 늘 감사했다. 그녀는 커피를 내릴 때마다 감사기도를 올리는 것도 잊지 않았다. 때로 설탕이 떨어진 날에는 친정아버지가 보내 주는 원당이라도 넣을 수 있었으니 이 또한 그녀에게는 감사한 일이었다. 어쩌다 우유까지 넣을 수 있는 날이라면, 더욱 감사한 일이었다. 그녀는 날이 밝기 전 커피를 내려 식구들과 함께 마시며 하루를 시작하고 날이 저문 뒤 다시 커피를 내려 마시며 하루를 마무리할 수 있는 삶, 그 이상을 바라지 않았다.

돈 카를로스. 아들 기예르모와 마찬가지로 그도 평생 자기 땅 한 평을 가져 보지 못한 채 남의 농장에서 일용직으로 일했다. 그는 아들이 다친 후 일을 가기 전 이른 새벽에 아들 집에 들러 마당의 풀을 베어 주고 이곳저곳 손이 필요한 곳에 손길을 보태 주었다.

어느 해, 엘레나의 생일

6월 2일은 엘레나의 생일이다. 어느 해 그날 마침 내가 코스타리카에 머물고 있었기에 바쁜 일을 잠시 접고 산페드로 엘레나의 집으로 갔다. 산호세에서부터 가자면 대여섯 시간이 훌쩍 넘게 걸리는 길이지만, 그날 하루만큼은 꼭 엘레나에게 생일 케이크를 선물해 주고 싶었다.

산호세를 떠날 땐 다소 추운 날씨였는데, 네 시간 정도 버스에 실려 '죽음의 산맥'을 넘어 페레스 셀레동에 닿자 더위가 훅 느껴졌다. 두 도시의 서로 다른 해발고도인 1,300미터와 500미터가

커피밭 사람들, 그 후 20년

주는 차이였다. 그리고 이곳 특유의 냄새도 훅하니 끼쳐 왔다. 비릿한 땀냄새. 사람들로부터 방울방울 떨어진 땀들이 오랜 시간 이 땅에 스며든 듯, 절대 지워질 것 같지 않은 이 고장의 냄새였다. 이상한 것은 산호세의 페레스 셀레동행 버스 터미널에서부터 늘 이 냄새가 난다는 사실이다. 언제나 산호세 터미널에서 '페레스 셀레동'의 냄새를 맡는 순간은 썩 유쾌하지 않았다. 기후가 서늘한 산호세를 떠나 덥고 습하고 모기도 많은 페레스 셀레동으로 간다는, 물론 그곳에서 더위와 습기와 모기 등과 싸워야 한다는 현실감이 훅 밀려오는 곳이 그곳 터미널이었다.

산호세에서부터 타고 온 버스에서 내려 다시 산페드로로 들어가는 버스에 오르기 전, 빵집에 들렀다. 당장 며칠 먹을 빵과 케이크를 샀다. 그간 숱하게 엘레나의 집을 다녔지만 케이크를 사 간 적은 한 번도 없었다. 이곳 페레스 셀레동과 엘레나의 집을 잇는 버스는 하루에 두 번. 언제나 탑승 전부터 수많은 사람들과 몸을 부딪혀 가며 치열한 경쟁을 벌여야 겨우 버스 출발 전에 버스 안으로 몸을 욱여넣을 수 있었다. 그런 와중에 케이크를 들고 버스를 탄다는 것은, 실로 기이한 모험이자 용기였다.

그럼에도 그날 내 마음은 꼭 케이크를 사서 무사히 가져가겠다는 일념으로 활활 타올랐다. 서른 번 넘는 생일 중 엘레나는 단 한 번도 케이크를 받아 본 적이 없었다. 나는 그걸 알고 있었다. 그리고 나는 때마침 엘레나의 생일에 코스타리카에 머물고 있었다. 상황이 그렇다는 것은 내가 그녀에게 생일 케이크를 사주기

산호세 남쪽 도시 페레스 셀레동. 엘레나의 집에 가기 위해서는 그곳에서 다시 산 페드로로 들어가는 버스를 타야 한다. 하루에 두 번, 많아야 세 번 정도 운행하기 때문에 버스는 언제나 만원이다. 그 버스를 타기 위해 버스 출발 시간이 한참 남았는데도 사람들이 작은 터미널에 진을 치고 앉아 있다.

위함 그 이상도 이하도 아닐 것이라고, 계속해서 스스로에게 최면을 걸었다. 설령 가는 중간에 케이크가 뭉개지는 대참사가 발생하더라도 기필코 케이크를 가져가고야 말리라!

몇 번 쏟을 뻔했으나 이 사람 저 사람들의 도움으로 케이크는 무사히 산페드로 마을에 닿았다. 버스 기사 올망이 엘레나의 집 앞에 나를 내려줬을 때는 스콜이 쏟아지고 있었다. 행여 케이크가 물에 젖을까 싶어 미친 여자처럼 케이크를 감싸안고 뛰어들어온 내 모습에 집 안에 있던 엘레나 부부가 화들짝 놀랐다. 그렇게 서른다섯 살 엘레나의 생일잔치가 시작되었다. 내가 올 줄 몰랐고, 케이크와 같이 올 줄은 더더욱 몰랐을 터였기에, 케이크가 도

커피밭 사람들, 그 후 20년

착한 엘레나의 집은 그야말로 열광의 도가니였다.

작은 케이크 하나를 자르는 동안 너무 많이 웃어서 모두가 탈진 상태에 이를 지경이었다. 엘레나도, 기예르모도 그리고 그들의 아들 저스틴도 자신의 집에 케이크가 들어왔다는 사실에 많이 놀라워했고, 온전히 기뻐했다. 케이크를 자르고 커피를 내리며 엘레나의 생일을 축하하는 내내 비가 내렸다.

어두워질 무렵, 나는 비가 멎길 기다려 돼지고기를 사러 아랫마을에 내려갔다. 그 사이 생일 당사자 엘레나는 눈물 콧물을 다 쏟아가며 젖은 장작으로 불을 피워 솥을 걸고 돼지고기를 기다렸다. 마침내 엘레나의 생일상에 돼지고기 튀김이 올라왔다. 거기에 코카콜라가 곁들여졌다. 그녀는 자기가 평생의 생일 중 가장 성대한 생일이라고 했다. 멕시코 같았다면 당장에 마리아치를 부르고 맥주도 한 상자 샀을 것이나 모든 것이 그저 소박한 이곳 코스타리카, 그중에서도 더욱더 소박한 산페드로 마을 엘레나 집에서의 생일 잔치는 그렇게 흘러갔다. 케이크를 먹고 돼지고기 튀김 한 접시를 앞에 두고 한없이 즐거워하는 가족들을 보면서 나는 이들의 앞날이 딱 이만큼만 행복하면 좋겠다는 생각을 했다.

엘레나의 생일 다음날 아침, 좋은 소식들이 기다리고 있었다. 기예르모의 장애인 연금이 7만 5천 콜론에서 13만 콜론으로 상승되었다는 내용이었다. 그간 한 달에 150달러를 받아 생활했는데, 이제 250달러를 받을 수 있다고 했다. 한달에 겨우 100달러가 올라간 셈이지만, 이들 가족에겐 엄청난 숨통일 것이다. 그리

커피를 내리는 일은 엘레나에게 하루하루를 살아가는 삶의 의례와도 같은 것이다.

고 엘레나의 손윗동서 시니아의 일감이 다시 많아지기 시작하면서 엘레나가 일주일에 세 번 그 집으로 일을 나갈 수 있게 되었다고 했다. 새벽 여섯 시부터 낮 두 시까지 그 집 일을 해 주고 엘레나가 받아오는 돈은 하루 4천 콜론이었다. 한국 돈으로 8천원 정도였지만, 엘레나는 그 일에 늘 감사했다. 그렇게 일하고 집에 돌아오면 힘이 들어 쉴 만도 한데, 그녀는 남편과 아이의 밥을 먼저 챙겼고 본인은 정작 끼니도 제대로 때우지 못한 채 집 안팎을 쓸고 닦았다.

아침부터 시작된 좋은 소식들 때문이었을까? 엘레나 부부는 그날 오전 버스를 타고 페레스 셀레동으로 나갔다. 기예르모는 여전히 걷는 것이 어려웠지만, 고맙게도 마을 사람들이 기예르모의 집 앞에 버스 정류장을 만들어 줬다. 그래서 그는 집 아래 길가까지만 내려가면 버스를 타고 내릴 수 있었다. 물론 버스에 오르내릴 때는 누군가의 도움이 필요했으나 집 앞에 버스 정류장이 생긴 것만으로도 엘레나 가족은 충분히 고마워하고 있었다.

페레스 셀레동에서 기예르모는 지팡이와 엘레나의 어깨에 의지해 가까운 곳 몇 걸음을 스스로 뗐다. 그들이 찾은 곳은 신발 가게. 그들은 그곳에서 아들 저스틴의 구두와 축구화를 샀다. 저스틴이 초등학교 5학년을 다니는 동안 그들 부부는 한 번도 아들에게 새 신발을 신겨본 적이 없다고 했다. 당장 저스틴이 신고 있는 구두도 마을의 누군가가 신던 것을 얻은 것이었는데 그 구두를 여기저기 깁고 또 꿰매 가며 일년 반 이상 신고 있었다. 자연히 그 신발의 엄지발가락 부분은 항상 입을 벌린 채였다.

신발을 사면서 엘레나는 조금 더 큰 치수로 사야 한다고 우겼지만, 기예르모가 아들의 발에 딱 맞는 신발을 고집했다. 그간 새 신은 고사하고 얻어 신은 신이라도 발에 맞는 신을 신겨 본 적이 한 번도 없기에 기예르모는 아들이 처음 신어 보는 새 신만큼은 아들 발에 꼭 맞는 신발로 사 주고 싶어 했다. 아들의 축구화를 사면서 기예르모가 말했다. 태어나 처음으로 축구화를 사 본다고. 자신을 위해 축구화를 사 본 적 없을뿐더러 아들을 위해서도 축구화를 사 본 적이 없었다고. 그때까지 그의 아들이 단 한 번도 새 신을 신어 보지 못한 것은 말할 것도 없고, 기예르모 역시 그때까지 축구화를 신어 본 적이 단 한 번도 없었다. 그리고 어쩌면 기예르모는 앞으로도 축구화를 신어 볼 수 없을지도 모른다. 그럼에도 아내의 부축을 받아 들어간 신발집에서 아들의 발에 딱 맞는 축구화를 고르는 기예르모의 얼굴은 더 없이 행복해 보였다. 그날 기예르모가 들고 나간 돈은 신발 값으로는 약간 모자랐다. 그래서 엘레나가 신발 가게 옆에 있던 은행에 가서 아들 저스틴의 통장에 들어와 있는 장학금을 일부 찾아야 했다. 은행으로 가는 내내 엘레나가 구시렁거렸지만, 그녀의 얼굴 역시 더 없이 행복해 보였다.

집에 돌아온 기예르모는 아들 저스틴이 학교에서 파해 돌아오길 기다리는 동안 한시도 손에서 아들의 축구화를 놓지 못했다. 그리고 마침내 저스틴이 집에 도착해 새 신을 신었을 때 그는 아들만큼이나 기뻐했다.

다음날 아침, 기예르모의 아들 저스틴은 생전 처음으로 새 구두를 신고 학교에 갔다. 얼마나 흥분했었던지 그만 교복에 허리띠 메는 것을 깜빡 잊어 학교에서 벌을 받았다고 했다. 하지만 학교를 파하고 집으로 돌아오는 그 순간에도 저스틴의 얼굴은 싱글벙글이었다. 나중에 저스틴이 내게 고백하길, 그날 학교에 있는 동안 자신이 선물 받은 축구화의 안부가 너무 궁금하여 미쳐 버리는 줄 알았다고 했다. 생전 처음 축구화를 신어 보는 저스틴의 표현할 수 없이 기쁜 마음이 그 말 안에 고스란히 담겨 있었다.

살림의 법칙

해를 거듭해 엘레나의 집을 찾았지만 그때마다 그녀의 집은 마치 어제 오고 오늘 다시 오는 것처럼 한결같았다. 변함없는 엘레나의 가족이 그곳에 있기 때문이기도 하겠으나 한편으론 엘레나의 살림살이가 지난 20여 년간 크게 바뀌지 않은 때문이기도 하다. 결혼할 때 기예르모의 할머니가 준 솥 하나로 살림을 시작했는데 그 솥은 여전히 그 집 살림의 중심축이었다. 접시도 그렇고 컵도 그렇고 하다못해 숟가락까지도 지난 20여 년간 바뀐 것이 없었다.

시간이 가면서 한 해 한 해 엘레나가 알뜰히 살림을 사 모아 규모가 제법 커지고 있었지만 그들의 살림 중 그 어느 것 하나도 소용없이 혹은 계획 없이 집 안으로 들여진 것은 없었다. 어떤 살림이라도 엘레나의 집으로 들어오기까지는 일단 오랜 시간 그들 부부의 간절한 숙원과 심사숙고를 거쳐야 했다. 그리고 그렇게 장만한 살림은 항시 본연의 효용을 다하도록 닳고 닳아 결국 소멸되는 수순을 밟았다. 그들의 어머니 혹은 할머니로부터 받은 살림이라도 효용이 있는 동안에는 엘레나 부부의 살림 목록에 당당히 이름을 올렸다. 어느 면면을 보더라도 엘레나의 살림은 요즘 세상의 풍요에서 빗겨나 지극히 단출했고, 또 정갈했다.

2001년, 엘레나와 기예르모가 결혼을 하고 나서 일 년이 채 지나지 않아 내가 그들 집으로 살러 들어갔을 때, 그 집에는 정말 밥그릇 두 개, 숟가락 두 개밖에 없었다. 하여 내 밥그릇과 숟가락은 돈 마쵸의 집에서 따로 빌려와야 했다. 그리고 그때 그 집에는 선풍기가 단 한 대뿐이었는데, 밤이 되면 그들은 한 대뿐인 그 선풍기를 꼭 내 방으로 넣어 주었다. 침대도 하나밖에 없어서 나는 임시로 커피자루를 쌓아 만든 침대를 사용했다. 하다못해 숟가락마저도 당시 세 명의 식구 수에 딱 맞춰 겨우 돌려쓰기는 면했는데 아마도 그 시절 그 한 치 여유도 없었던 숟가락 개수에 나도 모르게 한이 맺혔던 모양이다. 내가 나중에 멕시코에서 일을 할 때 급여가 들어오는 계좌의 은행에서는 저축 장려 차원에서 해마다 은행 이름이 큼지막하게 박힌 숟가락 세트를 고객들에게 줬는데, 나는 매년 그 숟가락을 고이 모셔 뒀다가 코스타리카 산페드로 마을 엘레나의 집으로 싸 짊어지고 갔다. 그러나, 숟가락에 한 맺힌 나의 마음따위는 안중에도 없는지, 엘레나는 아들 저스틴이 장가갈 때 꺼내 쓰겠노라며 고이고이 모셔 두기만 할 뿐, 도통 그것들을 쓸 생각을 하지 않았다. 그간의 햇수를 헤아려 보건대, 지난 몇 년간 멕시코에서 공수된 숟가락은 차곡차곡 쌓이고 쌓여 어쩌면 마을 잔치를 하기에도 부족함이 없을 만큼 모이고도 남았을 것이다.

　신혼 때에 비하면 지금 엘레나의 집 살림은 부족할 것이 없을 만큼 채워졌다. 그간 엘레나는 돈을 벌 때마다 살림을 하나씩 사 모았다. 살림의 대부분은 마을에 한 달에 한 번 들어오는 만물상을 통해 샀고 일단 할부로 사서 일 년 혹은 이 년에 걸쳐 할부금을

해가 뜨기 전인 캄캄한 새벽부터 늦은 오후까지, 엘레나에게 커피를 내리는 일은 늘 하루하루의 삶 가운데 치르는 경건한 의식이기도 했다. 물론, 값이 비싼 고급 커피 대신 구멍가게에서 파는 가장 저렴한 커피를 사와 내렸지만, 설탕을 듬뿍 넣어 마시는 커피는 늘 이 가족에게 소중한 음식이었다.

엘레나 친정집의 주전자들. 코스타리카에서 주전자의 유일한 쓰임은 커피를 내리는 것이다. 이를 감안할 때, 형제가 많은 이 집의 어머니가 평생 끓여 냈을 커피 양이 대략 짐작이 된다.

갚아 나갔다. 엘레나는 만물상에게 할부금을 지급하는 동안에는 사고 싶은 살림이 있어도 사지 않았고, 그 할부금 납입이 끝나고 나서야 다시 또 숙고하여 새로운 살림을 하나씩 더해 나갔다. 그 것이 엘레나와 기예르모가 살림을 사는 법칙이었다.

기예르모의 장애 연금이 상향 조정되고 엘레나가 다시 손윗동서 시니아의 집으로 일을 나가기 시작하면서 엘레나는 어느 날 마을에 들어온 만물상에게서 거품기를 구입했다. 거품기라니. 여느 제과점에서나 사용할 것 같은 그것은 도무지 엘레나의 살림에는 어울리지 않는 물건이었다. 도대체 이 집에 거품기가 왜 필요할까 싶었는데, 알고 보니 기예르모를 위한 배려였다.

기예르모는 초등학교 1학년을 마치고 산호세 인근 도시로 나가 빵집에서 일한 경력이 있다. 물론 본인 말로는 빵집 조수였을 뿐 빵은 만들어 보지 않았다지만, 그래도 기예르모는 수년을 그곳에서 매일 저녁 열 시부터 다음날 새벽 다섯시까지 단 하루도 빠짐없이 일했다. 하다못해 부활절이나 성탄절까지 쉬지 못한 채 일을 했다니, 그가 어깨너머로 배운 바가 없을 리 없다.

엘레나는 오래전부터 남편 기예르모에게 거품기를 사주고 싶어 했다. 거품기가 엘레나의 집으로 들어오던 날, 다리가 불편한 기예르모가 빵을 만들었다. 제법 괜찮은 빵이 솥에서 구워져 나왔을 때, 그 소식을 듣고 미리 엘레나의 집에 와서 목을 빼고 기다리던 이웃 사람들이 함께 기뻐하며 축하해 주었다. 엘레나가 큰 맘 먹고 구입한 그 살림 덕분에 왕년에 빵집에서 일했다던 기예

엘레나의 소중한 살림, 세탁기. 엘레나에게 세탁기가 생겼다. 우리나라에서 지난 세기에 썼을 법한
2조식 반자동 세탁기. 게다가 중고. 그럼에도 엘레나는 세상을 다 가진 것처럼 행복해했다. 그나마
세탁기를 아끼느라 빨래는 손으로 하고 탈수기만 사용하는 일이 허다하다.

르모는 위풍이 한결 더 당당해졌다.

사실 기예르모가 빵집에서 일을 한 시절은 그리 길지 않다. 밤을 새워서 해야만 하는 일이 너무 힘들어 몇 년을 버티가 그가 다시 고향마을로 돌아왔을 무렵, 마을에 이동식 롤러스케이트장이 들어왔었다. 그들이 짐을 꾸려 다른 마을로 갈 때 기예르모도 따라나섰다. 그곳에서 그는 문을 지키고 서서 표 받는 일을 했는데 유랑 생활을 하다 보니 자는 것, 씻는 것 그리고 무엇보다 먹는 것이 마땅치 않을 때가 허다했다. 롤러스케이트장 영업이 끝나고 주인이 그날 들어온 돈을 챙겨 인근 여관으로 가면 기예르모는 천막 롤러스케이트장 바닥에 얇은 매트리스 한 장을 깔고 잠을 청했다.

기예르모는 낮에는 표 받는 일을 하고 밤으로는 물건들을 지켜야 했다. 그렇게 자고 일어나 다음날 아침이 되면 화장실에서 대충 씻고 다시 또 롤러스케이트장의 문지기가 되어 표를 받았다. 그나마도 자는 것과 씻는 것은 참을 만했는데, 8년간 유랑 생활로 떠돌며 객지밥을 먹는 것이 너무 힘들어 기예르모는 결국 다시 고향 마을로 돌아왔다. 우리나라에만 '객지밥' 개념이 있는 줄 알았는데, 이곳도 마찬가지였다. 매일 아침은 마른 빵과 커피로 때웠을 것이고 점심은 롤러스케이트장이 자리를 튼 곳 가까운 식당에서 가장 저렴한 밥을 먹었을 것이다. 저녁은 굶는 날이 태반이었다고 했다. 그 생활이 지겨워 아무 대책 없이 돌아온 고향에서 엘레나를 만났으니, 어쩌면 기예르모 인생에서 가장 탁월한 선택이었을 것이다.

어지간한 아내 같았으면 남편이 다친 이후 큰소리라도 한 번 냈을 법한데 엘레나와 기예르모는 하루 종일 같이 집에 붙어 있어도 나날이 사이가 더 좋아지는 것 같다. 무엇보다 엘레나는 아픈 남편에 대한 존중을 단 한 번도 잃지 않았다. 단 한 순간도 살림이 넉넉했던 적이 없었지만 엘레나의 가족은 평온하고 평화로웠으며 또한 매번 볼 때마다 화목했다.

커피밭 사람들, 그 후 20년

모터 바이크 쇼의 VIP

어느 날 오후, 기예르모가 일을 하러 간다며 집을 나섰다. 마을에서 한참 떨어진 곳에 모터 바이크 쇼 행사장이 들어왔는데 마을 사람 소개로 기예르모가 그곳에서 입장객들에게 표를 받는 일을 하게 된 것이다. 사고를 당한 후에도 기예르모는 종종 집안이나 집 주변에서 소일을 하기는 했지만, 집에서 그렇게 멀리 떨어진 곳까지 가서 일 한 적은 없었다. 일을 앞두고 기예르모는 물론이요 엘레나도 몇 날 며칠을 같이 설레는 것 같았다. 상설 쇼가 아니기에 아쉽게도 사흘 간만 출근할 수 있는 일이었다. 그럼에도 기예르모는 그곳에 가기 전날 밤 잠을 자지 못했다.

기예르모에게 일감을 소개해 준 이웃이 첫 출근일 당일 그를 데리러 왔다. 쇼는 늦은 오후에 시작된다는데 그들은 이른 점심을 먹고 서둘러 길을 나섰다. 엘레나가 칼같이 주름을 잡아 다려 준 바지와 셔츠를 입고 지팡이를 짚은 채 부축을 받아 나서는 기예르모의 허리춤에는 작은 가방이 하나 걸려 있었다. 엘레나가 손수 바느질하여 만들어 준 가방이었다. 제법 멋이 났다. 엘레나에게 무슨 가방이냐고 물었더니 엘레나가 내 귀에 대고 소곤소곤 소변 주머니를 넣은 가방이라고 했다. 아, 그렇구나. 사고가 난 지 수년이 흘러가고 있었지만 기예르모는 여전히 소변 주머니를 차야 하는 상황이었다. 사고가 난 후로 해마다 그들과 함께 시간을 보냈지만, 나는 그 사실을 전혀 모르고 있었다. 그것은 아마도 어떻게든 남편의 입성을 조금이라도 좋게 보이려 노력하는 엘레나의 세심함과 깔끔함 때문이었을 것이다.

엘레나가 만들어 준 가방 안에 담겼을 기예르모의 소변 주머니를 보고 나니, 그제야 그의 사고 이후 수년 동안 이 가족이 살아왔을 시간들이 좀 더 현실적으로 다가왔다. 늘 웃고 살아가는 이 가족들 덕분에 나는 그들의 슬픔과 아픔을 제대로 보지 못했다. 엘레나가 애써 남편의 소변 주머니를 감춰 주듯, 내가 바라봐야 할 슬픔과 아픔도 씩씩하고 너른 그녀의 마음으로 덮어 왔을 것이다. 아니 어쩌면, 이들 가족은 계속 아팠었는데 괜찮다고, 모든 것이 괜찮다고, 그렇게 나 혼자 애써 그들의 슬픔을 보지 않으려 했던 것인지도 모르겠다. 그러다 문득 마주한 기예르모의 소변 주머니와 그걸 덮으려고 엘레나가 만든 작고 예쁜 가방 앞에서 그간 이 가족이 살아온 아픔과 그 아픔을 딛고 살아가는 이 가족의 슬프지만 아름다운 모습을 다시 보게 되었던 것이다.

오래간만에 일을 하러 나갔던 기예르모가 일을 마치고 돌아왔을 때 늦은 밤까지 안 자고 기다리던 엘레나와 저스틴이 그를 맞이했다. 기예르모는 아들을 위해 자신의 휴대전화에 모터쇼 사진 몇 장을 담아 왔다. 모터쇼가 거의 끝나갈 무렵, 매표소를 지키던 기예르모에게도 쇼를 관람할 수 있는 기회가 허락되었고 그는 아들을 위해 사진을 찍어 온 것이다. 늦은 밤 엘레나와 저스틴은 작은 휴대전화(2G 폰)를 둘러싸고 그 속에 든 사진을 보면서 마치 그들이 모터쇼장에 간 것처럼 기뻐했다.

커피밭 사람들, 그 후 20년

모터쇼가 끝날 때까지 일을 나가기로 한 기예르모는 다음날에
도 그리고 그다음 날에도 작고 예쁜 가방에 소변 주머니를 담아
든 채 일을 하러 나갔다. 그리고 아들을 위해 사진을 찍어 왔다.
그렇게 매일 밤 가족들은 서로 머리를 맞대고 사진을 보면서 즐
거워했다. 마치 모터 바이크쇼 장의 VIP 관람석에라도 앉아 있는
것처럼.

이들 부부의 꿈

신혼 초 기예르모와 엘레나가 꾸었던 꿈은 그들의 자식을 고등학
교까지 보내는 것이었다. 기예르모는 초등학교 1학년, 엘레나는
초등학교 3학년을 다니다 말았기에 고등학교 졸업은 그들이 상
상할 수 있는 최고 학력이었는지도 모르겠다. 엘레나는 여러 번
내게 아들 저스틴을 고등학교까지 보내고 싶다고 말했었다. 아들
이 태어나기 전부터, 아니 아들이 태중에 생기기 그 이전부터.

아들 저스틴이 몇 년 전 고등학교를 졸업했으니 그들은 자신
들의 꿈을 이룬 셈이다. 고등학교를 졸업한 아들은 진학을 하든
취직을 하든 부모님과 함께 살던 곳을 떠나야 했다. 그들 가족이
살고 있는 마을에서는 둘 중 어떤 선택도 어려웠다. 부부에게 땅
이 없으니, 농사를 지을 수도 없었다. 마을에서 할 수 있는 일이
라고는 커피 수확철을 기다려 커피를 따는 일이 아니면 마을에서

한참 떨어진 판아메리칸 하이웨이에 면한 파인애플 농장으로 가서 파인애플을 따는 일뿐이었다.

저스틴은 졸업과 동시에 산호세 인근 도시인 에레디아_{Heredia}로 나갔다. 저스틴이 태어나 처음 가보는 곳이었다. 그곳에 먼 친척이 살고 있다는 것이 그곳에 간 이유의 전부였다. 수도 산호세까지 나가서 다시 또 차를 갈아타고 가야 하는 곳이었다. 그곳에서 저스틴은 먼 친척집 가까운 곳에 작은 방 하나를 얻어 일을 시작했다. 주중에는 채소가게에서 점원으로 일을 했고, 주말에는 자동차 정비 기술을 배웠다. 기댈 언덕이 없는 곳에서의 삶이 쉬울 리 없었다.

저스틴은 몸 하나 누이면 달리 공간이 없는 작은 방에 살면서 매일 새벽 두 시면 일어나 채소가게로 출근했고 그곳에서 주인을 따라 청과물 도매시장에 가 물건을 떼어 왔다. 짐을 싣고 내리는 모든 일이 저스틴의 몫이었다. 새벽 두 시부터 낮 두 시까지 열 두 시간을 일해야 퇴근할 수 있는 일이었다. 그 사이 몇 번, 일이 힘들다고, 너무 힘들다고 저스틴이 내게 연락을 해왔지만 내가 딱히 도와줄 수 있는 방법이 없었다.

아들이 집을 떠나 도시로 나간 뒤 가끔 엘레나에게서 전화가 걸려올 때가 있었다. 엘레나 부부가 아들 저스틴의 집에 가 있는 날이었다. 쉬는 날 없이 일하는 아들을 보기 위해 부부는 이따금 아들이 사는 곳을 방문했다. 그들이 사는 곳에서 아들이 사는 에레디아까지, 이들 부부는 비장애인에게도 버거울 거리를 마다하지 않고 바리바리 싼 짐을 이고 진 채 아들을 찾아갔다. 버스를 네 번 혹은 다섯 번 갈아타야 하는 여정이었다. 아들이 세 들어 사는 작은 방 한 칸에 세 명이 성냥갑에 들듯 촘촘히 몸을 누이는 날이 면 엘레나는 내게 전화를 걸었다.

아들을 찾아가는 여정이 이들 부부에게 결코 쉬운 일이 아닐 텐데, 이들은 그 여정을 그 어떤 호화로운 여행보다 즐거워하고 행복해했다. 사실 엘레나와 기예르모는 그들 둘이 오붓하게 마을 을 떠나 여행을 해 본 적이 단 한 번도 없다. 남편 기예르모가 사 고를 당해 생사의 갈림길에 선 채 수도 산호세 병원에 입원해 있 을 동안에도 엘레나는 남편의 면회조차 가 보지 못했다. 도무지 여비를 감당할 수 없었기 때문이다. 교통비도 교통비려니와 하룻 길로 다시 되돌아오지 못하는 길인데 잘 만한 곳도 마땅치 않았 다. 그러니 남편이 여러 달 위중한 상태였는데도 엘레나는 단 한 번도 남편이 입원해 있는 병원에 찾아가지 못하였다.

최근 몇 년 사이부터 화상 통화를 할 수 있게 된 덕분에 나는 그들과 얼굴을 마주한 채 안부를 묻는다. 아들이 사는 작은 방에 서 전화를 하는 엘레나와 기예르모의 표정은 무척 행복해 보였 다. 결혼을 하고, 아들 저스틴이 태어나 자라고, 그 아들이 고등학 교를 졸업하기까지 단 한 번도 가보지 못한 여행을 이제야 할 수 있게 된 셈이다. 게다가 그곳은 늘 보고 싶고 또 보고 싶은 아들이 있는 곳이었다. 작은 방에 촘촘촘 셋이 누워 내게 화상 통화를 청 해올 때면 수화기 너머 세 명의 모습이 한꺼번에 들어왔다. 그만큼 작은 방이다 보니 그들의 모습이 마치 작은 텐트 안에 몸을 끼워 넣은 히말라야 등반대원들 같아 보였다. 통신마저도 가끔 완전하지 않아 정말 마지막 정상 공격을 앞두고 텐트 안에 촘촘이 누운 원정대원들 같았다. 그러고 보면 그들에게는 고등학교를 마치고 집을 떠난 아들 저스틴의 작은 방이 새로운 세상 밖으로 나갈 수 있는 베이스캠프 같은 곳이기도 했을 터였다.

어쩌다가 아들이 쉴 수 있는 날이면 그들은 다함께 도시의 쇼핑몰에 가고 공원에도 가서 시간을 보냈다. 도시 사람들에게 그저 평범한 일상이 그들에게는 신세계였다. 게다가 변두리이지만 도시 가까이 아들의 작은 방, 그들만의 아지트가 생겼다. 그러고 보면 엘레나와 기예르모가 오랜 세월 간직해 온 그들의 꿈을 진

어느 해 엘레나의 집 크리스마스 풍경. 온 세상이 들썩거리는 크리스마스라지만 엘레나네 가족의 크리스마스는 소박하기 이를 데가 없었다. 밥에 고기 한 점이 올라간 특식이 나왔고 아이들에게도 설탕을 듬뿍 넣은 커피가 제공되었다. 그래도 얼마 전 차를 몰고 들어온 만물상으로부터 산 텔레비전이 있어서 다행이었던, 어느 해 크리스마스.

커피밭 사람들, 그 후 20년

즉 넘어선 것인지도 모르겠다. 아들의 작은 방에 갈 때마다 전화기 너머로 내게 보여 준 그들의 행복은 코스타리카 사람들이 말 끝마다 붙여 사용하는 '푸라 비다'Pura Vida, 굳이 번역하자면 순전한 삶의 전형 그 자체였다. 더하고 덜할 것이 없었다.

아들 저스틴

저스틴이 도시로 나간 지 일 년 후, 엘레나가 소식을 전해왔다. 저스틴이 새벽 두 시면 일어나 일을 나가야 했던 과일 가게를 떠나 조금 더 좋은 직장에 취직을 하게 되었단다. 그녀는 아들이 새로 취직한 직장에서 의료보험에 가입하게 되었다는 말을 몇 번이고 반복했다. 평생을 안고 살아야 하는 심각한 장애를 입었음에도 제대로 된 보상조차 받지 못한 남편 기예르모를 곁에서 지켜보는 동안 엘레나는 의료보험에 한이 맺혔을 것이다. 그러니 아들이 사회보장보험에 가입되었다는 사실만으로도 엘레나는 세상을 다 얻은 듯 고마워했다.

그렇게 엘레나와 기예르모, 그리고 그들의 아들 저스틴의 삶이 더디지만 조금씩, 아주 조금씩 좋아지고 있는 것과 그 삶에 대한 감사가 이어지는 것을 나는 그들과 조금 떨어진 곳에서 시시로 지켜본다. 엘레나의 남편 기예르모는 여전히 제 힘만으로는 서거나 걷지 못하지만, 그의 아들 저스틴은 여전히 새벽잠을 쫓

어느 해 찍은 가족사진. 중학생이 된 아들 저스틴의 키가 아버지 기예르모와 거의 같아졌다.

으며 일해야 하지만, 이들 가족은 그들의 생 앞에 놓인 시간들을 그들 나름의 방식으로 감사하며 살아 내고 있다.

2001년 우기철, 스콜이 거칠게 퍼붓던 날 오후 도냐 베르타가 괴발개발 그려 준 약도 한 장을 들고 코스타리카의 남쪽으로 내려가 만나게 된 엘레나 부부. 총총 뜬 별을 보며 막연한 마음으로 처음 만난 엘레나를 따라가던 그날 밤 이후 많은 시간이 흘렀다. 당시 신혼이었던 그 시절부터 지금까지 그들이 살아 낸 짧지 않은 시간들을 가까이서 혹은 멀리서 내내 지켜볼 수 있었다.

내외 모두 땅 한 평 없이 남의 집 일을 다니는 처지였으니 그간

커피밭 사람들, 그 후 20년

의 삶이 온전히 수월하거나 기뻤을 리 없었을 것이다. 오히려 순간순간 아프고 시린 어려움을 맞닥뜨렸을 텐데 이들 부부의 삶에는 언제나 웃음과 평안이 스며 있었다. 신산한 삶이 남긴 거친 흔적이 어딘가에라도 조금은 있을 법한데 이들 부부에게서는 그런 흔적마저도 쉬 보이지 않았다. 남편이 다친 뒤에도 꿋꿋하게 그들의 삶을 살아 냈고, 객지에 나간 아들이 사는 도시 변두리 아주 작은 방에서도 이들 부부는 세상에 부러워할 게 아무것도 없는 것처럼 행복해한다. 이들을 처음 만난 20여 년 전, 코카콜라 한 병에 기뻐하고 감사하던 그 삶 그대로다.

지난 연말, 엘레나로부터 아들 저스틴에게 애인이 생겼다고 연락이 왔다. 도시로 나간 아들의 삶의 뿌리가 조금 더 견고해지는 것 같아 나도 기뻤다. 이들의 삶은 더 이상 내가 그들을 처음 만난 커피밭에서의 삶처럼 이어지지 않겠지만 여전한 커피의 나라 코스타리카 어딘가에서 세대를 거듭하며 이어질 것이다.

제4부
안토니아 이야기

프레디 부부를 마지막으로 본 것은 2003년. 타라수의 커피밭에서 어느 날 밤 그들은 내게 미국으로 가겠다며 작별을 고했다. 갑작스러운 일이었다. 그때 나는 그들에게 내가 입고 있던 스웨터를 벗어 줬고, 볼펜 한 자루를 행운의 상징으로 줬다. 이후 오랫동안 찾아 헤맨 끝에 내가 다시 그들 부부를 만난 곳은 코스타리카 북부의 아주 외진 곳에 자리한 거의 방치되다시피 한 농장이었다. 그곳에서 나는 그들에게 오래전 그들이 니카라과에 두고 온 아이들 사진을 건넸고 프레디 할아버지와 안토니아 친정 부모님 소식을 전했다. 그들은 내가 찾아간 그들의 고향에 자신들이 없었음을 많이 미안해했고 내가 전한 아이들 사진에 많이 고마워했다. 부부는 한참 동안 아이들의 사진에서 눈을 떼지 못했다.

그곳에서 다시 프레디 부부와 헤어졌다. 이후 프레디는 미국으로 들어가고, 안토니아는 고향마을로 돌아갔을 것이라고, 당연히 그렇게 생각했다. 그리고 시간이 조금 더 흐른 후에는 미국에 들어간 프레디가 돈을 많이 벌어 고향에 두고 온 아내와 아이들을 그곳으로 데려갔을 것이라고 생각했었다. 그런데 상황은 전혀 다른 방향으로 흘러가고 있었다. 미국으로 떠난 이주자들과 고향에 남겨진 가족들의 관계 대부분이 그러하듯, 프레디와 안토니아의 삶도 차근차근 뻔한 공식의 전철을 밟아 나갔다.

미국으로 간 프레디와는 소식이 아예 두절되었고, 그의 아내 안토니아와도 연락할 방법이 없었다. 내가 할 수 있는 일은 다시 니카라과로 가서 그들의 고향을 찾아가는 방법뿐이었다. 프레디야 일찍 부모님과 헤어져 여러 친척집을 전전하였으니 고향이라고 하더라도 그의 행방에 대한 소식을 구하기가 어려웠다. 반면 안토니아의 친정 부모님은 여전히 그곳에 살고 있었다. 안토니아가 세상과는 소식을 끊는다 해도 부모님과는 소식을 끊을 리 없었다.

하지만 해를 거듭해 몇 번이나 안토니아의 친정을 방문했으나 매번 허탕이었다. 연로한 그녀의 부모조차 딸의 생사를 알지 못했다. 알음알음 들려오는 소문을 좇아 이곳저곳을 찾아갔지만 그 어디에도 그녀는 없었다. 그렇게 몇 년을 보내다 어느 해 다시 그녀의 친정 마을을 찾아갔을 때, 그녀의 사촌동생 되는 이로부터 전화번호 하나를 건네받았다. 코스타리카 번호였다. 그렇게 다시 안토니아와 연락이 되었다. 2009년의 일이다.

미국으로 간 남편 프레디로부터 소식이 끊겼다고, 그래서 당연히 송금도 끊어졌다고, 그마저도 한참 된 일이라고, 수화기 너머에서 그녀가 내게 그간의 소식을 전했다. 프레디가 미국 플로리다라는 곳에서 새로운 여자를 만나 살림을 차렸다는 소문만 들었다고, 이 사람 저 사람을 통해 그녀와 아이들이 살던 니카라과 아주 작은 시골마을까지 그 소문이 들려왔다고 했다. 나 역시 지난 몇 년간 그녀와 프레디가 없는 그들의 고향 마을을 찾아다니면서 비슷한 소식을 들었었다. 더러는 프레디가 미국에서 새살림을 차렸다고 했고 또 누군가는 프레디가 미국에서 감옥에 갔었다고 했다. 물론, 소문이 사실인지 확인할 길은 없었다. 안토니아 역시 마찬가지였을 것이다. 당장이라도 가서 확인해 보고 싶었겠지만 당시 안토니아에게 미국 플로리다라는 곳은 어쩌면 달나라보다 더 먼 곳이었을 것이다. 비자는커녕 여권도 없었으니 그녀는 남편에 대한 소문을 들으면서도 직접 가 확인하거나 따져 물을 수 있는 여지가 없었다. 혼자 끙끙 속을 앓던 안토니아는 두 명의 아이와 살기 위해 다시 그 아이들을 고향에 두고 코스타리카로 건너갔다.

그때, 6년 만에 겨우 연락이 닿았을 때, 안토니아는 많이 아프다고 했다. 안토니아가 속병을 얻은 것은 어쩌면 당연한 일이었는지도 모른다. 여자 혼자 할 수 있는 일의 처우가 좋을 리 없었을 터. 게다가 그녀는 코스타리카에서 적법한 서류를 갖추지 못한 이주자 신분이었다. 심지어 코스타리카 사람들이 흔히 '쥐'에 비유하곤 하는 '니카', 니카라과 사람이었다.

그녀와 마지막으로 연락이 닿은 곳은 코스타리카 남쪽 끝, 푸에르토 히메네스 라는 작은 항구도시였다. 그곳에서 그녀는 가사 도우미 일을 하고 있다고 했다. 그해, 그러니까 그녀와 마지막으로 통화가 닿았을 때 그녀를 찾아가 만나지 못한 사실이 나는 내내 후회스러웠다. 어쩌면 그녀는 내게서 혹시라도 남편 프레디의 소식을 듣게 되지 않을까 하는 마음으로 나를 기다렸을 것이다. 그러나 그때 나는 아픈 그녀를 볼 용기를 내지 못했다. 그녀가 있는 곳으로 가겠다고 말했지만, 찾아가지 않았다. 그렇게 오래도록 그녀를 찾았었고 겨우 연락이 닿았는데, 정작 그녀와 전화 통화를 하고 나서는 그녀를 보러 가지 않았다.

그 이듬해 다시 코스타리카를 찾았을 때, 마지막으로 안토니아와 연결되었던 전화번호는 결번이었다. 니카라과에 있는 그녀의 친정을 찾아갔지만, 그곳에서도 그녀의 소식을 알지 못했다. 그렇게 다시 여러 해가 흘렀다. 나는 코스타리카에 갈 일이 있을 때마다 계속하여 니카라과에 들러 그녀의 친정을 방문했지만, 오히려 그들은 어쩌다 불쑥 찾아오는 내게 안토니아의 소식을 기대하고 있었다.

세상의 끝, 푸에르토 히메네스

2012년, 코스타리카와 니카라과를 몇 번 오고 간 끝에, 다시 전화번호 하나를 받았다. 안토니아의 아버지는 코스타리카 산호세 근처에 당신 조카가 살고 있으니 그를 만나 안토니아 소식을 물으라 했다. 어쩌면 그가 안토니아의 연락처를 가지고 있을 것이라고 했다.

안토니아 아버지가 알려준 대로, 니카라과에서 코스타리카로 돌아오자마자 나는 그의 조카가 사는 곳을 찾았고, 어렵지 않게 조카를 만날 수 있었다. 그곳에서 전화번호 하나를 다시 받았다. 안토니아는 여전히 전에 살던 푸에르토 히메네스라는 곳에 살고 있었다. 신호가 가고 누군가 전화를 받았지만 그녀는 아니었다.

전화를 받은 사람은 그 마을에 있는 문구점 주인이라고 했다. 그녀가 안토니아를 안다고 했다. 지금은 자리에 없지만, 내일이라도 안토니아가 오면 내게 연락을 하도록 전하겠다고 했다. 그리고 다음날 나는 안토니아의 전화를 받았다.

3년 전에 비해 그녀의 목소리는 많이 밝아져 있었다. 그간 계속하여 그곳 푸에르토 히메네스에 있었다고 했다. 허탕을 치더라도 그녀와 마지막 연락이 끊긴 그곳에 한 번쯤 내려가 봤어야 했다. 그랬다면, 어쩌면 그녀를 좀 더 일찍 만났을 수도 있겠다는 생각이 들어 미안했다. 나는 바로 그다음날 푸에르토 히메네스행 버스에 올랐다.

푸에르토 히메네스 바닷가. 항구도시답게 간혹 들어오는 크루즈 유람선에서는 외국인들이 잠시 내렸다 다시 올라탔다. 마을에는 별다른 볼거리가 없었지만 마을에서 10여 킬로미터 떨어진 곳에 원시림으로 유명한 국립공원이 있어 외국인들에게 인기가 있는 것 같았다. 항구이긴 하지만 접안시설이 제대로 갖춰지지 않아 작은 배가 멀리 정박한 유람선과 마을을 오가며 그들을 실어 날랐다.

　　푸에르토 히메네스는 수도 산호세에서 너무 멀 뿐 아니라 바닷가인데도 별다른 시설이 없다 보니 관광지로는 큰 매력이 없는 곳이었다. 물가가 비교적 저렴하여 미국이나 캐나다에서 주머니 가벼운 젊은이들이 간혹 찾는 곳이다. 꼬박 하루를 좁은 버스에 구겨지듯 실려 도착해 보니 다운타운에 가게 대여섯 개가 전부인 마을이었다. 관광지라는 느낌보다는 미국, 캐나다 젊은이들이 그들이 사는 곳의 촘촘한 법적, 사회적 감시를 피해 잠시 내려와 맘껏 느슨해질 수 있는 곳이었다. 마치 히피타운에 온 것 같았다.

커피밭 사람들, 그 후 20년

코스타리카 영토 중 태평양 쪽으로 툭 튀어나온 반도 끝부분에 위치한 이곳은 코스타리카 남쪽 파나마에서 올라오거나 혹은 파나마로 내려가는 중에 부러 방향을 꺾어 찾지 않는다면 도통 들르기 쉽지 않은 곳이었다.

초행이었지만 그곳이 코스타리카 수도 산호세로부터 얼마나 멀리 떨어진 곳인지는 익히 알고 있었다. 이곳에 닿는 방법은 두 가지. 수도 산호세에서 남쪽으로 열 시간 정도 떨어진 파나마 국경 근처로 내려간 다음 그곳에서 다시 배를 타고 반도 끝자락에 위치한 푸에르토 히메네스에 닿는 방법이 있고, 아니면 아예 산호세에서부터 좁고 낡은 버스에 몸을 맡기고 열 서너 시간 이상 가는 방법이 있다.

어떤 방법을 택하든 중간에 해발고도 4,000미터 이상 되는 '죽음의 산맥' 구간을 넘어야 했다. 그곳을 지날 때는 추위에 시달려야 했고 그곳을 지나 남쪽 저지대로 내려오면 더위에 시달려야 했다. 시간상으로는 파나마 국경 쪽을 통해 배편으로 가는 것이 적게 걸렸지만, 초행길에 혹여라도 파나마 국경에서 마지막 배를 놓치면 그곳에서 하루를 묵어야 할지도 모른다는 불안감에 나는 열 서너 시간 이상 걸리는 버스 편을 택했다.

새벽에 산호세를 출발한 버스는 해가 저물 무렵에야 푸에르토 히메네스에 닿았다. 좁은 좌석에서 온종일 꼼짝없이 끼어 앉아 있느라 땀에 절여진 채 버스에서 내린 그곳에 안토니아가 서 있었다. 2003년에 그녀를 본 뒤 거의 10년의 세월이 흐른 뒤였다.

10여 년 만에 안토니아와 재회했다. 그녀는 푸에르토 히메네스에서 살고 있었다. 세상의 끝이라 할 만큼, 먼 곳이었다. 그전에 전화로 연결되었을 때 살고 있던 그곳에 그대로 살고 있었다. 그곳에서 만난 그녀와 히메네스 항구 근처 바닷가를 걸었다. 얼굴에 기미가 있긴 했지만 그래도 건강해 보여 다행이란 생각이 들었다.

얼굴에 기미가 잔뜩 끼긴 하였지만 그래도 안토니아는 생각했던 것보다 건강한 모습이었다. 안토니아와 나는 버스터미널 바로 옆으로 이어진 바닷가를 걸었다. 그곳에서 안토니아는 내게 프레디와 연락이 닿느냐 물었다. 나 역시 오래전 그와 연락이 끊어진 후 여전히 연락이 닿지 않는 중이었으니 딱히 전할 말이 없었다.

　해가 지고 어두워지기 시작했을 때, 우리는 안토니아의 집을 향해 걷기 시작했다. 아주 작은 소읍의 다운타운에서 한참 떨어진 곳이었다. 금방이라도 바닷물이 닿을 것 같은 습지 끝자락에 판자로 얼기설기 엮은 집들이 모여 있는 곳이었다. 그곳에 있는 집들 중 한 곳에 들어갔을 때, 웃통을 벗은 한 남자가 어린아이를

　　　　　　　　　　　　　　　　커피밭 사람들, 그 후 20년

세상의 끝이라 할 만한 느낌이 드는 히메네스 항구. 그곳은 캐나다나 미국에서 내려온 젊은 여행객들이 자국의 촘촘한 감시망을 피해 잠시 일탈하는 곳 같았다. 커다란 배낭을 맨 여행객들이 간혹 보였고, 마을 안 식당 몇 개가 편의 시설을 대신하고 있었다. 식당 한곳의 간판에서 '세상의 식당', 그리고 '달의 물'이란 글이 보인다. 대부분의 식당은 작은 구멍가게를 겸하고 있었고, 영어권 관광객을 위해 영어 간판을 내걸고 있었다.

안고 있었다. 그는 안토니아의 새로운 남편이었고 그의 품에 안긴 아이는 안토니아의 딸이었다.

  남편의 이름은 산티아고, 딸의 이름은 나쟈였다. 딸아이는 이제 막 첫돌을 맞았다고 했다. 어두운 밤에 역시나 그 밤처럼 어두운 안토니아의 집으로 들어가 그곳에서 남편 산타아고를 만나기 전까지 나는 안토니아가 새로운 가정을 꾸렸다는 사실을 전혀 모르고 있었다. 저물던 해가 완전히 사라지도록 바닷가를 걷고 다시 또 그곳에서 안토니아의 집까지 한 시간 넘게 걷는 동안 나는 안토니아에게 누구와 사느냐 묻지 않았고, 안토니아 또한 내게 누구와 산다고 말하지 않았다. 어쩌면 나는 안토니아가 당연히 혼자 살고 있을 것이라고 생각했던 것 같다.

남편, 산티아고

예상치 못한 존재에 나는 다소 허둥거렸다.

산티아고는 코스타리카 사람이었다. 그는 마을에서 한참 떨어진 열대 우림 속 어느 농장에서 일을 하고 있었는데, 농장이 너무 외진 탓에 차조차 들어갈 수 없는 곳이라 한 번 가면 보통 닷새 정도를 그곳에 머물다가 다시 집으로 와서 식량과 옷가지를 챙겨간다고 했다. 안토니아의 새로운 남편은 다행히 온순한 사람이었다.

안토니아가 차려 주는 저녁을 먹고 밤이 더 깊었을 때, 안토니아가 나를 재촉해 다시 길을 나섰다. 안토니아의 집에는 내가 머물 공간이 마땅치 않았다. 안토니아와 산티아고는 그런 사실에 매우 미안해했다. 늦은 밤 다시 덥고 습한 바닷가를 옆에 두고 이어지는 길을 걸어 도착한 곳은 다운타운에 있는 문구점 안집이었다. 안토니아는 그곳에서 가사도우미로 일하고 있었다. 그 집의 모든 허드렛일이 안토니아 몫이었다.

이미 나에 대해 말을 해 두었던지, 주인은 우리에게 방 하나를 내줬다. 작은 침대가 하나 있는, 부엌에 면한 방이었다. 정작 나는 침대 쓸 생각을 못했는데, 안토니아가 먼저 자기는 거실에서 잘 것이니 내가 그 침대를 쓰면 된다고 했다. 더운 밤 창문 없는 방에서 잘 생각에 심란하기도 했고, 안토니아와 좀 더 이야기를 나누고 싶어 나도 거실에서 안토니아와 같이 자면 좋겠다 싶었지만, 주인 앞에 선 안토니아의 체면을 생각해서 나 혼자 그 방에 머물

푸에르토 히메네스의 다운타운으로부터 약 4km 정도 떨어진 곳. 바다와 닿은 곳에 판자로 엮은 집들이 다닥다닥 조개껍데기처럼 붙어 있었다. 그곳에 안토니아의 집이 있었다.

기로 했다. 가사도우미로 있는 친구를 따라와 그가 일하는 주인 집에 머문다는 사실에 모든 것들이 조심스러웠다.

다음날, 안토니아와 나는 아침 일찍 다시 한 시간을 넘게 걸어 그녀의 집으로 갔다. 산티아고는 이미 농장으로 일하러 가고 없었다. 프레디와의 사이에서 난 딸 세일링이 나쟈라를 보고 있다가 우리가 도착하자 동생을 엄마에게 넘기고 서둘러 출근했다.

2003년 내가 처음 안토니아의 고향 니카라과 산타루시아를 찾아갔을 때 겨우 여섯 살이었던 세일링은 이제 열 다섯 살이 되어 있었다. 그녀는 푸에르토 히메네스 다운타운의 채소가게에서

안토니아가 살고 있던 집. 그곳에서 그녀는 남편 돈 산티아고와 딸 나쟈라, 전남편 프레디와의 사이에서 낳은 딸 세일링과 아들 디에고, 또 돈 산티아고가 전부인과의 사이에서 낳은 두 명의 아이들과 함께 살고 있었다.

일을 한다고 했다. 아침 일곱 시에 출근하고 밤 열 시나 되어야 퇴근한다고 했다. 노동자 복지가 비교적 좋은 편인 코스타리카에서 그런 노동은 있을 수 없는 일일 것 같은데, 세일링의 처지는 그렇다고 했다. 하루 평균 열 다섯 시간, 많을 때는 열 여섯 시간을 내내 서서 일한다고 했다.

안토니아가 집안을 대충 치우고 나서 우리는 나쟈라를 데리고 다운타운으로 나왔다. 해가 이미 뜨거워져 걷는 것이 쉽지 않았다. 나는 안토니아의 주인집에서 다시 하루를 더 머물렀다. 안토니아가 가사도우미 일을 하는 동안 나는 더러 안토니아의 어린

커피밭 사람들, 그 후 20년

딸 나쟈라를 봐주었고 중간중간 주인의 눈치를 봐가면서 안토니아와의 대화를 이어 나갔다.

안토니아가 지금의 남편 산티아고를 만난 것은 2010년 무렵이었다. 2010년은 나와 안토니아와의 연락이 끊긴 해이기도 하다. 미국에 있던 프레디와 2006년경부터 연락이 끊기고 나서 안토니아는 속병이 심해졌다. 그래도 먹고살 길을 찾으려고 아이들을 다시 친정에 맡기고 내려온 곳이 지금 이곳 푸에르토 히메네스였다. 처음엔 미국 사람들 집에서 먹고 자며 가사도우미 일을 했다. 오래전 내가 안토니아와 통화했던 그 전화번호가 있던 집이었다. 하지만 갈수록 속병이 심해지면서 안토니아는 더 이상 그 집에 있을 수가 없었다. 그곳을 나와 일을 찾아간 곳이 지금의 남편 산티아고가 일하고 있는 농장이었다.

차조차 닿지 않아 한 번 가려면 서너 시간 이상 험한 길을 걸어야 하는 곳인데, 이곳 코스타리카에서 병든 이방인의 처지로 더이상 있을 수 있는 곳이 없어 찾아간 곳이 그곳이었다. 세상의 끝, 막장과도 같은 곳이었다. 그곳에서 허드렛일을 하고, 한 번 들어오면 닷새 이상 집에 가지 않고 머무는 일꾼들에게 밥을 해 주던 중, 속병이 점점 더 심해지면서 급기야 그녀에게 정신착란 증상까지 왔던 모양이다.

그때 산티아고가 안토니아를 푸에르토 히메네스까지 데리고 나와 다시 배를 타고 파나마 국경 근처 도시로 가서 입원을 시켰다. 당시 안토니아는 니카라과 사람이었고 코스타리카에 머물 수 있는 그 어떤 합법적 근거도 없는 상황이었다. 결국 산티아고는 안토니아를 무료 치료가 가능한 공공 병원에 입원시키기 위해 혼인신고를 해 버렸다. 그렇게 그들의 삶이 시작되었다.

안토니아를 만나기 전, 산티아고는 전 부인과의 사이에서 얻은 아이 두 명과 살고 있었다. 산티아고의 전 부인은 같은 동네에 살던 다른 남자와 살림을 차렸고 여전히 같은 동네에 살고 있었다. 아이들만 아빠 산티아고에게 남았다. 두 아이 중 아들은 산티아고의 전 부인이 데리고 온 아이였다. 그러니 엄밀히 말해 아들은 산티아고의 생물학적 자식이 아니다. 그럼에도 산티아고는 그 아이를 자신의 아들로 여기고 자신의 친딸과 전혀 다름없이 대했다. 친엄마가 다른 남자와 살림을 차려 나가면서, 그 아이가 계부에게 남은 것이다. 병원에서 안토니아가 퇴원하면서 셋이 살던 집에 식구 한 명이 늘었다. 그리고 산티아고와 안토니아 사이에 나샤라가 태어나면서 다시 한 명이 늘었고, 안토니아가 니카라과에 있던 딸 세일링과 아들 디에고를 데려오면서 '공식적으로' 일곱 명의 식구가 탄생했다. 이곳 푸에르토 히메네스에서.

가족들

어려서도 말이 없더니, 열다섯 먹은 세일링은 아예 말을 잊은 듯했다. 오랜만에 찾아간 나를 보고 한 번 힘없이 웃어 줬을 뿐, 이

십여 년 만에 만난 안토니아. 새 남편 돈 산티아고와의 사이에서 낳은 딸 나쟈라를 품에 안고 있었다.

후로 단 한마디도 하지 않았다. 세일링은 같은 집에 살고 있는 그 누구와도 말을 하지 않았다. 안토니아 말로는 일이 너무 힘들어 서라는데, 하루에 열다섯 시간 이상 서서 일을 해야 하는 상황을 미루어 짐작해 보니, 그럴 만도 하겠다 싶었다. 그럼에도 말이 없는 세일링이 내내 마음에 걸렸다.

그 집엔 안토니아의 아들, 그러니까 세일링의 오빠 디에고도 산다고 했는데, 산티아고와 마찬가지로 마을에서 한참 떨어진 농장에서 소들을 돌보기 때문에 일주일에 딱 한 번, 잠깐 일을 쉬는 일요일 오후에만 다녀간다고 했다. 집에 와도 딱히 머물 공간이 없을뿐더러 월요일 새벽에 다시 소를 돌봐야 하기 때문에 그저 잠시 머물러 갈 뿐이라고 했다. 아버지 프레디가 미국으로 가고

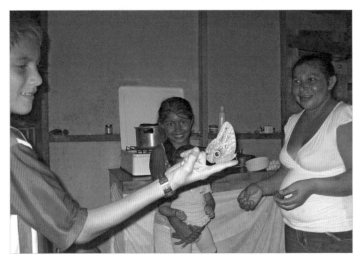

안토니아를 찾아간 곳. 그 집에는 안토니아의 딸 세일링과 아들 디에고가 살고 있었고, 안토니아가 돈 산티아고와의 사이에서 낳은 딸 나쟈라도 살고 있었다. 또한 남편 돈 산티아고가 전부인과의 사이에서 낳은 딸과 전부인이 전남편과의 사이에서 낳은 아들도 함께 살고 있었다.

안토니아의 새 남편 돈 산티아고와 그들 사이에서 태어난 딸 나쟈라.

216

가족들과 연락을 끊은 후 엄마가 다시 코스타리카로 오게 되었을 때 디에고는 니카라과에 남겨져 집을 떠나 멀리 떨어진 어느 농장에서 소젖 짜는 일을 했다. 그리고 이곳에서도 같은 일을 하고 있었다. 어쩌면 가진 것이 없고 배움이나 기술 또한 없는 디에고가 할 수 있는 유일한 일이었는지도 모르겠다.

그렇게 안토니아와 산티아고의 집에는 관계가 아주 복잡하게 얽힌 가족들이 모여 살고 있었다. 방이 하나뿐인 집이지만 그곳에 깃든 이들은 각자 어떻게든 자신이 머물 곳을 찾아 집안 곳곳에 그들 각자의 방식으로 둥지를 틀어 살아가고 있었다.

푸에르토 히메네스의 문구점 주인집에서 두 번째 밤을 보냈다. 여전히 안토니아는 거실에서 그리고 나는 창이 없는 작은 방 침대에 누웠다. 덥고 습한 밤, 내내 나는 프레디가 남기고 간 가족을 생각했고, 세상의 끝과 같은 이곳 푸에르토 히메네스에서 복잡하게 얽혀 살아가는 또 다른 가족에 대해 생각했다. 그리고 프레디가 건너간 미국에서 혹시 새로 만들어졌을 가족까지, 자꾸만 늘어가는 가족들에 대해 생각했다.

디에고

다시 안토니아를 찾은 해는 2014년. 안토니아는 여전히 작은 항구도시 푸에르토 히메네스의 다운타운에 자리한 문구점에서 일하고 있었다. 산티아고 역시 2년 전과 다름없이 안토니아와 처음 만났던 그 농장에서 일을 하고 있었다. 내가 갔을 때, 마침 산티아고가 집에 내려와 있었다. 2년 만의 만남에 그는 나를 퍽 반겼고, 내게 동물의 뼈를 갈아 만든 작은 칼 하나를 선물했다.

이번에도 푸에르토 히메네스 버스터미널에 안토니아가 나와 있었다. 나짜라를 품에 안은 채였다. 작은 다운타운에 서너 개 되는 식당 어디서라도 같이 좀 느긋하게 저녁 식사를 하고 싶었지만, 안토니아는 한사코 나를 자기 집으로 이끌었다. 이번엔 집까지 택시를 타고 가기로 했다. 나는 다운타운 식료품점에서 식재료를 급하게 주워 담았다.

택시를 타기 전 나는 안토니아에게 세일링이 일하는 가게에 가보자고 했다. 저녁이긴 하지만 아직 어두워지기 전이었다. 세일링의 가게로 가는 길에서 술에 취한 듯 보이는 청년이 작은 자전거를 타고 우리 앞을 막아섰다. 프레디와 안토니아의 아들 디에고였다.

2003년 내가 그녀의 친정을 방문했을 때, 이른 새벽 초등학교 교복을 다려 입고 누이동생 세일링과 먼 거리를 걸어 내가 묵는 여관까지 찾아왔던 디에고. 내 앞에서 단숨에 코카콜라를 두 병이나 마셔 나를 적이 놀라게 했던 그 디에고. 그러나 지금의 디에고에게서는 아버지가 보내 준 돈으로 집 뒷마당에 우물을 팠을 때 그 앞에서 교복을 가지런히 차려입고 사진을 찍던 모습은 전혀 찾아볼 수 없었다.

민소매 옷에 헐렁한 반바지를 입고 있었고 모자를 뒤집어쓴

폼이 여느 바닷가에서나 볼 수 있는 히피의 모습이었다. 한 발에만 슬리퍼를 신었고, 다른 한 발은 맨발이었다. 디에고는 취해 있었다. 약에 취한 건지 술에 취한 건지 알 수 없었다.

안토니아는 애써 디에고를 무시하고 가던 길을 가려고 했지만, 디에고는 끈질기게 따라붙으며 안토니아에게 돈을 요구했다. 1000콜론, 우리나라 돈으로 환산하면 약 2000원 정도 되는 돈이다. 미국에 간 아버지로부터 소식이 끊겼을 때, 디에고는 일년에 겨우 이틀 쉬는 농장으로 가서 소젖을 짰고, 엄마를 따라 이곳에 와서도 마을에서 멀리 떨어진 농장에서 소 돌보는 일을 한다고 했는데, 2014년 그해에 만난 디에고는 일을 하지 않고 소읍 히메네스의 다운타운을 하릴없이 배회하고 있었다. 나를 알아보긴 했지만, 나의 존재보다 당장 필요한 1000콜론이 중요한 듯했다. 그는 내게 인사를 하는 둥 마는 둥 하고는 계속해서 엄마 안토니아에게 돈을 요구하며 쫓아왔다.

마음 같아선 그 돈을 내가 주고 싶었지만, 안토니아의 체면을 생각해서 나 역시 악다구니를 쓰며 쫓아오는 디에고를 애써 외면한 채 앞만 보고 걸었다. 안토니아는 아들 디에고를 마치 보이지 않고 들리지 않는 존재처럼 대했다. 세일링이 일한다는 가게 앞에 이르자 디에고는 엄마한테 저주를 퍼붓고 사라졌다. 안토니아는 듣는 둥 마는 둥, 애써 태연했다. 처음 있는 일이 아닌 모양이다. 둘 모두에게 익숙한 패턴 같았다.

세일링은 가게로 들어선 나에게 웃을 듯 말 듯 겨우 입을 열어 인사를 건넸다. 아침 일곱 시부터 일을 시작하였고 벌써 열두 시간 넘게 일을 하고 있었지만, 앞으로도 두서너 시간은 더 일을 해야 한다고 했다. 그렇게 세일링과 인사를 하고 그곳에서 안토나아에게 당장 필요한 채소와 과일을 산 우리는 택시를 타고 안토니아의 집을 향했다. 낡은 승합차가 마을 택시를 대신하고 있었다. 지난 번에 왔을 땐 한 시간 넘게 걸어간 길에 이렇게나마 차가 있음에 감사했다.

세일링의 애인

2년 전과 다를 바 없는 집. 그 집에는 남편 산티아고와 그의 두 아이들이 있었다. 안토니아와 어린 딸 나쟈라가 도착하자 모두가 반갑게 맞았다. 매일 보는 사이일 텐데도 서로가 서로를 매우 반가워했다. 세일링은 조금 있으면 퇴근해 돌아올 것이고 디에고는 집에 들어올지 말지 모른다고 했다. 산티아고의 전 부인이 데려온 아들은 그간 큰 교통사고를 당해 휠체어 생활을 하고 있었다.

   안토니아가 정신없이 저녁 식사를 준비했다. 나도 그 옆에서 거들긴 했지만, 부엌이 너무 옹색하여 안토니아는 혼자 하는 것이 훨씬 편하다고 나를 그 옆 의자에 앉혀 두었다. 아이들은 2년 전의 나를 기억하고 반갑게 맞아 주었다. 물론 안토니아의 남편 산티아고도.

안토니아의 부엌. 안토니아가 사는 동네의 집 대부분이 그러하듯, 그녀의 집도 판자를 엮어 벽을 세우고 함석으로 지붕을 얹은 형태였다. 부엌의 벽은 채광을 위해서인지 듬성듬성 공간을 두고 만들어져 비가 오는 날에는 비가 들이쳤다. 그곳은 안토니아가 새로 얻은 딸 나자라의 목욕 공간이기도 했다.

2년 사이 이 집에 생긴 변화라면, 하나뿐이던 방이 두 개로 늘었다는 것. 방과 거실 사이에 판자를 댄 벽을 쳤고, 거기에 커튼을 달아 문을 대신하고 있었다. 그곳에서 세일링과 디에고가 생활하고 있었다. 안토니아는 그사이 방 하나가 더 늘어난 사실이 더없이 신나는 일인 듯, 오늘은 그녀가 일하는 주인집이 아니라 자기 집에서 내가 잘 수 있다는 말을 재차 반복하여 확인해 줬다.

저녁이 준비되었을 때, 식탁에 다같이 앉을 수 없어서 각자 집 안 아무 곳에나 자리를 잡고 저녁 식사를 했다. 식구들이 모두 식사를 마치고 밤이 제법 깊어갈 즈음, 세일링이 퇴근을 해 집으로 돌아왔다. 내심 속으로 늦은 밤 어떻게 집까지 혼자 올까 걱정이 되었는데, 다행히 동행이 있었다.

세일링의 애인이라고 했다. 애인은 제법 그럴싸한 오토바이에 세일링을 태우고 왔다. 안토니아가 반색을 하면서 늦게 도착한 둘에게 저녁을 차려 냈고 그들 역시 각자 아무 곳에나 자리를 잡고 앉아 늦은 저녁을 먹었다. 밤늦도록 세일링의 애인은 집으로 갈 생각을 하지 않았고, 상당히 늦은 시간까지 식구들과 함께 마루에 모여 이야기를 나눴다.

다행히 청년은 건실해 보였다. 역시 어느 농장에서 일을 하고 있다고 했다. 오토바이를 가지고 있는 것으로 보아 형편이 아주 어려운 것은 아닌 듯했다. 늦은 저녁을 먹는 젊은 청춘남녀를 보면서 나는 내심 오토바이를 타고 온 청년이 부디 세일링을 '구원' 해 줄 것을 간절히 바랐다.

애인 덕분이지, 세일링의 얼굴은 예전보다 한결 밝아진 듯했다. 그럼에도 그녀의 말수는 여전히 적은 편이었다. 세일링과 함께 오토바이를 타고 온 젊은 애인은 내게 궁금한 것이 많은 것 같았다. 그가 이것저것 끊임없이 내게 뭔가를 묻는 사이에도 정작 세일링은 아무 말이 없었고, 오랜 시간 식구들이 모여 웃고 떠드는 와중에도 세일링은 단 한 마디도 하지 않았다.

밤이 깊도록 이야기를 나누던 중 세일링을 태우고 온 애인이 엄마 안토니아의 현 남편 산티아고의 친동생이란 사실을 알게 되었다. 안토니아로부터 그 소리를 들은 나는 어떤 표정을 지어야 할지 몰라 난감한데, 엄마 안토니아는 자신의 사위가 될 수도 있는 산티아고의 동생을 칭찬하느라 입에 침이 마를 정도였다. 무

엇보다도 그에게 오토바이가 있다는 사실이 안토니아의 마음을
사로잡은 듯했다.

프레디의 우물

세일링의 애인이 돌아가고 나서 세일링은 디에고의 침대에, 나는
세일링의 침대에 자리를 잡고 누웠다. 디에고는 그날 밤 집에 돌
아오지 않는 모양이었다. 우리가 잠자리에 들 때 안토니아는 대
문 없는 집의 마루 문을 걸어 잠갔다. 침대에 누운 나는 더위 때문
에 어찌할 줄 모르고 있었는데, 불 꺼진 방 내 침대 바로 옆에 누
운 세일링이 나를 불렀다. 그리고 물었다.

"몬타냐! 우리집 뒷마당에 있던 우물 본 적 있어요?"

물론 나는 그 우물을 본 적 있다. 그것도 여러 번. 세간살이 하
나 없이 텅 빈 집. 브로크 벽돌로 벽을 쌓아 올리다 채 마감을 하
지 못한, 지붕도 중천장을 대지 못한 채 함석만 겨우 얹어 둔, 그
집 뒷마당에 우물이 있었다. 프레디가 미국에 가기 전, 매년 코스
타리카에 내려와 커피 따 모은 돈으로 그의 고향에 지은 집이었
다. 나는 그 집을 도냐 베르타의 커피밭에서 일하던 시절에 이미
알고 있었다. 매일 오후, 커피를 따고 내려와 잠시 쉬는 서늘한 오
후가 되면 프레디는 그 집 사진을 꺼내 놓았다. 고향에 자기 집이
있다고, 자신이 지은 집이라고. 그 집 앞에서 어린 세일링과 디에

고를 양팔에 안고 찍은 '젊은 프레디'의 사진이었다. 그런데 정작 프레디는 그 집에 살아 보지 못한 채 미국으로 갔고, 안토니아 역시 그 집에서 얼마 살지 못하고 코스타리카로 내려왔다. 그리고 나는 그들을 찾느라, 기회가 될 때마다 그 집을 찾아갔었다.

내가 그녀의 친정을 방문할 때마다 안토니아의 연로한 아버지는 잠겨 있던 그 집 문을 열고 집 안을 보여 주었다. 마감을 하지 못해 브로크 벽돌이 그대로 드러난 벽에 걸린 사진 액자 하나가 그 집의 유일한 세간이었다. 우물 앞에서 디에고와 세일링, 그리고 안토니아가 함께 찍은 사진이었다. 셋 모두가 조금은 수줍고 또 조금은 자랑스러운 모습으로 찍힌 사진이었다. 더는 아무도 살지 않는 그 집에 한때 사람이 살았음을 보여 주는 증거였다.

그 집 뒷마당에 있던 우물은 프레디가 미국에서 돈을 보내 준 표식이었고, 미국으로 간 프레디와 니카라과 산타루시아의 어느 작은 시골 마을에 남겨진 세 사람이 한때 한 가족으로 묶여 있었다는 흔적이었다. 아빠, 엄마, 아들, 딸. 그렇게 단란한 가족이었다. 그 벽에 걸린 사진 한 장이 그 집이 누구의 집인지, 그리고 누가 살던 집인지 보여 주고 있었다. 그 집 식구 그 누구보다도 오랜 시간 그 집을 지켜온 문패나 다름없었다. 그 사진은 어쩌면 미국의 프레디에게도 보내졌을 것이다.

아마도 '당신이 보내 준 돈으로 우리는 이렇게 우리 평생의 숙원이던 우물을 팠습니다. 그리고 당신의 아이들은 이렇게 잘 지내고 있습니다'라는 내용과 함께.

커피밭 사람들, 그 후 20년

내가 답을 하기도 전에 세일링은 자신의 말을 이어 갔다. 언젠가 반드시 니카라과의 그 집으로 돌아가서 그 우물을 다시 손보겠다고. 아버지가 보내 준 돈이 아닌, 자기가 번 돈으로 지금은 버려져 있는 그 우물을 다시 재정비하겠다고 했다.

생전 말이 없던 세일링이 어두운 방에서 혼잣말처럼 누군가에게 계속하여 말을 이어갔다.

프레디 소식

아침에 눈을 떠 보니 어젯밤 어둠 속에 혼잣말을 이어 가던 세일링은 출근하고 없었다. 산티아고도 닷새 여정으로 농장으로 올라가고 없었다. 어제 오후 길에서 만나 엄마에게 행패를 부렸던 디에고가 언제 들어왔는지 마루 한구석에 웅크린 채 자고 있었다. 그 옆엔 산티아고가 전처와의 사이에서 낳은 딸아이와 산티아고의 전처가 다른 남자와의 사이에서 낳은 아들이 나샤라를 돌보고 있었다. 그리고 안토니아는 내 아침을 준비하고 있었다.

아침을 먹으면서, 나는 안토니아에게 세일링과 그녀의 애인 사이에 대해 다시 물었다. 혹여 내가 어젯밤 잘못 알아들은 것이 아닐까 하는 생각 때문이었다. 그 질문에는 어쩌면 내가 잘못 들었길 바라는 희망이 간절하게 베어 있었을 것이다. 그러나 사실은 변함이 없었고 안토니아의 생각에도 변함이 없었다. 젊고 건실하고 무엇보다도 오토바이가 있으니 그 둘이 살림을 시작하더라도 문제될 것이 없다고 했다. 머릿속이 복잡한 가운데 아침을 먹으면서 나는 다시 한번, 이들에게 가족이란 무엇일까 하는 물음을 속으로 삼켰다.

아침을 먹고, 두 명의 아이와 여전히 자고 있는 디에고를 집에 둔 채 안토니아와 어린 딸 나쟈라, 그리고 나 이렇게 세 명이 길을 나섰다. 안토니아는 주인집 문구점에 출근해야 했고 나는 오전 차를 타고 다시 산호세로 돌아와야 했다.

그 길에서 안토니아는 2년 만에 내게 다시 프레디에 대해서 물었다. 안토니아의 갑작스러운 질문에 당황한 내가 아무 말도 못하고 있는데, 그녀 역시 어젯밤 세일링이 그랬던 것처럼 내게 묻고는 스스로 답을 하고 있었다. 프레디가 미국 플로리다라는 곳에서 온두라스 여자를 만나서 살고 있다고, 그 여자 성격이 얼마나 사나운지 프레디가 꼼짝 못하고 살아가고 있다고, 그래서 이곳에 남은 가족들에게 연락을 못하는 것이라고.

혼잣말을 이어가는 안토니아의 이야기를 들으면서 2003년 프레디가 어렵게 미화 5000달러를 만들어 미국으로 가지 않았다면 이들 가족이 지금 어디에서 어떤 모습으로 살고 있을까 하는 생각을 했다. 당장 안토니아의 품에 안긴 나쟈라, 나쟈라의 아버지 산티아고, 오늘 아침 집에 남겨진 두 명의 아이들, 그리고 산티아고의 동생이자 세일링의 애인은 나와 안토니아 사이에 등장하지 않았을 것이다. 어떤 삶이 안토니아에게 더 행복한 삶인지 알

커피밭 사람들, 그 후 20년

수 없지만, 안토니아는 기회가 될 때마다 내게 프레디에 대해 물었다. 그러면서 또한 내게 프레디의 소식을 전했다.

그렇게 그 길 위에서 불쑥 프레디의 소식을 전해 듣고 나는 다시 푸에르토 히메네스를 떠나왔다.

자신이 유령 같다고 했다

내가 다시 안토니아를 찾은 것은 그 이듬해인 2015년이었다. 그녀는 여전히 푸에르토 히메네스의 유일한 문구점에서 가사도우미 일을 하고 있었고 그 사이 나쟈라는 제법 말도 할 만큼 커서 엄마가 일하는 동안 그 옆을 쫓아다니며 종알거렸다. 문구점 주인은 어린 나쟈라에 흠뻑 빠져 있는 것 같았다. 그간 안토니아와 몇 번 불화가 있었지만, 나쟈라와 헤어질 수 없어 안토니아를 계속하여 고용하고 있다고 했다. 자신의 집에서 부리는 안토니아의 딸 나쟈라를 당신의 손주 정도로 여기는 것 같았다. 어찌 보면 다행스러운 일이다.

나는 안토니아가 일을 마치기 기다렸다가, 그녀와 같이 그녀의 집으로 갔다. 산티아고가 농장에 일을 하러 올라가 집에 없는 대신 디에고가 마루에서 TV에 눈을 박은 채 앉아 있었다. 1년 만에 보는 내가 인사를 건네자 마지못해 인사를 하긴 했지만, 디에고는 그 외엔 어떤 미동도 없이 오직 TV에만 시선을 고정시키고

안토니아. 처음 찾아갔을 때보다 그녀의 생활은 조금씩 나아지는 것 같았다. 그녀의 얼굴도 조금씩 밝아지고 있었다.

있었다.

술이나 약에 취하지 않으면 한없이 얌전하다고 안토니아가 내게 속삭였다. 가끔 예전에 일하던 농장에 올라가긴 하지만, 그는 더 이상 정기적으로 그곳에 일을 다니진 않았다. 그런 디에고 때문에 안토니아는 산티아고에게 많이 미안하다고 했다. 밥값을 벌지 않은 채 밥을 먹고 있으니, 미안할 수밖에 없다고.

늦은 밤, 세일링이 퇴근해 집으로 돌아왔다. 그녀는 여전히 다운타운의 채소가게에서 하루 열 두시간 이상 일을 하고 있었다. 아무리 생각해도 코스타리카에서 있을 수 없는 일이었으나, 그녀는 벌써 여러 해째 그렇게 일을 하고 있었다.

그런데 지난해만 해도 오토바이로 출퇴근하던 세일링이 이번

커피밭 사람들, 그 후 20년

안토니아의 아들 디에고. 어쩌다 한번 집에 들어와도 그는 식구들 누구와도 어울리지 않았다. 있는 듯 없는 듯, 오직 TV에만 시선을 고정시킨 채 밥을 먹고 잠을 잤다. 안토니아는 그를 두고 세상에 진 싸움꾼이라고 했다.

엔 SUV 차량을 타고 퇴근했다. 이게 무슨 일인가 싶은데, 아, 작년에 본 그 애인이 아니다. 작년 그 애인보다 허우대가 훨씬 컸고 나이도 좀 있어 보이는 사람이었다. 처음 보는 사내와 어정쩡하게 인사를 나누고 있는 내게, 안토니아가 얼른 옆에서 세일링의 애인이라고 소개했다.

이곳 푸에르토 히메네스, 그것도 다운타운으로부터 한참 떨어진 판자촌에서 보기 드문 대형 SUV 차량의 힘인지 아니면 그 사내의 허우대가 주는 힘인지는 모르겠으나 사내 앞에서 안토니아는 연신 과한 반가움을 표했고 디에고는 모든 일에 무관심한 듯 TV에 시선을 고정시키고 있었다.

세일링은 여전히 말이 없었다. 늦은 밤 저녁을 먹는 그녀와 같이 식탁에 마주 앉았지만, 나 또한 딱히 할 말은 없었다. 그 옆에서 안토니아만이 연신 사내에 대해 이런저런 설명을 이어 갔다. 그의 아버지가 아주 부자라고, 엄청 큰 농장을 가지고 있고 마을에서 가장 큰 철물점을 운영하고 있다고 했다. 게다가 사내는 전기 기술을 가지고 있어서 조만간 산호세로 나가 전기 기술자로 일을 할 것이라고 했다.

늦은 밤 빗소리를 들으며 하루 열 네 시간 일을 마치고 돌아온 세일링이 저녁 먹는 모습을 보고 있었는데, 조금 전 세일링을 내려 주고 갔던 그 사내가 되돌아왔다. 그의 손에는 피자 두 판이 들려 있었다. 안토니아의 얼굴에 그 어느 때보다 더한 화색이 돌았다. 멀리서 온 내게 사내는 자신의 존재를 과시하고 싶었던 걸까? 안토니아는 내게 줄 것이 변변치 않다고 저녁 내내 안타까워하더니, 사내 손에 들려온 피자 두 판을 구세주처럼 받아 들었다.

사내는 피자만 전해주고 바로 다시 돌아갔고, 집에 남은 식구들은 늦은 밤 피자파티를 벌였다. 가장 신이 난 사람은 어린 딸 나쟈라였고, 피자 두 상자에 멀리서 방문한 친구 앞에서 체면이라도 세운 듯 안토니아도 덩달아 신이 났다. 흥이 오른 그들과 함께 과장되게 웃기는 했지만 나는 그 사내가 집으로 찾아올 때마다 산티아고의 마음이 어떨까 싶었고, 또한 산티아고의 집에 얹혀살아가는 세일링의 마음이 어떨까 싶었다.

지난해처럼, 이번에도 좁은 방에 세일링과 누웠다. 그리고 지난해처럼, 이번에도 세일링이 나를 부르곤 혼잣말을 이어 갔다.

자신이 유령 같다고 했다. 그 어느 곳에서도 모습이 보이지 않으며, 실재로는 존재하지 않는 유령. 미국으로 간 아버지로부터 소식이 끊기고 속병을 앓던 엄마가 다시 코스타리카로 내려간 후 그녀는 자기 혼자 친척 집을 이리저리 전전하며 살았다고 했다. 오빠 디에고는 멀리 떨어진 농장으로 일을 가 더 이상 집에 오지 않았다고 했다. 그렇게 혼자가 되어 살아가던 중 어느 날 낯선 남자가 찾아왔다고 했다. 코스타리카에서 엄마가 보낸 브로커였다. 그날로 그 남자를 따라 나섰다. 그렇게 낯선 남자를 따라 나서는 어린 세일링을 친척 중 그 누구도 말리지 않았고 그들 중 누구도 세일링에게 옷 가지 한 벌 챙겨주지 않았다. 세일링은 빈 몸으로 그 남자를 따라 나섰다. 아니, 남자의 손에 이끌려 나섰다. 그 시절 세일링에게는 따라 나서고 말고를 결정할 수 있는 힘이 없었다.

멕시코 이남 대부분 중앙아메리카 지역에서 흔히 '코요테'라고 불리는 사람들. 그들은 국경 근처에서 직접 월경을 안내하고, 추가로 더 많은 돈을 지불하면 손님이 원하는 곳까지 데려다 주기도 한다. 세일링도 그렇게, 엄마가 보낸 '코요테'를 따라 니카라과와 코스타리카 국경까지 왔고 그곳에서 산길을 걷고 또 걸어 국경을 넘었다. 어렵게 도착한 코스타리카의 수도 산호세 인근 모처에서 며칠을 보내던 중 엄마 안토니아가 찾아왔다. 그곳에서 다시 세일링은 짐이랄 것도 없는 짐을 꾸려 엄마를 따라 나섰다. 그렇게 오게 된 곳이 이곳 푸에르토 히메네스였다. 엄마는 이미 돈 산티아고와 같이 살고 있었고 동생 나쟈라가 태어나 있었다.

문제는 코요테를 통해 밀입국을 하다 보니, 세일링에게는 여권이 없다는 것이었다. 여권은 그가 살던 니카라과의 작은 시골 마을에서는 감히 상상하기도 힘든 물건이었을 것이다. 그간 코스타리카의 노동력 부족 덕분에 코스타리카에 머물던 니카라과 사람들에게 합법적으로 머물 수 있는 기회가 여러 번 주어졌지만, 여권이 없었던 세일링은 그 혜택마저 볼 수 없었다. 이곳 코스타리카에 있는 니카라과 대사관을 통해 여권을 만들어 보려고 하였지만 더 큰 문제가 앞을 막았다. 그녀는 니카라과에서 출생신고조차 되어 있지 않은 상황이었다. 법적으로 그녀는 이 세상에 존재하지 않는 사람이었다. 그러니 여권은커녕 니카라과 신분증도 만들 수도 없었다.

그녀가 자신의 법적 존재를 증명할 유일한 방법은 다시 니카라과로 돌아가서 십수 년 전 그녀의 출생을 스스로 증명하고 그걸 바탕으로 여권을 만들어 이곳 코스타리카로 돌아오는 것이었다. 하지만, 그것은 사실상 불가능에 가까웠다. 그녀가 니카라과인임을 증명할 수 없는 한, 당장 이곳 코스타리카를 떠나는 일도, 니카라과에 입국하는 일도, 결코 쉽지 않은 일이었다.

그 말을 듣고 나서야 나는 왜 세일링이 이곳 코스타리카에서 도무지 이해하기 힘든 노동 조건을 감내하며 일을 하고 있는지 이해가 되었다. 세일링은 자신의 의사와 상관없이 어느 날 낯선 남자를 따라 나섰고, 그렇게 니카라과를 떠나 이곳 코스타리카로 왔다. 그러나 니카라과를 떠난 기록도, 그리고 코스타리카에 들어온 기록도 없다. 엄마 안토니아와 아빠 프레디 사이에 태어났지만 그 사실을 증명할 수 있는 혹은 자신의 존재를 증명할 수 있는 그 어떤 기록도 갖지 못한 채 이십 년 가까운 시간을 살았던 것이다. 설령 오늘 당장 그녀가 죽는다 해도, 그녀는 자신의 죽음에 대한 흔적조차 남길 수 없는 처지였다.

세일링의 말을 듣는 동안 나는 아득해졌다. 그간 자신의 존재에 대한 그 어떤 증명도 없이 살아온 그녀가 느꼈을 절망이 어둠 속에서도 고스란히 내게 전해졌다. 담담하게 말을 이어 가는 그녀 스스로는 이미 오래전부터 모든 것을 포기한 듯했다. 아무리 생각해 봐도 방법이 없었다. 그나마 정공법이라면 그녀가 니카라과로 돌아가서 그곳에서 어떤 방법으로든 다시 출생신고를 하는 것으로부터 시작하면 될 일이지만, 그녀가 니카라과인이라는 증명이 없는 한 그녀에게는 이곳 코스타리카에서 니카라과로 갈 수 있는 방법이 없었다. 니카라과의 입국심사가 코스타리카보다 허술하다지만, 그래도 최소한의 신분 증명은 필요한 일이었다. 어디에서부터 어떻게 시작해야 할지, 도무지 해결의 실마리가 보이지 않는 일이었다.

그녀가 처한 암담함 속에 나는 질식할 것 같은데, 그녀는 계속 말을 이어갔다. 꼭 니카라과에 가서 아버지가 미국에서 보내 준 돈으로 팠던 우물을 다시 파겠다는 말을 반복했다. 나는 그녀가 왜 우물에 집착을 하는지 대충 짐작할 수 있었다. 그녀에게 그 우물은 한때 엄마 안토니아와 아빠 프레디가 가족으로 함께 살았던 순간에 대한 그리움일 것이다. 아빠는 오래전 소식이 끊겼고 엄마는 이곳 코스타리카의 아주 외진 바닷가 마을에서 다른 남자와 살아가지만, 니카라과 집에 있는 우물만큼은 아빠가 보내 준 돈으로 엄마와 오빠와 자신이 손수 만든 것이었다. 세일링에게는 그 앞에서 사진을 찍어 미국에 있는 아빠에게 보내 주던 그때가 가장 행복하고 그리운 순간이었을 것이다. 돌아갈 수 없는 시간, 돌아갈 수 없는 집에 대한 그리움이었을 것이다. 그들이 한 가족이었다는 사실에 대한 절박한 그리움이었을 것이다.

가끔 살짝 웃을 뿐, 언제나 말이 없던 세일링의 내면에 담겼던 절망이, 상상하기 힘들었던 그 절망이 그제서야 느껴졌다.

그녀의 오빠 디에고는 상황이 달랐다. 그는 프레디와 안토니아가 젊은 시절 이곳 코스타리카에 와서 커피를 따던 중에 태어났다. 그때만 해도 코스타리카에서 태어난 모든 외국인들에게 국적이 주어졌기 때문에, 디에고는 코스타리카인이 될 수 있었다. 십수 년 전 프레디를 처음 만난 이후 프레디는 은연중 자신의 아들이 '띠꼬'(코스타리카 사람을 줄여 부르는 애칭)임을 여러 번 강조했다. 그러니 세일링은 자신이 처한 상황을 그 누구와도 공유할 수 없었다.

그해 푸에르토 히메네스에서 만난 안토니아의 가족은 모두 각자 자신의 삶을 둘러싼 옭아맨 아픔들을 가지고 겨우겨우 살아가느라 그 누구도 서로의 아픔을 차마 보듬지 못한 채 살아가고 있었다. 그 안에서 세일링이 혼자서, 그리고 조용히 질식할 것 같은 아픔 속에 허우적거리고 있었다.

다음날 아침, 역시나 세일링은 내가 일어나기도 전에 출근한 상태였다. 해가 뜨기도 전 그녀가 얌전하게 정리해두고 간 침대가 내가 푸에르토 히메네스에서 본 마지막 그녀의 흔적이었다.

세일링의 가족

이듬해 세일링을 다시 만난 곳은 코스타리카의 수도 산호세였다. 백일이 채 되지 않은 아이를 품에 안고 세일링이 나를 만나러 왔다. 1년 전, 그곳 푸에르토 히메네스에서 고급 SUV 차를 타고 다니던 그 남자의 아이였다. 남편은 산호세로 나와 전기기술자로 일을 한다고 했다. 그녀의 출생 증명부터 코스타리카 영주 허가가 어떻게 해결이 되었는지는 묻지 않았지만, 내심 어떤 해결의 실마리를 찾아가고 있을 것이라고 생각했다. 세일링이 코스타리카 사람의 아내이자 코스타리카 아이의 엄마가 되었으니까.

엄마와 아버지가 코스타리카 커피밭으로 돈을 벌러 간 시절, 여섯 살 나이에 삼촌 집에 맡겨져 말이 없던 아이 세일링이 자신의 아이를 안고 내 앞에 있었다. 신발을 사서 오겠다던 아빠는 미국으로 간 후 소식이 끊겼고 엄마는 속병을 앓다가 살기 위해 다시 코스타리카로 내려갔고 오빠마저도 대서양 연안 어디쯤 아주 먼 농장으로 일을 하러 갔으니, 세일링의 유년시절은 언제나 외로웠을 것이다. 게다가 넉넉하지 못한 친척 집에 얹혀사는 시간이 길어지면서 어쩌면 세일링은 외로움보다 세상에 대한 원망을 더 크게 마음에 담았을 것이다.

미국으로 간 아버지는 딸 세일링을 잊은 듯했지만, 다행히 엄마는 세일링을 잊지 않아 어느 날 엄마가 돈을 지불해 보냈다는 이주 브로커의 손에 끌려 코스타리카로 들어올 수 있었다. 코스타리카에 들어오기만 하면 여느 니카라과인들처럼, 비록 차별은 있을지라도 좀 더 나아지리란 희망을 가질 수 있었을 텐데, 세일링은 이곳 코스타리카에서 보이지 않는 감옥에 혼자 갇혀 옴짝달싹하지 못한 채 십 수년을 보내야 했다. 그 어디에도 그녀 자신의 존재를 증명할 방법이 없었다.

니카라과인임을 증명할 수 없으니 고향으로 돌아갈 수도 없었다. 그렇게 이곳 코스타리카에서 유령처럼 살 수밖에 없던 세일링에게 다른 선택의 여지가 없었을 것이다. 니카라과 국적을 회복하였는지, 아니면 코스타리카 국적을 취득하였는지 묻지 않았지만 아이를 안고 있는 그녀의 모습에 나는 안도했다. 늦은 점심을 같이 먹고 헤어지는 순간, 세일링이 물었다. 혹시 자기 아빠 프레디로부터 소식이 있느냐고. 나는 그녀에게 아무런 소식도 주지 못했다.

아이를 안고 돌아서는 그녀의 삶이 또 어떻게 흘러갈지 알 순 없지만 부디 이젠 그녀가 조금씩이라도 웃으며 살 수 있으면 좋겠다. 든든한 삶의 동반자가 생겼으니까, 아이가 생겼으니까, 그리고 무엇보다 그녀의 삶을 옭아매고 있던 신분 문제가 해결되었을 테니까. 아이를 안고 남편과 함께 돌아서는 뒷모습을 보며 부디 그녀가 이제는 이곳에 뿌리내려 살 수 있기를 간절히 염원했다. 그것은 니카라과 시골 마을에서 처음 만났던 여섯 살 세일링에게 전하는 바람이기도 했다.

제5부

세일링 이야기

다시 세일링을 만났다. 7년 전 그녀가 품에 안고 왔던, 태어난 지 백일이 채 안 되었던 딸은 초등학생이 되어 있었다. 그때 함께 나왔던 아이 아빠가 이제 더 이상 세일링의 가족이 아니라는 소식은 이미 들어 알고 있었다. 만나기로 한 곳에서 그녀를 기다리는 동안, 이방인으로 살 수밖에 없는 코스타리카의 수도 산호세에서 다시 혼자가 된 그녀의 모습을 상상했다. 어쩌면 삶에 잔뜩 지친 모습일 것이라고, 혹은 더 말이 없어졌을 것이라고 생각했다.

　해가 기울어지던 오후 산호세 성당 앞, 멀리서 세일링이 걸어왔다. 일곱 살 먹은 큰 딸과 네 살 되었다는 작은 딸을 양손에 잡고 그녀가 나를 향해 걸어왔다. 예전보다 훨씬 더 씩씩했고 차분했으며 안정되어 보였다. 도시 생활 덕분인지 세련되어 보이기도 했다.

항상 그러했듯이 그녀는 조용한 웃음으로 나를 반겼고, 나 역시 조용히 그녀를 안아 주었다. 20년 전, 그녀의 아빠 프레디와 엄마 안토니아를 찾아간 곳, 지구상에 과연 있을까 싶었던 니카라과의 작은 시골 마을에서 본 세일링의 모습이 차분해진 그녀의 지금 모습에 겹쳐 보였다. 친척 집에 얹혀 지내며 언제 올지 모르는 엄마 아빠를 기다리던 그 시절 세일링의 모습이 보여 울컥 슬퍼질 뻔하던 순간, 그녀의 양손에 매달린 두 아이가 눈에 들어왔다.

다행히 큰아이의 쾌활한 성품이 활기를 돋웠다. 구김이 전혀 느껴지지 않았다. 작은아이는 말이 없고 조심스러웠다. 두 아이 모두 코스타리카 국적을 얻었다고, 세일링이 말했다. 코스타리카인 남편과 그녀 사이에서 태어난 자식들이니, 게다가 둘 다 코스타리카에서 태어났으니 너무 당연한 사실일 텐데 세일링은 나를 보자마자 굳이 두 아이의 국적을 알려 줬다. 어찌되었든, 다행스러운 일이었다.

세일링의 용기

세일링은 산호세 외곽에서 두 딸과 함께 살고 있었다. 그곳은 도시라 불릴 수 있는 곳의 가장 끝자락이었다. 시내에 한 번 나오기가 쉽지 않을 텐데 일주일에 하루 쉬는 일요일 오후 두 아이를 데리고 나를 만나러 나와 준 것이 많이 고마웠다. 성당 앞 공원 놀이 시설에서 아이들이 노는 동안 세일링은 그간 자신에게 있었던 일들을 내게 들려줬다. 내가 묻지 않았음에도.

전 남편의 폭력에 대해서는 안토니아를 통해 이미 알고 있었다. 작은 항구 도시에서 SUV 차량을 몰고 다니던 남자, 첫 만남에 거들먹거림이 느껴지던 남자, 오래전 이곳 산호세에서 백일이 채 되지 않은 딸을 품에 안고 나왔던 남자는 언제나 세일링을 의심했고 그녀의 귀가가 10분만 늦어져도 그녀에게 지독한 폭력을 행사했다.

그는 심지어 세일링의 엄마 안토니아와 새아버지 산티아고 앞에서도 세일링에게 폭력을 가했다. 어느 해 연말을 맞아 푸에르토 히메네스 엄마 집에 와 머무는 동안 돈 산티아고의 동생이 잠시 집을 방문했고 세일링이 그와 몇 마디 말을 나눴다는 것이 폭력의 이유였다. 새아버지 돈 산티아고의 동생은 세일링이 결혼하기 전 그녀의 애인이었다. 남편은 결혼 전 세일링의 애인이었던 그가 돈 산티아고의 남동생이란 사실도 분명히 알고 있었다. 새해가 되었다고 형님 집을 찾아왔을 것이고 그곳에 우연히 세일링이 있었을 뿐이었다. 누가 봐도 이상할 일이 아니었다. 그런데 남편의 폭력이 폭발했다. 결혼 이후 계속된 습관이었으니 이상할 일도 아니었다.

세일링은 그녀의 엄마와 새아버지 그리고 전 애인 앞에서 머리채를 잡힌 채 개처럼 끌려다녔다. 그를 말릴 수 있는 사람이 없었다. 그 모습을 본 안토니아는 겁이 나 벌벌 떨 뿐, 어떤 말도 못하고 있는데 돈 산티아고가 경찰에 신고했다. 눈앞에 뵈는 것이 없을 만큼 극악무도하던 그는 경찰이 도착하기 직전 도망갔다. 그가 다음날 새벽 산호세로 향하는 버스에 오르는 것을 산티아고가 숨어서 지켜봤다. 그날의 일을 내게 전하던 산티아고의 입에서 욕이 튀어나왔다.

'비겁한 놈!'

생전 험한 말 한 마디 입에 올리지 않던 돈 산티아고의 낮은 목소리가 가볍게 떨렸다.

그날 이후 그에게 세일링과 두 아이에 대한 접근 제한 명령이 내려졌지만 그것은 형식적인 조치일 뿐이었다. 세일링은 그를 경찰에 신고할 용기가 없었다고, 내게 말했다. 그리고 그 말 끝에 낮게 욕을 뱉어 냈다. '비겁한 놈!'

경찰이 접근금지 명령을 내렸지만 세일링을 향한 그의 폭력은 계속되었다. 코스타리카에서 세일링은 여전히 자신의 존재를 증명할 수 없는 사람이었다. 이 사실이 그녀 스스로를 폭력 안으로 옭아맸고 그럴수록 전 남편의 폭력은 더 거칠어졌다. 낯선 도시 산호세에서 그녀가 기댈 수 있는 곳은 없었다. 남편의 가혹한 폭력보다 더 무서웠던 것은 혹 결혼 관계가 깨졌을 때 두 아이를 남편에게 뺏길지도 모른다는 생각이었다.

첫 아이가 태어나고 둘째 아이가 태어났어도 그녀는 존재하지 않는 사람이었다. 결혼 후 어떤 서류상 절차도 진행되지 않은 상황이었다. 남편의 도움이 있어야 가능한 일이었지만, 남편은 그 어떤 도움도 줄 생각을 하지 않았다. 그럼에도 그녀는 용기를 냈다. 엄마 아빠의 폭력을 보고 자란 둘째 딸이 말을 해야 할 나이가 되었는데도 말문을 열지 않는 것을 더 두고 볼 수 없었다. 그녀 스스로 여성보호 기관을 찾았고 그곳에서 도움을 받았다. 마침내 그녀는 아이들을 남편의 폭력으로부터 분리할 수 있었다. 그녀 스스로 낼 수 있는 최고의 용기였다.

오빠, 디에고

그렇게 그녀는 아이 둘을 데리고 낯선 도시 산호세에서 다시 혼자가 되었다. 마침 그 무렵 소식이 끊겼던 오빠 디에고가 그녀를 찾아왔다. 한 살 위였지만, 단 한 번도 그녀에게 기댈 만한 품을 내어 주지 못했던 오빠였다. 그녀가 여섯 살 먹고 오빠 디에고가 일곱 살 먹던 해 두 아이가 엄마 아빠 없이 얹혀살던 친척집을 찾아간 적이 있다. 헤어지면서, '우리 다시 만나자'라고 한 말에 바로 그다음 날 남매가 깜깜한 새벽에 길을 나서 걷고 또 걸어 내가 묵던 숙소를 찾아왔었다.

지금 생각해도 슬픈 일이다. 나는 아이들이 바로 다음날 나를 찾아올 것이라고 생각하지 못했었다. 일년 가까이 소식조차 없는 엄마 아빠를 기다리다 어느 날 낯선 이가 엄마 아빠를 안다며 찾아왔으니 두 아이에게는 내가 놓치고 싶지 않은 사람이었을 것이다. 엄마 아빠에 대한 소식을 들을 수 있을까 기대할 수 있는 사람이었을 것이다. 그 마음으로 두 아이는 깜깜한 새벽길을 걷고 또 걸어서 내가 묵는 숙소를 찾아왔을 것이다. 그런데 그때 나는 두 아이의 마음을 제대로 헤아리지 못했다. 20년 전 제대로 헤아리지 못했던 슬픔들이 한참 시간이 흐른 후 세일링을 볼 때마다, 그리고 디에고를 볼 때마다 불거졌다. 미안한 마음과 함께.

미국으로 간 아버지와 소식이 끊기고, 새아버지와 살림을 차린 엄마 밑에 살던 그 시절, 하루에 열두 시간 이상 서서 일을 하던 세일링과 달리 디에고는 언제나 취해 있었다. 디에고의 방황은 술로 시작해서 마약으로 이어졌다. 그리고 어느 날 홀연히 북쪽 어느 농장으로 일을 하러 간다 하고 소식이 끊겨졌다. 엄마 안토니아에게도, 동생 세일링에게도 연락을 하지 않았다.

낯선 도시 산호세에서 남편의 폭력으로부터 막 빠져나왔을 즈음, 홀연히 오빠 디에고가 나타났다. 여자 한 명을 데리고. 여자 역시 오랜 시간 마약을 한 듯했다. 비둘기 집처럼 좁은 곳에서 세일링과 두 딸, 그리고 오빠와 그 여자가 며칠을 함께 지냈다. 그러다 어느 날, 오빠가 다시 사라졌다. 세상 천지 갈 곳이 없다던 그 여자만 남겨 둔 채.

세일링의 어깨 위에 짐 하나가 더 얹혔다.

하지만 한편으로는 다행한 일이기도 했다. 아이들이 여자를 좋아했고 여자도 아이들을 좋아했다. 그간 세일링은 늦은 밤 잠든 아이들만 두고 일을 나가야 했다. 낯선 도시에서 초등학교에도 들어가지 않은 아이들 둘을 재워 놓고 일을 나가는 마음이 너무 힘들었다. 그런데 오빠가 데려온 여자가 집에 남게 되면서 자정을 넘겨 일을 나가야 하는 세일링의 마음이 한결 가벼워졌다. 그렇게 낯선 도시의 끝자락에서 네 명의 식구가 탄생했다.

세 명의 가족에 한 사람이 더해져 네 명이 되었지만, 다행히 큰 부담이 되지 않는 수의 조합이었다. 버스를 탈 때면 어른 표 두 장을 끊어 각자 아이들을 안고 탔고, 택시를 탈 때도 문제가 되지 않았다. 나를 만나러 올 때도 오빠와 함께 왔다던 그 여자가 그림자처럼 따라왔다. 내가 세일링과 오랜 시간 이야기하는 동안 그녀는 옆에서 휴대전화에 파묻히거나 아이들을 시선으로 좇으며 조용히 앉아 있었다. 천성이 조용한 사람 같았다.

세일링은 산호세의 제법 큰 빵집에서 일하고 있었다. 제과점 일의 특성상 그녀는 밤에 나가 일을 해야 했다. 새벽 한 시에 나가 가게 문을 열고 재료를 받은 뒤 빵이 만들어지고 진열되기까지 한순간도 쉬지 못하는 일이었다. 세일링은 아이들이 자는 동안 출근해서 일을 하고 오전 10시가 되면 집에 돌아와 아이들과 시간을 보냈다. 오빠가 여자를 데리고 나타났을 때, 그리고 오빠가 여자를 두고 홀연히 사라졌을 때 세일링은 다시 한번 삶에 배반당한 느낌이 들었다고 했다. 그런데 이젠 여자한테 그리고 오빠한테 감사한 마음이 든다고 했다. 이상한 조합이긴 했지만, 식구가 되어 준 여자 덕분에 밤에 일을 나갈 때 마음이 놓이더라고 했다. 그리고 지금 이 순간이 더 없이 평온하고 감사하다고 했다.

오빠와 함께 왔던 여자가 집에 남게 되고 이래저래 몸도 그리고 마음도 끝이 보이지 않을 것 같았던 터널을 빠져나오는 것 같던 즈음 빵집에서 일하면서 우연히 손님과 점원 사이로 알게 된 어느 변호사가 세일링을 도왔다. 그 덕분에 그녀는 남편을 경찰에 신고할 수 있었고, 경찰의 접근 금지 명령을 무시하던 남편의 폭력으로부터 두 아이를 지킬 수 있었다. 가끔 남편이 와서 그녀를 협박했지만, 이제는 세일링도 물러서지 않는다고 했다. 아이들을 지켜야 했다. 세일링은 아이들을 지키기 위해서라면 무서울 것이 없다고 했다.

놀이터에서 노는 아이들에게 시선을 둔 채 이야기를 이어가는 세일링의 표정은 그 어느 때보다 편안해 보였다. 그간 봐 왔던 그녀의 표정 가운데 가장 밝고 자신 있는 얼굴이었다. 그녀의 10대를 생각할 때마다 나는 숨이 막혔다. 그 어떤 서류로도 스스로의 존재를 증명할 수 없이 살던 그 시절에 비하면 그녀의 상황은 훨씬 좋아진 셈이다. 그녀 스스로는 여전히 자신을 증명할 수 없지만, 적어도 이곳에서 그녀는 이 나라의 국적을 가지고 태어난 두 아이의 엄마였다. 그래서인지 그녀는 전보다 훨씬 강해져 있었다.

커피밭 사람들, 그 후 20년

아빠, 프레디

세일링이 아빠 프레디의 이야기를 꺼냈다. 아빠와 연락이 닿았다고. 이미 오래전에, 페이스북을 통해 아빠를 찾았다고. 그래서 오래전부터, 푸에르토 히메네스에 살던 그 시절에도 미국의 아빠가 어떻게 살고 있는지 알고 있었다고 했다.

미국, 그곳에서의 아빠의 삶은 이곳에서의 그녀의 삶과 너무 달라 보였다. 세일링의 상상 이상이었다. 사진에 보이는 집은 번듯했고 그 안에 있는 아빠와 낯선 여자는 행복해 보였다. 가구들도 잘 갖춰져 있었다. TV 속에서나 볼 수 있었던 그런 집에 아빠가 살고 있었다. 그 안에 살아가는 사람 모두가 행복해 보였다. 어릴 적 코스타리카로 커피를 따러 내려간 엄마와 아빠를 기다리며 얹혀살았던 가난한 친척집, 아픈 엄마를 따라와 살게 된 새아빠 집, 그리고 아빠가 미국으로 가기 전 몇 년에 걸쳐 지은 고향집 들과는 비교가 되지 않을 만큼 고급스러워 보였다.

세일링은 미국에서 잘사는 아빠가 어쩌면 출생조차 증명할 수 없는 자신의 삶을 구원해 줄지 모른다는 생각을 했었다고 했다. 그간의 원망보다 기대고 싶은 마음이 더 컸다. 탈출을 감행했다. 그곳에 가면 아빠와 같은 삶을 살 수 있을 것 같았다.

코스타리카 바닷가. 미국인들이 내려오는 곳이라면 얼추 정해진 탈출 행로에 그녀도 발을 디밀었다. 미국에서 온 늙은 남자를 따라 나섰다. 그리고 남자와 함께 수도 산호세로 나가는 사설 비행기에 올랐다. 설령 미국에 닿지 못한다 해도 유령처럼 존재하지 않는 사람이 되어 하루에 열대여섯 시간씩 일을 해야 하는 작은 항구도시만 벗어나도 살 것 같았다. 숨통이 트일 것만 같았다.

그런데 그 계획은 너무 빨리 일그러졌다. 푸에르토 히메네스를 떠나는 것에는 문제가 없었는데 산호세에서 한눈에 봐도 미성년자가 분명한 어린 여자아이가 가족이 아닌 듯한 낯선 외국인을 따라나선 것을 수상하게 본 공항 직원이 이들의 관계를 추궁했다. 그렇게 세일링의 탈출 계획이 막을 내렸다. 미국에 닿기도 전에. 뒤늦게 연락을 받고 쫓아간 엄마 안토니아에게 잡혀 다시 보이지 않는 존재가 되어 세상의 끝 항구 마을로 돌아왔지만 세일링의 마음 한편에는 늘 미국에 사는 아빠가 있었다. 그곳만이 그녀가 처한 이 지독한 상황을 벗어날 수 있는 유일한 탈출구라고 생각했다. 그럼에도 아빠에게 연락은 하지 않았다. 혹시 아빠가 자기를 모른 척 할까봐, 그것이 무서웠다고 했다.

그러던 세일링이 미국에 있는 아빠 프레디에게 연락을 했다. 남편의 지독하고 잔인했던 폭력으로부터 도망치지 못한 채 살아가던 시간이었다. 두 아이를 지키기 위해 20년 만에 처음으로 아빠에게 도움을 청했다. 세일링이라고, 20년 전 당신이 두고 간 당신의 딸 세일링이라고, 돈을 좀 보내 달라고, 연락을 취했다. 아빠 프레디에게서 답은 왔지만, 당신의 미국 생활이 얼마나 힘든지에 대한 푸념 일색이었다. 당신이 두고 간 딸이 20년을 어떻게 살았는지 안부도 묻지 않았다. 돈도 끝내 오지 않았다.

해가 서서히 기우는데 그녀의 이야기는 계속 이어졌다. 천진스럽게 뛰어 노는 아이들을 앞에 두고 그녀의 이야기는 끊기지 않을 것처럼 이어졌다. 그제야 코스타리카 남쪽 끝 작은 바닷가 마을에서 보이지 않는 존재가 되어 유령처럼 살 수밖에 없었던 그 시절 그녀의 침묵이, 그리고 늘 서늘했던 그녀의 표정이 내게 조금 더 선명하게 소환되었다. 그 시절 그녀의 침묵과 서늘했던 표정 뒤에 숨겨졌을 아픔이 조금 더 예리하게 내게 다가왔다.

갇힌 벽에서 탈출하려던 시도들이 실패로 끝날 때마다 그녀는 어쩌면 그녀의 오빠 디에고처럼 술이나 약의 기운을 빌어 세상으로부터 도망치고 싶기도 했을 것이다. 그런데 세일링은 단 한 번도 자신의 세상으로부터 도망치지 않았다. 말을 감추고 표정을 감추면서 그녀가 처한 지독한 현실을 함께 감췄다. 포기할 법도 한데, 그녀는 단 한 순간도 포기하지 않고 자신을 가둔 벽을 긁고 또 긁었을 것이다. 조용하게, 서늘하게, 그러나 절박함에 손톱이 닳아지도록, 닳아진 손톱에 피가 나도록.

어찌되었든, 세일링은 그 절망스러웠던 바닷가 마을로부터 탈출했고 지금은 두 딸과 함께 살고 있다. 씩씩하고 당당하게. 다음 날 새벽 한 시에 출근을 해야 한다며 날이 어두워질 무렵 그녀가 아이들을 챙겨 일어섰다. 전 남편으로부터 어떤 도움도 받지 못한 채 오직 혼자 벌어 두 아이들을 키우는 상황이지만, 그녀는 이제 더 이상 세상이 무섭지 않다고 했다. 그렇게 나는 다시 세일링과 헤어졌다.

제6부
그 후 20년

안토니아 가족 2023년

2023년, 코로나 바이러스의 광풍이 지나간 후 다시 찾은 코스타리카는 낯설었다. 안토니아를 찾아가는 길, 오랜 시간 연락하지 못한 채 시간이 흘렀으니 혹 그녀가 다시 사라져 버린 것은 아닐까 하는 불안한 마음이 없지 않았다. 코스타리카에 도착한 다음 날, 수도 산호세 시내 한복판에 있는 터미널로 갔다.

코스타리카의 장거리 버스들은 여전히 각 노선 별로 서로 다른 터미널을 가지고 있다. 안토니아가 사는 히메네스 항구로 가는 버스가 출발하는 터미널은 산호세에서 가장 위험하다는 구도심 한복판이다. 터미널에 닿기도 전에 구도심의 칙칙함과 무질서

함이 몸에 끈적끈적 엉겨 붙었다. 좁은 인도에 널브러진 노숙자들을 이리저리 피해 걸었다. 그 와중에 거리의 상인들은 뭐든 하나씩 손에 들고 소리를 질러 가며 호객하고 있었다.

등 뒤로 맨 배낭 끈을 바짝 조이고 빠르게 걸어 터미널 안으로 들어갔다. 벽 없이 지붕만 있는 열린 공간임에도 비릿하고 퀴퀴한 냄새가 났다. 여기저기 쓰레기와 사람들이 엉켜 있었다. 하루에 두 번 출발하던 버스가 코로나 팬데믹의 여파로 하루 한 번만 출발한다고 했다. 버스 출발 시간이 한참 남았는데도 사람들은 문도 열지 않은 버스 옆으로 길게 줄을 서 있었다. 표를 보니 좌석 번호가 지정되어 있었다. 그런데도 사람들은 버스 곁을 떠나지 않고 땡볕 아래 하염없이 서 있었다.

줄 선 사람들 대부분이 서늘한 산호세 날씨에 맞지 않게 노출이 과한 옷들을 입고 있다. 미국이나 유럽에서 온 듯한 젊은 여행객들이 더러 섞여 있지만 대부분 히메네스 항구 어디쯤에서 삶의 뿌리를 내리고 살아가는 사람들 모습이었다. 그들에게선 바닷가 사람들 특유의 분위기가 느껴진다. 비닐이나 상자에 담은 짐과 색 바랜 옷에 낡은 슬리퍼 일색. 그것이 외국에서 온 젊은 여행객들과 그들 사이를 확연하게 가르는 차림이었다.

사람들이 줄을 서기에 나도 얼떨결에 줄을 서긴 했지만, 마음은 자꾸만 뒤로 물러섰다. 열 시간 이상 더위에 시달리며 무릎이 꽉 낄 만큼 좁은 좌석에 앉아 갈 일이 아득했다. 코스타리카 버스들은 유독 좌석 간 앞뒤 간격이 좁다. 여느 나라에 비해, 그리고

커피밭 사람들, 그 후 20년

그 나라 물가에 비해 유난히 싼 교통비 때문인지 45인승 정도 되는 버스의 좌석번호는 70을 훌쩍 넘어선다. 가는 여정이 아무리 힘들어도 열 시간 정도만 참으면 되는 일이니, 그런 일쯤이야 가볍게 마음먹고 넘긴다 쳐도, 또 마음 한편에선 당장 오늘 밤에 대한 걱정이 심란함으로 들고 일어났다. 안토니아에게 가겠다고 기별은 했지만, 과연 그곳에서 안토니아를 만날 수 있을까 싶었고 운이 좋아 그녀를 만나게 된다 해도 당장 오늘 밤 자게 될 곳은 어떨까 싶은 걱정이 없지 않았다.

자꾸만 뒷걸음질 치려는 마음을 달랬다. 이런 일은 기계처럼 생각 없이 하는 것이 상책임을, 그간 이 길을 걸어오며 체득했다. 버스에 몸을 구겨 넣고 어찌할 수 없는 더위 속에서 누군가가 주는 음식을 먹고 주어지는 잠자리에 드는 사람이, 내가 아닌 타자라 생각하면 마음이 한결 가벼워진다. 내가 찾아가는 그곳 사람들뿐 아니라 나 또한 나에게 타자가 되면 되는 일이다.

마음을 비우고 줄 선 이들 속에 나를 기꺼이 끼워 넣는다. 출발 시간이 임박해서인지 버스 주변으로 사람들이 몰려들었다. 버스에 승객이 오르기 전, 짐칸에 짐이 먼저 실렸다. 가까이 있는 시장 쪽에서 상자들이 끊임없이 실려 와 버스 짐칸에 옮겨졌다. 짐을 싣는 짐꾼들과 승객들이 서로 엉켜 북적이는 사이로 뭔가를 팔기 위한 외침들이 웅웅거렸다. 명색은 터미널이지만 노선은 딱 하나, 그것도 겨우 하루 한 번. 히메네스행 버스가 출발하고 나면 파장일 터, 주전부리들을 비닐에 엮어 양손에 낀 장사꾼들이 버스가 떠나기 전에 하나라도 더 팔려고 악을 써 가며 안달이었다.

땡볕을 조금이라도 피해 볼 요령으로 버스 옆에 바짝 붙어 섰다. 마침 기대어 선 자리 버스 옆 면에 제조회사가 한자로 새겨져 있다. 최근 몇 년 사이 이 나라에는 중국의 영향이 점점 세지고 있고 수도 산호세 한복판에도 차이나타운이 버티고 섰던데, 버스도 그 여세의 영향을 받은 모양이었다. 라틴아메리카 국가들 중 중국인에 대한 차별이 가장 가혹했던 이 나라 수도 산호세에 차이나타운이 들어선 것만으로도 신선한 충격인데 이들의 생활 곳곳에 중국의 영향들이 점점 촘촘히 스며들고 있었다.

버스에 몸을 기대고 서서 앞에 선 처자에게 몇 시쯤 이 버스가 히메네스 항구에 닿는지 물었다. 오후 여섯 시쯤 도착할 것이라고 했다. 어라? 열 시간 이상 걸릴 것으로 알고 있었는데, 그간 길 사정이 좋아진 것인가? 아니면 버스 사정이 좋아진 것인가? 하여간, 그 처자의 답으로 암담했던 마음이 확 펴졌다. 예닐곱 시간 정도라면 아무리 좁은 좌석에 몸이 구겨져 실려간다 해도 너끈히 견딜 수 있을 것 같은 마음이 들었다. 마음이 가벼워졌다.

탑승이 시작되어 버스에 오르면서 표를 받는 조수에게 다시 한번 도착 예정 시간을 물었다. 운이 좋으면 저녁 여덟 시 그렇지 않다면 밤 열한 시 혹은 열두 시를 넘겨 히메네스에 도착할 것이라는 답이 돌아왔다. 아, 조금 전 물어봤던 처자가 아무래도 잘못 알고 있었던 것이로구나. 잘 모르면 모른다고 하지….

차에 오르고 보니 번지르르 하던 겉모양과 달리 버스 안은 많

커피밭 사람들, 그 후 20년

코스타리카의 수도 산호세에 차이나타운이 등장했다. 자국의 흑인, 주변 국가들의 이방인들뿐 아니라 중국인에게도 혹독한 차별을 가했던 이 나라의 제노포비아 역사에 비춰볼 때 놀라운 일이 아닐수 없다. 어찌되었든, 차이나타운이 들어선 이후 코스타리카의 많은 것들이 하나 둘 중국산으로 바뀌어 가고 있다. 지난 2011년 산호세에 새로 들어선 국가 주 경기장도 중국 정부가 수교 기념으로 선물한 것이고, 이후 다리나 항구 같은 국가 기반 시설에도 중국 자본이 대거 투입되고 있다. 물론, 시민들의 소소한 일상품 역시 중국산이 대부분이다.

이 낡아 있었다. 좌석 등받이는 제대로 세워지지도 않은 채 삐뚤어져 있었고 시트는 푹 꺼져 있었다. 겉에서 봤을 땐 거의 새 차같아 보였는데, 속은 형편없이 낡아 있었다. 대책 없이 뒤로 젖혀

진 앞 좌석의 등받이가 내 코앞에 있었다. 게다가 에어컨조차 없다. 아, 이렇게 열 시간 이상을 견뎌야 하다니. 다시 앞으로 갈 길이 엄청나게 막막해지기 시작했다.

산호세를 출발한 버스는 곧장 태평양 바닷가 쪽으로 방향을 잡았다. 수도 산호세는 위도 상 북위 10도에 위치해 있어도 해발 고도가 1,000미터를 넘어선 덕분에 일년 내내 봄 같은 날씨이지만, 바닷가 쪽으로 내려가면 그야말로 덥고 습한 열대기후다. 그러지 않아도 사람을 가득 태워 더운 차 속이 고도를 낮춰 바다 쪽으로 내려가면서 더욱 달아올라 숨이 턱턱 막힌다. 바깥이라도 보면 좀 나아질까 싶어 창 밖으로 시선을 돌려보지만, 칙칙한 팜 농장만이 끝없이 이어진다. 해가 지지 않았음에도 팜 나무들에 가려 사위가 어둑했다.

하루에 한 번 오가는 노선이니 출발 지점에서 이미 만석이었는데도 버스는 길을 가면서 계속해서 사람들을 태웠다. 그들 모두가 입석으로 버스에 올라 예닐곱 시간을 실려 간다. 그런데도 그들은 아무 불만이 없는 듯 목석처럼 무표정하다. 길 위에 서 있던 자신들을 위해 버스가 서 준 것 만으로도 고마운 모양이다. 나는 그나마 엉덩이라도 붙이고 앉았으니, 도무지 불평할 수 없다.

해가 질 무렵부터 비가 내리기 시작했다. 스콜! 비가 들이치면서 그나마 숨통이 돼 주었던 창문이 닫힌다. 안경에 뿌연 김이 서린다. 몸이 늙은 것인지, 마음이 늙어 버린 것인지, 이런 상황이 별일 아니었던 지난 시간들이 아득하다. 그리고 당장의 앞일도

커피밭 사람들, 그 후 20년

아득하다. 앞으로 몇 년이나 더 이런 여정을 이어갈 수 있을까? 도착하면 한밤중일 텐데 히메네스 항구에서 나는 안토니아를 만날 수 있을까? 당장 오늘 밤은 어디에서 잠을 청할 수 있을까?

길 중간중간 사람들을 태우고 비까지 내려 여정은 하염없이 늘어졌다. 산호세에서 출발하기 직전 나는 안토니아에게 내가 갈 거라는 소식을 알렸다. 서로가 어디에서 만날지, 몇 시에 도착할지 정한 것은 없었지만, 사정은 안토니아가 오히려 더 잘 알고 있을 것이고, 대략의 시간에 맞춰 그녀가 버스 터미널에 나와 나를 기다릴 것이라고 막연히 기대했다.

중간중간 사람을 태우고 내리느라 하염없이 시간이 늘어지는 여정에 소요 시간을 대략 열 시간 정도로 생각하고 그 시간에 맞춰 버스 터미널에 나와 있을 안토니아가 걱정이었다. 아무래도 밤 열 시를 훌쩍 넘겨 히메네스에 닿게 될 것 같았다. 혹시 기다림에 지쳐 집으로 돌아가 버리면 어쩌나 싶었다. 한밤중에 도착할 그곳에서 안토니아를 만나지 못한다면 참으로 난감할 상황이었다. 그렇다고 휴대전화기를 가지고 있지도 않으니 연락을 취해 그런 상황을 알려 줄 수도 없었다.

오후 내 태평양을 향해 기울던 해가 완전히 사라지고 날이 어두워지기 시작하면서 나의 몸과 마음은 상황을 있는 그대로 받아들인 듯했다. 푹 꺼진 의자와 제대로 세워지지 않아 삐뚤어진 등받이가 오히려 익숙하게 느껴졌다. 날이 어두워지니 마음도 한결 차분해졌다. 어서 이 여정이 끝나길 바라고 있었지만 어쩌면 지금 이 버스 안의 환경이 당장 오늘 밤 머물게 될 곳보다 좋을 수도 있겠다는 생각이 들었다. 태평양 연안을 따라 내려가던 버스가 오사반도Peninsula de Osa에 접어들었는지 주변에 민가라고는 한 채 보이지 않았고 오고 가는 차도 없었다. 간간이 비가 뿌리는 칠흑 같은 밤이었다. 그 와중에도 어쩌다 집들이 나타나면 버스 기사는 차를 세웠다. 그리고 버스에서 내려 짐칸을 열고 크고 작은 상자들을 꺼내 그곳에 비를 맞으며 선 채 버스를 기다리던 누군가에게 상자들을 전달했다. 버스가 택배 서비스까지 겸하고 있는 것 같았다. 어쩌면 화물운송이 주고 승객은 곁다리로 실려 가는 것 같기도 했다.

히메네스에 도착한 시간은 자정을 넘어선 즈음이었다. 멀리 드문드문 불빛이 보였고 곧 마을로 차가 들어섰다. 버스의 종점. 드디어 히메네스였다. 몸은 온통 땀으로 젖어 있었다. 버스 안에 불이 켜지고 주섬주섬 짐을 챙겨 나서는데 창밖에서 누군가 나를 향해 손을 흔든다. 안토니아였다. 그녀 옆에서 제법 큰 아이가 더 반갑게 손을 흔들며 펄쩍펄쩍 뛰고 있었다.

안토니아와 아이가 뭐라고 외치고 있었지만 어수선한 버스 안에서 소리를 제대로 들을 수 없었다. 내가 버스에서 내렸을 때 안토니아는 '오! 신이시여, 이 기적에 감사합니다'라고 소리쳤다. 안토니아 옆에서 펄쩍 펄쩍 뛰면서 손을 흔들던 아이는 나쟈라, 그녀의 딸이었다. 아주 어릴 적에 봤던 안토니아의 딸이 훌쩍 커 있었다. 그만큼 많은 시간이 흘러 있었다.

차에서 내려 안토니아와 인사를 나누기도 전에, 아이가 나에게 와서 덥석 안겼다. 아, 분명히 나에 대한 기억이 없을 텐데, 엄마 안토니아에게 그간 나에 대한 이야기를 들은 것인지, 아니면 성정이 워낙 따뜻한 것인지 아이는 나에게 스스럼이 없었다.

늦었지만 뭐라도 좀 사서 집으로 가고 싶은데 터미널 한편에 대절 택시가 기다리고 있었다. 언제 도착할지 모를 나를 위해 안토니아가 미리 불러둔 택시였다. 너무 늦어지면 택시를 부를 수도 없을 것 같아 한참 전부터 대절시켜 놓고 있었다고 했다. 나의 도착 시간이 늦어지는 바람에 택시 기사의 대기 시간도 길어졌을 터, 서둘러 집으로 향했다. 길 중간에라도 가게가 보이면 뭐라도 살까 싶었는데, 그 시간에 문을 연 가게가 있을 리 없었다.

늦은 밤, 안토니아의 마을로 차가 들어갔다. 오래전 와 봤던 동네, 널판으로 벽을 대고 함석으로 지붕을 얹은 집들이 다닥다닥 붙어 있는 곳이었다. 너무 늦은 시간이라 마을에 있는 대부분 집들은 불이 꺼진 채 어둠 속에 바짝 웅크리고 있었다. 밤에 보니 지붕 낮은 집들이 갯바위에 촘촘하게 붙은 조개껍데기 같기도 했다. 그 사이를 비집고 들어가던 택시가 멈춰선 곳, 안토니아의 집에만 작은 백열등 하나가 켜져 있었다. 택시가 마당 입구에 닿자 안토니아의 남편 돈 산티아고가 밖으로 나왔다.

돈 산티아고의 품에 갓난아이가 안겨 있었다. 혹시 또 아이를 낳았나 싶어 안토니아를 보는데 안토니아가 내 놀라움을 알아채고 아니라고 손사래를 친다. 그녀가 돌봐 주고 있는 아이라고 했

지난 해 그녀를 찾아갔을 때, 그녀와 남편은 마을에 사는 미국 사람의 아이를 돌봐주고 있었다. 아이 엄마는 아이를 안토니아 집에 맡겨두고 주말에만 데려간다고 했다.

다. 아이의 엄마는 미국 사람인데, 아이를 안토니아 집에 맡겨 키운다고 했다. 그 말을 듣는 순간, 그래도 안토니아와 돈 산티아고가 이 마을에서 신뢰를 얻고 사는구나 싶었다.

늦은 저녁을 먹었다. 식구들 모두 내가 오기를 기다리며 저녁을 먹지 않은 상태였다. 나 역시 아침 이후로 끼니를 거른 채 그제서야 먹는 저녁이었다. 안토니아의 남편 돈 산티아고는 새벽 세시 반이면 먼 길을 나서 출근을 해야 하는데 아직까지 저녁을 먹

커피밭 사람들, 그 후 20년

지 않았다고 했다. 반가우면서도 고맙고 또 한편 미안한 마음이
들었다.

이들의 딸 나쟈라를 어릴 적 보고 못 봤는데 그 사이 한 7-8년
이 훌쩍 흐른 것 같다. 그간에도 코스타리카에 오기는 했지만 이
구석진 곳 히메네스까지 올 마음의 용기를 얻지 못했었다. 오고
가는 길이 먼 데다 너무 더운 곳이라 선뜻 오지 못했었다. 미안한
일이다.

늦은 저녁을 먹고 나서 나쟈라의 방에 짐을 풀었다. 이전에 살
던 집을 헐고 그 위에 새로 지은, 제법 튼튼한 시멘트 집이었다.
중천장 없이 나무로 된 골조 위에 함석으로 지붕을 얹어 쓰지만
그래도 방과 방 사이에 시멘트 벽이 있었고 부엌도 제법 구색을
갖추고 있었다. 자정을 넘기고도 여전히 더운 날이었다. 선풍기
에선 열기가 뿜어져 나왔다. 작정하고 달려드는 모기라도 쫓을
요량으로 선풍기의 풍속을 올렸다.

· 세상 끝에 새로 지은 집

잠이 든 지 얼마 지나지 않은 것 같은데 인기척이 들렸다. 시계를
보니 새벽 두 시. 안토니아가 부엌에 나와 있었다. 문을 열고 나가
니 어서 들어가 더 자라고 손짓한다. 물 한 잔을 청해 마시며 왜
이렇게 일찍 일어났느냐 물으니 항상 이 시간에 일어나 곧 출근
해야 하는 남편의 아침과 도시락을 준비한다고 했다. 예전에 내
가 이곳에 왔을 때는 직장인 농장이 너무 멀어 남편 산티아고가

한 번 들어가면 사나흘을 머물다 나왔는데 지금은 오토바이가 있어 이른 새벽 출근하고 오후에 퇴근한다고 했다. 새로 지은 집도 그렇고 산티아고의 오토바이도 그렇고, 그 사이 그나마 조금이라도 안토니아의 살림이 편 것 같아 마음이 좋았다.

새벽 네 시가 조금 안 된 시간 산티아고가 오토바이에 시동을 걸어 출근하고 난 뒤 안토니아와 내가 각자의 방으로 들어가 다시 잠을 청했지만 어쩐지 나는 쉽게 잠이 오지 않았다. 안토니아를 만난 세월이 그새 20년이 넘었다. 그간 몇 번이나 연락이 끊어질 듯하다가 다시 이어진 인연. 그리고 지금 나는 안토니아의 집 한편에 누워 있다. 우리가 처음 만났던 타라수도 아니고, 그렇다고 그녀의 고향 마을이 있는 니카라과도 아닌, 전혀 생각지도 못했던 코스타리카 남쪽 끝 작은 항구의 가난한 마을 한편에 누워 있다. 안토니아의 전 남편 프레디를 통해 안토니아를 알게 되었지만, 지금 나는 그녀의 새 남편 돈 산티아고의 집 한편에 누워 있다.

그간 세상의 끝처럼 느껴지는 먼 항구 마을에 그녀를 만나러 올 때마다 그녀가 일하는 주인집에 머물기도 했고 때론 그녀의 아들 디에고와 세일링이 같이 쓰던 방 한편에 신세를 지기도 했는데, 처음으로 번듯한 방에 행장을 풀고 누웠다. 상냥한 딸 나쟈라는 내게 방을 내주겠다고 이미 엄마 방으로 이사까지 끝냈다고 했다. 아이의 상냥함이 고마웠다.

이 정도면 됐다. 그간 너무 오랜 시간 보지 못했으니 혹 연락이 끊어질 수도 있었는데 지금 다시 나는 이렇게 안토니아의 집 한

커피밭 사람들, 그 후 20년

안토니아와 산티아고가 집을 새로 짓고 벽에 페인트도 칠했다. 그리고 그 벽에 가족사진들을 걸었다. 가족 모두가 모여 찍은 가족사진이 아닌, 가족들의 사진이었다.

가족사진. 이 사진을 찍을 때, 산티아고는 가족사진을 찍어줘 고맙다고 했다. 그간 자신의 집에는 지금 사는 가족이 함께 찍은 사진이 없었다며 이 사진을 벽에 걸겠다고 아주 좋아했었다.

편에 누워 있다. 혹여라도 코로나 바이러스 팬데믹 기간 동안 그녀에게 무슨 좋지 않은 일이라도 생겼을까 싶어 걱정했었다. 다행스럽게도 안토니아는 무사히 그 시절을 견딘 듯하다. 다만, 니카라과 산타루시아 마을에 살던 프레디의 할아버지 돈 레이놀드는 역병을 피하지 못하고 돌아가셨다고 했다. 어젯밤 안토니아로부터 들은 소식이다. 나이 아흔을 넘기고도 그 어떤 자식에게도 기댈 수 없는 상황에서 당당하게 당신 손으로 생계를 잇던 분이었는데 역병에 스러졌다니 안타까웠다.

· **프레디가 남긴 유일한 선물**

안토니아와 나흘을 같이 지냈다. 그곳에 머무는 동안 안토니아는 내게 프레디에 대한 소식을 여러 번 물었고, 또 여러 번 프레디의 소식을 내게 전해줬다. 심지어 프레디의 사진도 보여 줬다. 사실 요즘같이 SNS가 일상화된 시절에 그의 사진을 구하는 것은 그리 어려운 일이 아니었을 것이다. 프레디는 여전히 미국 마이애미에 살고 있었다. 주방 가구 설치하는 일을 하며 '그 여자'와 같이 살고 있다고 했다.

돈을 버는 족족 '그 여자'의 수중으로 들어가니 프레디는 돈 구경도 하지 못하고 살아 간다고, 그래서 자식인 세일링이나 디에고에게 경제적 지원을 해 주고 싶어도 할 수가 없다고, 하다못해 디에고라도 돈을 써서 미국으로 데려가 주길 바랐는데 그 수중에 돈이 없으니 그러지도 못하는 것 같다고. 안토니아는 때론 프레

커피밭 사람들, 그 후 20년

디에게 화가 난 듯, 그리고 때론 프레디가 안쓰러운 듯 내게 프레디의 소식을 전했다. 안토니아가 보여 주는 사진 속 프레디에게서 세월의 흐름이 느껴졌다. 지난 20여 년 사이, 그 역시 늙어 가고 있었다.

프레디와 안토니아가 결혼하여 아이들을 낳고 살았던 니카라과 산타루시아 마을에는 여전히 그들의 집이 있다고 했다. 온통 흙먼지투성이던 그 마을에 20년 전 내가 봤던 그대로, 골조와 지붕만 갖춘 그들의 집이 있다고 했다. 그 정도라도 그 마을에서라면 충분히 훌륭한 집일 텐데 프레디가 미국으로 가고 이어 안토니아는 코스타리카로 왔으니, 그리고 디에고와 세일링도 이곳 코스타리카로 따라왔으니 그 집을 관리하기 힘들었을 것이다. 그래도 프레디가 판 우물이 있어 바로 옆에서 살고 있는 안토니아의 연로하신 부모님이 그곳에서 물을 길어 생활한다고 했다. 그 우물이 없었더라면 한참을 걸어 내려가 물을 길어야 할 텐데 그 우물 덕분에 몸이 불편한 부모님이 물 긷는 고생만은 덜고 살아 간다고 했다. 안토니아는 그 부분이 여전히 프레디에게 고마운 일이라고 했다.

미국으로 간 프레디가 돈을 보내줘 판 우물. 그 우물을 나도 기억한다. 미국에서 가끔 연락을 해오던 프레디와 소식이 끊기고 코스타리카에서 일하던 안토니아와도 소식이 끊겼을 때 나는 니카라과 산타루시아 마을에 있다는 그들의 집을 찾아갔다. 그곳에서라면 프레디와 안토니아 소식을 들을 수 있을 것이라 생각했다. 그런데 갈 때마다 그 집에는 프레디도 안토니아도 없었다. 세간살이 하나 없는 텅 빈 집에는 오직 우물만이 늘 그 자리를 지키고 있었다. 그리고 그 우물 앞에서 안토니아와 그의 아들 디에고, 딸 세일링이 찍은 사진 한 장이 브로크 벽돌이 그대로 드러난 거친 벽에 유일한 세간으로 걸려 있었다.

미국에 간 프레디가 돈을 보내 줘 판 우물이었다.

프레디가 미국에 있는 동안, 안토니아는 마을 사진사를 불러 그 사진을 찍었을 것이다. 그 우물 앞에서 아들 디에고와 딸 세일링을 양옆에 두고 사진을 찍어 프레디에게 보내 줬을 것이다. 미국에 있는 프레디는 분명 그 사진을 가지고 있을 것이다.

내가 안토니아의 집에 머무는 그 며칠 동안, 그녀는 몇 번이나 내게 말했다. 프레디와 결혼하여 아이 둘을 낳고 살면서 프레디에게 받은 유일한 선물은 그 우물 하나였다고. 프레디가 자신을 배신했지만 그 우물 덕분에 지금도 니카라과에 사는 연로한 부모님이 물을 길러 힘들게 먼 곳까지 가지 않고 그곳에서 물을 해결할 수 있게 되었으니 그걸로 족하다고. 그것이 프레디에게 참 고마운 일이라고. 안토니아는 가끔 그녀의 현재 남편 돈 산티아고 앞에서도 프레디에 대해 미운 마음과 고마운 마음들을 표현했다.

• 세상에 진 싸움꾼, 디에고

디에고는 여전히 세상을 피하면서 살아가는 것 같았다. 안토니아의 말로는 그가 죽었는지 살았는지도 모른다고 했다.

커피밭 사람들, 그 후 20년

디에고가 이곳 히메네스 항구에서 엄마 안토니아와 함께 살던 시절, 몇 번이나 마주쳤지만 그때마다 그는 나를 피했다. 디에고가 일곱 살 먹었을 적, 내가 묵던 숙소로 동생과 함께 찾아왔을 때 나는 그에게 무슨 말을 해야 할지 몰랐다. 겨우, 너희 엄마와 아빠는 참 좋은 사람이라는 말밖에 할 수 없었는데, 프레디에게서 연락이 끊기고 안토니아가 이곳 코스타리카에서 새로운 가정을 꾸려 살게 되면서 나는 오래전에 내가 해 줬던 그 말 때문에 그에게 미안해졌다.

그가 마약을 한다는 것이 느껴지던 즈음, 그는 나뿐 아니라 이 세상 모두를 피해 살아가는 모습이었다. 세상의 가장 외진 곳으로 숨어들 듯, 늘 한 번 들어가면 사나흘에서 길게는 한 달 가까이 바깥으로 나올 수 없는 곳을 떠돌며 일을 했다. 그가 일하는 곳은 길도 제대로 갖춰지지 않은 곳들이었다. 디에고는 초등학교를 졸업하기도 전에 스스로를 그런 곳에 가둬 가며 살았다. 이곳 코스타리카에 엄마와 새아버지가 사는 집이 있긴 했지만 그는 이곳에 스며들지 못했다.

마약에 취해 살아가는 아들 디에고를 두고 엄마 안토니아는 세상에 진 싸움꾼이라고 했다.

세일링은 아빠를 찾으려고 했었지만 디에고는 그 일에 관심조차 두지 않았다. 미국으로 갈 수만 있다면, 지금 이곳에서의 삶과는 완전히 다른 삶이 기다리고 있을 것이라고, 훨씬 더 수월하게 돈을 벌 수 있을 것이라고, 안토니아는 아쉬워했다. 하지만 디에고는 아빠를 찾지 않았다. 지독하다 싶을 만큼 그 일에 무관심했다. 어쩌면 그런 무관심이야말로 아빠에게 서운한 마음과 화나는 마음을 표출하는 그만의 방식인지도 모르겠다.

아주 가끔, 정말 어쩌다 한 번이지만 그래도 디에고와 유일하게 연락이 닿는 가족은 엄마 안토니아가 새 가정을 꾸려 낳은 동생 나쟈라였다. 별 내용을 전하진 않았지만 디에고는 그렇게라도 가족들에게 자신의 생존을 알리는 것 같았다. 어느 날 우연히 안토니아의 딸 나쟈라와 디에고의 통화를 가까이서 들을 수 있었는데, 주로 무엇을 먹었고 무엇을 했노라는, 지극히 평범한 내용이었다. 초등학생 나쟈라와 세상에 진 싸움꾼 디에고. 둘은 아버지가 서로 다르지만 사이가 각별한 것 같았다.

코스타리카 국적을 가졌지만 디에고는 여전히 이 나라 그 어디에도 온전히 스며들지 못한 채 구석진 곳으로만 흘러 다니며 흔적조차 남기지 않고 살아가는 것 같다. 30여 년 가까운 시간을 살아오는 동안 그는 대부분 혼자였고 있는 듯 없는 듯한 존재였을 것이다. 엄마와 아빠가 코스타리카로 커피를 따러 내려가면 니카라과 친척집 이곳저곳을 전전해야 했기에 그랬을 것이고, 이곳에 와서는 마음 둘 곳을 찾지 못해 있는 또 그렇게 살았을 것이다.

차라리 니카라과 국적을 가지고 있었다면 요즘같이 이주자들이 대규모로 대열을 이뤄 미국으로 올라가는 시절에 그 역시 인도주의 차원의 틈을 비집고 들어가 미국에서 난민신청이라도 해 보련만, 코스타리카로 커피를 따러 내려왔던 엄마 아빠로 인해 코스타리카에서 태어나 이 나라 국적을 얻은 디에고에게는 그마저도 여의치 않아 보인다.

· 마음씨 따뜻한 사람, 돈 산티아고

내가 그곳을 떠나기 전날 밤, 비가 내리는데 안토니아의 남편 산티아고가 자전거를 끌고 밖으로 나갔다. 어딜 가냐고 묻는 안토니아에게 그는 잠시 가게에 다녀오겠다고 말했다. 마을에는 가게가 없으니 가게를 찾으려면 항구가 있는 다운타운까지 가야 한다. 늦은 밤 비가 제법 거칠게 내리는 중에 자전거를 타고 4km 이상 떨어진 그곳까지 다녀오는 것이 결코 쉽지 않을 텐데 산티아고는 두말 않고 그대로 자전거를 몰고 빗속으로 사라졌다. 가로등도 없는 길에 비까지 내리니 달이나 별이 있을 리도 만무하여 온통 어둠뿐일 텐데 그는 굳이 길을 나섰다.

밤 10시쯤 비에 흠뻑 젖어 돌아온 산티아고가 배 두 개와 사과 하나 그리고 음료수 한 병을 아내 안토니아에게 건넸다. 잘 씻어 내일 길을 나서는 내게 주라며. 늘 말이 없지만, 돈 산티아고는 그렇게 조용조용 행동으로 그간 그의 집을 찾아가는 내게 따뜻한 마음을 표현했다. 참 고마운 사람이다. 그 밤 나는 산티아고에게 작별인사를 했다. 매일 새벽 네 시가 되기 전에 집을 나서는 그에게 미리 당겨 인사를 한 것이다.

다음날 늦은 아침을 먹고 안토니아와 그녀의 딸 나쟈라와 함께 항구가 있는 다운타운으로 나왔다. 나흘이나 머물렀는데도 나쟈라는 며칠 더 있다 가라고 나를 붙잡았다. 그리고 다음 번에 올 때는 멕시코 사탕을 두 개만 사다 달라는 신신당부도 잊지 않았다. 참 밝은 아이였다. 짐을 꾸려 집을 나서기 전, 나쟈라가 내게 편지 한 통을 전했다. 어젯밤 늦은 시간 마루에서 혼자 낑낑거리더니, 이 편지를 쓰던 모양이었다. 나를 다시 만나서 좋았다고, 그리고 자기 가족을 찾아와 줘 고맙다고, 꼭 다시 찾아오라는 말이 적혀 있었다. 알록달록한 반짝이가 붙은, 장식이 화려한 편지였다.

버스 터미널에 닿기 전, 항구 주변 잡화상에 들러 안토니아의 딸 나쟈라에게 갖고 싶은 것을 고르라 했다. 다 컸다고 생각했는데 나쟈라는 작은 소꿉놀이 세트를 골랐다. 참 천진한 아이다. 아이와 안토니아에게 아이스크림을 하나씩 사주고 함께 버스 터미널로 갔다. 역시나 하루에 한 번 나가는 버스를 타기 위해 많은 사람들이 모였는데, 그곳에 생각지도 못하게 산티아고가 있었다. 사람들 무리 가운데, 가방을 그대로 등에 멘 채 온통 땀에 젖은 산티아고가 앉아 있었다. 사람들 속에 주눅이라도 든 듯 오토바이 안전모를 끌어안고 다소곳하게 앉아 있던 돈 산티아고가 터미널로 들어서는 나를 보고 벌떡 일어나 반가워했다. 상의를 흠뻑 적신 땀이 바지까지 내려와 소금기로 젖은 얼룩을 남기고 있었다. 그가 하는 일이 얼마나 힘든 일인지, 그제서야 실감이 났다.

아직 퇴근할 시간이 아닌데, 조퇴를 하고 왔다고 했다. 어제 늦은 밤 작별 인사를 했음에도, 내가 가는 길을 배웅하기 위해 이곳 터미널에 와 나를 기다리고 있었다. 안토니아와는 오늘 새벽에 이미 이야기가 된 모양인지, 둘이 서로 반가운 눈빛만 교환할 뿐 별다른 말이 없었다. 다시 못 볼 줄 알았던 돈 산티아고를 뜻하지 않게 다시 본 나만 반가운 호들갑을 떨었다.

마음씨 따뜻한 사람, 산티아고. 어느 해 그는 내게 동물 뼈를 갈아 만든 작은 칼을 선물했었고 어제는 퇴근하고 돌아와서 그간 냉동실에 보관해둔 생선을 꺼내 음식을 만들어 주기도 했다. 말없이 마음이 깊은 그는 내가 버스에 오르는 중에도 버스 기사에게 연신 머리를 조아려 가며 먼 길 가는 동안 나를 잘 살펴 줄 것을 부탁했다. 그리고 마침 나와 같은 버스를 타던 자신의 직장 상사에게 나를 소개하고는 혹 필요하면 그 사람에게 휴대전화기를 빌려 쓰라는 당부도 잊지 않았다.

버스가 오사Osa반도를 빠져나오는 동안 내내 비가 내렸다. 세상의 끝과 같은 히메네스 항구를 떠나오면서 묘한 해방감을 느꼈다. 다시 안토니아와 연락이 닿았다는 안도와 돈 산티아고에 대한 고마움과 그들의 딸 나쟈라에 대한 호감의 여운이 떠나는 마음을 가볍게 했다. 어쩌다 보니 삶의 고비에서 밀리고 밀려, 그러나 다시 살기 위해 코스타리카의 최남단 히메네스 항구도시로 흘러들어 온 안토니아, 그녀를 기꺼이 살피고 거둔 산티아고, 그리고 그 둘 사이에 태어난 나쟈라. 그들을 언제 다시 또 찾아볼 수 있을지 알 수 없지만, 이제 더 이상 그들과 연락이 끊어질 일은 없을 것 같다. 안토니아도 그리고 산티아고도 그곳 작은 항구도시

헤메네스에서 자신들의 뿌리를 잘 내려 가고 있는 것 같았다. 이제 더 이상 또 다른 세상의 구석을 떠돌지 않고, 지금 있는 그곳에 항상 있을 것 같았다.

엘레나 가족 2023년

엘레나가 사는 산페드로 마을까지 들어가는 버스는 끊긴 지 이미 오래였다. 오사 반도를 빠져나온 버스는 여전히 북쪽으로 방향을 잡고 올라가고 있었지만 계속하여 내리는 비가 문제였다. 길 바로 옆을 따라 흐르는 강은 금방이라도 길을 깎아 먹을 것처럼 달려들고 있었고 중간중간 길로 쏟아져 내린 흙더미를 피하자니 버스는 금방이라도 강 아래로 무너져 내릴 것 같은 길의 가장자리를 조심조심 더듬어 갔다. 날은 이미 어두워지고 있었다. 엘레나의 집까지는 아직도 40여 킬로미터를 더 가야 했지만 더 이상 연결되는 교통편이 없었다. 그곳은 오후 네 시만 되어도 모든 교통편이 끊어지는 곳이었다. 히메네스 항구를 떠나올 때 안토니아의 남편 돈 산티아고가 소개해 준 이의 휴대전화를 빌려 어렵게 연락이 닿았다. 엘레나가 어떻게든 차를 구해 코스타리카에서 파나마로 이어지는 판아메리칸 하이웨이 선상으로 나오겠다고 했다.

과연 엘레나를 만날 수 있을까? 늦은 밤 빗속에 차들의 통행마저 뜸해진 시간이었다. 버스 종점까지 실려 간다면 그곳의 어느 여관에서 하루 자고 다음날 엘레나를 찾아갈 수 있을 것이다. 반대로 엘레나와 구두로 대충 약속이 이루어진 길 중간 어디쯤에 내리게 된다면 종점인 페레스 셀레동까지 실려간 뒤 늦은 밤 터미널 주변 싸구려 여관에 드는 일은 면하게 될 것이다. 그런데 중간에 내린 그곳에서 엘레나를 만나지 못한다면, 나는 늦은 밤 전화기도 없이 주변에 인적은커녕 집 한 채 없는 판아메리칸 하이웨이 선상 어느 점에서 헤맬 판이었다. 선택은 둘 중 하나. 고민하던 나는 그간 이 길에서 사람들을 만날 때마다 한 발 앞서 먼저 만났던 운을 믿기로 했다. 비가 내리는 그날 밤, 판아메리칸 하이웨이에 한편에 내가 서 있었다.

2001년, 커피밭을 찾아 우여곡절 끝에 이 나라 코스타리카에 왔지만 나에겐 정해진 갈 곳이 없었다. 아는 사람도, 당장 그날 정해진 숙소도 없었다. 공항 안을 배회하다 용기를 내 공항 밖으로 나섰다. 좌회전을 하면 니카라과, 우회전을 하면 파나마라는 방향을 알리는 표지판이 눈에 띄었다. 말로만 듣던 판아메리칸 하이웨이였다. 그제서야 코스타리카까지 왔음이 실감났다.

지난 20여 년간 그 길 위에서 사람들을 만났다. 그 시간들 대부분 망망대해를 헤매는 기분이었다. 가야 할 방향은커녕 당장 있는 곳의 좌표조차 알지 못한 채 표류했다. 시시로 방향을 고쳐 잡아야 했고, 해야 하거나 할 수 있는 일의 대부분은 하염없는 기다림이 다반사였다. 시간과의 싸움, 배짱과의 싸움이었다. 그 시간들이 쌓이면서 조금씩 길이 만들어졌다. 그 길 어디쯤에 하나

둘 좌표들이 만들어지기 시작했다. 그 좌표들을 기점 삼아, 나는 계속 길 위에서 사람을 만났고 그들의 이야기를 들을 수 있었다.

버스에서 내리기 전 옆자리 승객에게 빌린 전화로 급하게 전한 내 말을 엘레나가 잘 알아들었을까? 엘레나가 내가 있는 곳을 제대로 찾을 수 있을까? 그 밤, 판아메리칸 하이웨이의 한 점이 내겐 다시 망망대해였다.

빗물로 사납게 불어난 강 언저리를 타고 멀리 차량 한 대가 달려왔다. 차량이 가까워지면서 헤드라이트 불빛 안으로 무수한 빗방울들이 보였다. 이 시간에 이곳을 향해 달려올 사람은 엘레나밖에 없다고, 기도하는 마음으로 주문을 외웠다. 엘레나였다. 차가 멎고, 엘레나가 내려 나를 향해 달려왔다. 사촌의 차를 빌려 타고 온 길이었다. 얼마만인가? 코로나 바이러스 팬데믹의 여파로 우리는 오랜 시간 보지 못했다. 어둠 속에 서로의 얼굴을 봤다. 엘레나에게서도 얼추 나이의 흔적이 느껴졌다. 우리는 비를 피해 서둘러 차에 올랐다.

참으로 오랜만에 내 집 같은 엘레나의 집으로 돌아가는 길. 먼길을 돌고 돌아 다시 집에 왔다는 안도감이 밀려왔다. 이 세상 어딘가에 있는 나의 집에 왔다는 안도감이었다.

늦은 시간 불이 훤히 켜진 가게가 눈에 들어왔다. 반가운 마음에 차를 세우고 엘레나를 앞세워 들어갔다. 이런 시골에 걸맞지 않을 만큼 큰 잡화점이었다. 게다가 가게는 이 늦은 밤까지 거센 비를 아랑곳 않고 문을 열어 두고 있었다. 몇 년 전 콜롬비아 쪽

커피밭 사람들, 그 후 20년

생전 늙지 않을 것 같던 엘레나에게서도 세월이 느껴진다. 지난해에 보니 흰머리가 제법 생겼다.

에서 미국을 향해 올라가는 마약 때문에 시골에는 전혀 어울리지 않을 법한 가게들이 돈세탁 목적으로 들어선다는 말을 들은 적 있기에, 어쩌면 이 가게도 마약 자금의 흔적인가 싶었다.

중국인이 하는 가게였다. 엘레나 말로는 이미 마을 가까이에 여러 곳 중국인들이 하는 가게가 생겨나고 있다고 했다. 불과 몇 년이 흘렀을 뿐인데, 그 사이 상상할 수 없었던 변화가 일어나고 있었다. 중국 정부가 중앙아메리카 국가들을 대상으로 적극적인 외교를 펼치고 있다고 하고 산호세에도 제법 그럴듯한 차이나 타운이 들어섰더니, 그 여파가 이런 시골까지도 미친 모양이다. 어찌되었든 밤 늦도록 불을 켜 둔 중국인 가게 덕분에 오랜만에 엘레나의 집에 가면서 빈손을 면할 수 있었다.

늦은 밤, 산페드로 마을을 거쳐 엘레나의 집으로 올라가는 길. 오직 엘레나의 집에만 불이 켜져 있었다. 같이 나오지 못한 기예르모가 빗속 어딘가를 헤매고 있다는 나를, 그리고 그런 나를 구하러 간 엘레나를 기다리고 있을 것이다. 올라$_{hola}$~~! 반가운 인사와 함께 비를 피해 집으로 뛰어 들어갔다. 호들갑스러운 나의 인사에 집 안에 있던 기예르모도 호들갑으로 나를 맞는다. 어제 만나고 바로 오늘 다시 만난 것 같다.

두 식구가 사는 집. 그간 오지 못했던 사이 이곳저곳 손본 흔적들이 정갈하다. 마당 경사지에 흙을 돋우고 지붕을 얹어 작은 테라스를 만들었고, 자리를 살짝 옮긴 엘레나의 부엌은 더욱 반짝거리고 있었다. 아기자기한 집안 살림들이 눈에 익었다. 테라스 덕분에 굵은 비가 내리는 밤에 제법 운치 있게 오랜만의 회포를 풀 수 있었다. 주변 나무들이 훌쩍 자라 정글 속 우리들만의 아지트에 있는 기분이 들었다. 테라스 옆으로는 작은 야외 테이블이 놓여 있었고 한 가운데 예쁜 비치 파라솔이 꽂혀 있었다. 곳곳에서 부부의 손길이 느껴졌다. 오래 비워 둔 내 집을 찾아온 것처럼 푸근함과 안도감이 밀려왔다.

· **기예르모의 모자이크**

부부와 밤이 늦도록 이야기를 나누다 잠이 들었는데, 새벽 엘레나의 기척이 들리는가 싶더니 곧 커피 향이 집 안에 그윽했다. 엘레나의 부엌. 어제 늦은 밤 자세히 보지 못한 부엌 곳곳을 훑어보

왔다. 어쩐지 부엌이 환하더라니, 새로운 가스레인지가 눈에 들어왔다. 결혼하고 근 20년 만에 산 가스레인지였다. 신형 모델에 상판 아래쪽으로 오븐까지 있는 것이다. 어지간한 음식은 아직도 뒷마당 화덕에 장작을 지펴 장만하지만, 고등학교를 졸업하고 멀리 돈 벌러 간 아들 저스틴이 사준 선물이라며 엘레나의 자랑이 대단하다. 엄마 고생하지 말라고, 그리고 가끔 아빠 빵 만들어 드시라고. 그러지 않아도 천성이 부지런하고 깔끔한 엘레나가 그간 얼마나 이 가스레인지를 닦고 또 닦았을지, 가히 상상이 되었다.

살림도 살림이려니와 어쩐지 집 곳곳에서 아기자기 한 느낌이 난다 싶었더니, 이곳저곳에 알록달록 형형색색 아름다운 모자이크 작품들이 숨어 있었다. 부엌 바닥도 그렇고 뒤뜰 처마 밑 작은 마당도 그렇고, 앞마당 경사진 곳을 돋워 만든 테라스 바닥도 그렇고, 조각 타일을 이어 붙인 각각의 모자이크 작품들은 한눈에 봐도 많은 정성이 들어갔음이 느껴졌다.

코로나 시절을 거치면서 세계적으로 건축 자재 값이 천정부지로 뛰었으니 이곳이라고 예외가 아닐 것이다. 경비가 만만치 않았을 텐데, 어떻게 재료를 구했는지 물으니 온전히 기예르모가 재료를 모으고 작품을 만들었다고 했다.

믿기지 않는 솜씨. 집안 구석구석 쉽게 눈길이 닿지 않는 곳까지 장식한 모자이크들이 보였다. 작년부터 기예르모는 공사 현장에서 깨진 타일 조각들을 얻어다가 집안 곳곳에 자신만의 방식으로 붙이기 시작했단다. 물론 타일을 사서 붙일 수도 있겠지만, 이

새로 단장한 엘레나의 부엌. 고등학교를 마치고 도시로 나간 아들 저스틴이 엄마 엘레나에게 최신형 가스레인지를 선물했다.

들 부부에게 뭔가를 돈 들여 살 여력은 애당초 없었다. 공사 현장에서 조금만 깨져도 버리게 되는 타일들을 얻어 집안 곳곳에 모양을 만들어 붙이기 시작한 것이 모자이크 프로젝트의 시초였다. 오랜 시간 거친 시멘트 바닥이었던 곳들이 모자이크 세례를 받아 기왕에도 아름다운 엘레나의 집 곳곳에 하나 둘 기예르모의 작품들이 만들어지기 시작했다.

집 안의 모자이크들은 바닥과 벽의 아랫부분에 집중되어 있었다. 여전히 혼자 서기 힘든 그가 앉아서 할 수 있는 높이가 곧 작품들이 이를 수 있는 높이이기도 했다. 지금까지 살면서 단 한 번도 타일 붙이는 일을 배운 적이 없지만, 앉아서 할 수 있는 일이기

커피밭 사람들, 그 후 20년

엘레나와 기예르모가 신혼 생활을 시작한 집. 당시 기예르모는 이 집이 딸린 커피밭에서 일을 봐주는 대신 이 집을 얻어 엘레나와 함께 신혼 살림을 시작했다. 그리고 이 집에 내가 얹혀 살았다.

에 기예르모는 그 일을 시도할 수 있었다. 건설 현장에서 일하는 형님이 조금씩 가져다주는 깨진 타일들을 모아 엘레나와 기예르모가 서로 다른 색들을 맞춰 타일이 필요한 곳에 붙이는 방식으로 작품들이 탄생했다. 이들 부부다운 발상이었다.

22년 전 가진 것 없이 시작한 신혼 생활, 살림조차 변변치 않던 그들 집에 나까지 얹혀살던 시절, 정말 가난했지만 이들 부부의 집은 늘 반짝반짝 윤이 났다. 개미들이 갉아먹어 쓰러져 갈 망정 집은 늘 반짝거렸다. 쉴 새 없이 쓸고 닦는 엘레나의 부지런한 성정 때문이었겠지만 기예르모의 보이지 않는 배려들도 녹아 있음을 익히 봐 왔던 터다.

엘레나의 낡은 주전자. 대부분 엘레나의 부엌 살림은 '유구한' 역사와 전통을 자랑하는데, 이 주전자 역시 내가 그들과 함께 살던 신혼시절부터 사용하던 것이다. 하루에도 몇 번씩 커피를 끓여 내는 삶이니, 이 주전자야말로 이 집 부엌 살림의 핵심 멤버되시겠다.

기예르모가 다치기 전 돈 마쵸의 집에서 일을 할 때 커피 따는 일은 엘레나 혼자의 몫이었지만 무거운 커피를 짊어져 날라야 할 때는 꼭 기예르모가 그곳에 있었다. 장을 보는 일도 그랬다. 엘레나가 아랫마을에 있는 가게에서 물건을 사 그곳에 맡겨 두면 기예르모가 늦은 오후 일을 끝내고 아랫마을로 내려가 엘레나가 사 둔 물건들을 등짐으로 짊어지고 올라왔다. 둘은 언제나 환상의 복식조였다.

· 저스틴

아이가 태어난다면, 꼭 고등학교까지는 가르치고 싶다던 엘레나와 기예르모의 꿈대로 그들의 아들 저스틴은 고등학교까지 학업

커피밭 사람들, 그 후 20년

을 마칠 수 있었다. 저스틴이 초등학교에 들어가던 해, 아빠 기예르모가 사고를 당했던 그때도 엄마 엘레나는 아들을 고등학교까지만 가르칠 수 있으면 정말 좋겠다는 말을 여러 번 반복했었다. 다행히 부부는 그들의 꿈을 이뤘다.

고등학교를 졸업하고 만 열 여덟이 채 되기 전 먼 친척의 소개로 저스틴은 나고 자란 곳을 떠나 대처로 나갔다. 단 하나뿐인 자식, 게다가 기예르모가 장애를 입은 후 여러 모로 생활에 제약을 받을 수밖에 없는 상황에서 아들 저스틴을 대처로 내보내는 일이 결코 쉽지만은 않았을 것이다. 설령 아들이 대처로 나간다 해도 이들 부부에게는 아들을 위해 도시 언저리 어디쯤에 작은 방 하나라도 얻어 줄 수 있는 여력이 없었다. 그렇다고 아들을 고향에 붙잡아 둘 수도 없었다. 이들 부부에게는 땅이 없었다. 그런 사실은 누구보다 아들 저스틴이 잘 알고 있었다. 고등학교를 졸업하자마자 저스틴은 그즈음 마을을 방문한 먼 친척을 따라 그날로 짐을 꾸려 집을 떠났다.

태어나 처음 집을 떠났고, 태어나 처음 수도 산호세에 닿은 저스틴. 그는 그곳에서 다시 차를 갈아탔다. 그렇게 도착한 도시의 변두리 어디쯤에서 바로 그 날 과일가게에 취업했다. 그리고 아직 받지 못한 첫 월급을 담보로 잡히고, 변두리에 아주 작은 방 하나를 얻었다. 다행히, 과일 가게 점원 저스틴은 특유의 서글서글함으로 손님들의 마음을 사로잡았다. 주인 내외도 도매시장에 갈 때 저스틴을 데리고 다녔다. 그런 날이면 새벽 한 시 혹은 새벽 두

시에 출근해야 해서 고되기는 했지만, 그래도 저스틴은 꿋꿋이, 그리고 묵묵히 낯선 곳에서의 생활을 이어나갔다.

저스틴은 일주일에 딱 하루를 쉴 수 있었고, 그날은 자동차 정비를 배웠다. 과일 가게 일을 해서 번 돈으로는 객지 생활을 꾸렸고 자동차 정비 배우는 비용은 엘레나가 댔다. 그러던 중 어느 날 한국에서 연락이 왔다. 『커피밭 사람들』을 읽은 독자 분께서 엘레나 가족에게 돈을 보내주고 싶다고 했다. 받아야 하나 말아야 하나 잠시 망설이다 고마운 마음으로 받았다. 한국 돈 200만 원이었다. 돈을 보내준 분도 나도 그 돈으로 엘레나가 집에 당장 소용이 닿을 만한 살림을 사겠거니 생각했었다. 나는 내심 걷는 것이 자유롭지 못한 기예르모에게 필요한 4륜 오토바이를 사기를 바랐었다. 그런데 엘레나와 기예르모는 그 돈을 저스틴의 학원비로 썼다. 적지 않은 돈을 보내준 분에게도 진심으로 고마웠고 당장 필요한 것이 한두 가지가 아닐 텐데 그 돈을 아들의 학원비로 쓴 엘레나 부부에게도 고마웠다.

대처로 나간 지 3년, 크고 작은 어려움이 없지 않았겠지만 저스틴은 꿋꿋하게 자리를 잡아 가고 있다. 게다가 그는 이제 혼자가 아니다. 아내가 생겼다. 발레리아. 저스틴과 발레리아는 과일 가게에서 점원과 손님으로 만나 사랑하게 되었고 이제는 둘이 같이 살 둥지를 마련해 가는 중이다.

엘레나의 집에 머무는 며칠 동안에도 아들 저스틴과 며느리 발레리아는 몇 번이나 엘레나와 기예르모에게 전화를 걸어 왔다.

아름답게 성장한 아들 저스틴을 보면 그 안에서 엘레나와 기예르모의 선함이 느껴진다. 저스틴이 초등학교에 들어가던 해, 아빠 기예르모가 사고를 당하면서 그의 삶에도 여러가지 부족한 부분과 힘든 부분이 많았을 텐데, 그 속에서도 저스틴은 밝게 자랐다. 참으로 선하게 성장했다.

과일 가게를 나와 피자 가게에서 배달 일을 하는 저스틴이 사회보장보험에 가입된 것을 두고 엘레나와 기예르모는 적이 기뻐하였다. 보험에 가입되지 않은 채 일을 하다 장애를 입은 자신의 처지가 기예르모는 늘 원망스러웠을 것이다. 그러니 아들이 대처에 나가 무슨 일을 하든 사회보장보험에 가입된 것만으로도 그들 부부는 큰 성공이라 여겼다. 아빠 기예르모는 아들 저스틴과 며느리 발레리아가 뭐든 먹고 싶은 것이 있으면 굳이 참지 않고 사먹는 것이 기특하다고 했다. 아들 저스틴보다 훨씬 어린 나이에 도시로 나가 새벽잠을 쫓아 가며 일을 해야 했던 아빠 기예르모는 늘 배가 고팠었다. 그러니 먹고 싶은 것은 뭐든 사 먹을 수 있는 아들 저스틴의 삶이 대견하고 고맙다고 했다. 엄마 엘레나도 그만하면 됐다고, 아들의 삶이 그만하면 된 것이라고, 태어나 처음 집을 떠난 아들에 대한 걱정을 내려 놓고 있는 중이다.

· 기예르모의 빵

내가 왔다고, 기예르모가 이른 아침부터 빵을 만들었다. 초등학교를 채 마치지 못하고 먼 친척을 따라 도시로 나가 빵집에서 했던 일을 그의 손은 여전히 기억하고 있었다. 뚝딱뚝딱, 기예르모는 종류 별로 빵을 만들어 냈다. 엘레나가 밀가루 반죽을 해서 주면 기예르모의 손에서 빵이 모양을 갖췄고 그 집의 작은 미니 오븐이 열일하는 동안 기예르모와 엘레나는 또 다른 반죽을 하고 또 다른 빵을 만들었다.

그곳의 물류 사정이 조금만 좋았더라면, 인터넷 주문을 통한 빵집을 열어도 될 것 같은 실력이었다. 그날 기예르모가 내게 만들어 준 빵은 아들 저스틴이 집을 떠나기 전 아빠 기예르모가 오래도록 정성을 들여 아들에게 만들어 준 빵이었다.

기예르모와 엘레나는 다른 부모들처럼 물질적 지원을 해 주진 못하였지만, 아들 저스틴에게 정말 따뜻한 사랑을 쏟아 줬다. 어쩌면 기예르모가 다치지 않고 하던 일을 계속 했다면 수시로 아들에게 빵을 만들어 주는 일도, 매년 아들의 학교에 찾아가 교육 과정 설명회를 듣는 일도, 그리고 매일 학교에서 돌아오는 아들을 반갑게 맞아주는 일도 하기 어려웠을 것이다.

기예르모가 다치기 전, 그는 일년 열두 달 단 하루도 쉬지 않고 매일 깜깜한 새벽에 일을 나갔고, 늦은 오후에 온통 땀에 젖은 채 집에 돌아와서도 다시 또 옷을 갈아입고 농장 주인인 돈 마쵸를 따라 치즈를 팔러 다녔다. 그렇게 깜깜해질 때까지 여러 마을을 돌아다녀야 했다. 단 하루도 쉬지 않고 정말 성실하게 일을 했지만 엘레나와 기예르모의 살림은 언제나 빠듯했다.

기예르모가 다친 후 아무런 경제활동을 하지 못하게 되면서 살림은 더욱 팍팍해졌지만 다행히 그가 아들 저스틴과 같이 보낼 수 있는 시간이 많아졌다. 기예르모가 다치던 해 아들은 초등학교에 입학했다. 초등학교 1학년을 다닌 것이 배움의 전부였지만 기예르모는 2학년, 3학년으로 진급해 가는 아들을 좇아 같이 공부했다. 아들이 학교에서 돌아오면 그날 배운 것을 물어 가며 어려서 배우지 못한 것들을 깨쳐 나갔다.

아들이 커 가는 동안 단 한 번도 아들과 여행할 수 없었던 기예르모는 아들 저스틴이 고향을 떠나 멀리 간다고 했을 때 말리지 않았다. 초등학교부터 고등학교까지 12년간 아들의 하교 시간에 맞춰 빵을 만들던 기예르모가 아들이 도시로 떠나 간 뒤로는 빵 만들 일이 없어 기술에 녹이 슬었다고 했지만 내가 그곳에 있는 동안 그가 만들어 내던 빵 맛은 가히 일품이었다.

시시로 내리는 빗속에 갓 구워진 빵과 함께 커피를 마시면서 기예르모는 오래전 어린 아들에게 빵을 만들어 주던 시절이 참 행복한 시간들이었다고 회상했다. 하지만 나는 안다. 아름다워 보이는 그 시간들 속에 이들 가족의 슬프고 아픈 순간들이 곳곳에 자리하고 있다는 사실을.

아들이 장성해 집을 떠나고 난 뒤 처음으로 다시 빵을 만들다 보니 여러 가지가 서툴다고 수줍어하면서도 내가 다시 그곳을 떠나 산호세로 돌아오기 전날 기예르모는 다시 종류별로 빵을 만들었다. 산호세로 나가는 길에 배고프지 말라고, 산호세에 나가 묵게 될 집에 선물해 주라고.

엘레나의 커피. 도냐 베르타가 그러했듯 엘레나도 여전히 커피를 내릴 땐 헝겊 주머니를 사용한다.

· 우리가 몬타냐를 입양하면 되는 거야

엘레나 부부와 머물던 날들 내내 비가 내렸다. 뚜렷하게 구분되던 우기와 건기의 경계가 흐려져 건기여야 하는데도 비가 내리고 있었다. 마을 높은 곳에 위치한 엘레나의 집 마당에서 보자면 마을 아래쪽 숲이 바다처럼 펼쳐졌다. 그간 비라도 내릴라치면 엘레나의 집 회랑 처마 밑에서 아슬아슬하게 비를 피해 가며 그 풍광들을 감상했는데, 이젠 엘레나와 기예르모가 만들어 놓은 테라스에서 여유롭게 비 내리는 풍경을 감상할 수 있게 되었다.

그러다 불쑥, 이곳에 살고 싶다는 욕망이 튀어나왔다. 내가 "우리 이 집 위에 이층 올려서 같이 살자"라고 뜬금없이 말하니 기예르모와 엘레나가 손뼉을 치면서 좋아한다. 기왕 말이 나온 김에 방법을 모색했다.

엘레나의 집은 날이 더운 이곳 페레스 셀레동에서 큰 준비 없이 지을 수 있는 가장 기본적인 구조를 가지고 있다. 별도의 현관

커피밭 사람들, 그 후 20년

비가 내린다. 엘레나와 기예르모가 사는 산페드로 마을에는 우기가 되면, 매일 오후 이렇게 비가 쏟아진다. 그간 처마 밑에서 비를 피하며 비를 즐겼는데, 지난해 이들 부부가 손수 만들었다는 테라스 덕분에 한층 더 여유롭게 비를 즐길 수 있게 되었다.

없이 통으로 벽을 세우고 그 안에 공간을 나눠 마루, 부엌, 방 두 개 그리고 화장실을 두었다. 이 마을 사람들은 대부분 이렇게 집을 짓는다. 큰돈 들이지 않고 지을 수 있는 집이다. 중천장은 별도로 설치하지 않고 함석을 얹으면 끝. 그래서 안전상의 이유로 모든 집에 이층을 올리는 것이 허용되지 않는데, 다만 가족을 부양

해야 하는 경우에는 이층을 올리는 것이 허용된다고 했다. 김이 샜다. "그럼 안 되는 거야?"라고 묻자 기예르모가 두 번 생각할 것도 없는 즉답을 내놨다. "우리가 몬타냐 너를 입양하면 돼. 정신줄이 한 오라기 정도 빠진 딸로 입양하면 되는 거야." 아, 그런 방법이 있었구나!

자신들의 신혼 시절 뜬금없이 내가 등장해 같이 살았던 '사건'에 대해 나는 가끔 이들에게 묻곤 한다. 그 시절 나와 함께 살게 되었을 때 황당하거나 불편하지 않았냐고. 그때마다 이들 부부는 정색을 하고 손사레를 치며 늘 같은 말을 덧붙였다. 정말 걱정스러웠다고. 자신들의 삶에서 처음 보는 동양인이었던 내게 무슨 음식을 해줘야 할지 둘이서 밤마다 머리를 쥐어 짜며 고민했다고. 혹여 자기들 집에 살다가 병이라도 걸리면 어쩔까 싶어서 정말 걱정스러웠다고.

당시 갓 스물 넘은 어린 부부가 밤이면 밤마다 나를 두고 낑낑거리며 고민했을 모습을 그려 볼 때마다 나는 늘 짠하고 고마웠다. 시간이 흘러 이제는 20년 전에 했던 고민 따위는 필요 없게 되었으니 언젠가 이 집에서 나이가 지긋이 든 이들 부부와 함께 정신줄이 한 오라기 정도 빠진 채 살 수 있으면 더할 나위 없이 좋겠다.

20년 전, 별이 총총 돋았던 그날 밤, 돈 마쵸의 집에서 얻은 내 몫의 밥그릇과 수저, 치즈 한 덩이를 들고 앞으로 같이 살게 될 엘레나를 따라 어딘지 모를 그녀의 집으로 가던 그 밤길을 더듬어 본다. 그때 그녀를 따라나서지 않았다면 지금의 인연은 존재하지

어느 해 부활절 아침, 엘레나네 가족의 아침 식사. 부활절을 맞아 소세지 튀김이 특식으로 올라왔다. 소세지 튀김 외 나머지 반찬들은 집 주변에서 공수한 것들이다.

않았을 것이다. 20년이란 시간이 괜한 세월은 아니니 그 안에는 우리 셋이 함께 넘어온 기쁨과 슬픔이 적지 않을 것이다.

기예르모가 한 말처럼 우리가 이 집에 이층을 얹고 함께 살 수 있는 날이 언제일지, 그런 날이 정말 올 수 있을지 모르겠지만, 세상을 떠돌다 지칠 때 이곳 코스타리카 산페드로 마을에 살고 있는 이들을 생각한다면 나는 다시 마음에 힘을 얻어 살 수 있을 것 같다. 언제 어느 때고 불쑥 찾아들어도 그 자리에는 늘 엘레나와 기예르모가 있을 것이다. 앞으로 우리에게 또 다른 20년이 허락된다면 그 즈음에는 어쩌면 정말 이들 부부의 살짝 정신 나간 딸이 되어 살고 있을지도 모르겠다. 신이 우리에게 그 시간들을 허락한다면.

원터치 버튼으로 내려지는 커피머신 대신 여전히 헝겊 주머니를 사용하여 커피를 내리는 집의 커피 틀. 위에 있는 구멍에 헝겊 주머니를 걸어 커피를 내린다.

도냐 베르타 가족 2023년

2001년 처음 도냐 베르타의 집을 찾아간 이후 그녀의 집 색깔은 늘 한결 같았다. 하얀색과 빨강색과 파랑색의 조합. '삼색'tricolor이라 불리는 이 색깔들은 이 나라 사람들이 가장 좋아하는 색의 조합인 동시에 코스타리카 국기의 색깔이기도 하다. 하얀 벽에 빨강과 파란색 띠가 장식되어 늘 경쾌한 느낌을 주던 그 집은 일조량이 풍부한 타라수 날씨에 참 잘 어울렸다.

도냐 베르타가 세상을 떠난 뒤로도 나는 타라수를 찾았고 그때마다 변함없이 경쾌한 그녀의 '삼색' 집은 내게 적잖은 위안이 되어 주었다. 그런데 2023년 그녀의 집을 찾았을 때 경쾌하면서도 정갈하던 그녀의 집이 칙칙한 회색 일색으로 변해 있었다. 지붕 위로 솟아 있던 다락방도 보이지 않았다. 아마도 낡아 쓸모없는 다락방을 없애면서 새로 페인트를 칠했거나 혹은 집이 팔렸겠거니 짐작했다.

항상 열려 있던 도냐 베르타의 집 대문은 굳게 잠겨 있었다. 다행히 커피밭 입구에서 도냐 베르타의 넷째 딸 훌리에타를 만났다. 도냐 베르타를 마지막까지 보살폈던 딸이다. 도시로 나간 다른 딸들과 달리 도냐 베르타와 함께 오래도록 이곳 타라수에서 땅을 일군 딸이다. 도냐 베르타가 세상을 떠난 뒤 타라수를 찾을 때마다 기꺼이 자기 집에 내 잠자리를 내주던 이였다.

마침 그날도 그녀는 도냐 베르타의 집 바로 옆 비탈진 밭에 콩을 심고 있었다. 유산 상속이 완료되어 아홉 형제에게 땅이 분할되었는데, 길 옆 비탈진 밭과 저수지가 자기 몫으로 남았다고 했다. 10만사나(약 7헥타르)에 달했던 도냐 베르타의 커피밭은 당신이 낳은 여덟 자식에게 각각 1만사나씩 분배되었고 입양한 딸 쟌시에게는 2만사나가 배당되었다고 했다.

조금 이상한 셈법이다 싶어 이유를 물었더니 도냐 베르타의 남편 돈 나랑호가 돌아가셨을 때 일차 유산 분배가 있었는데 그때 당시 입양한 딸 쟌시는 너무 어려 배분으로부터 배제되었다고 했다. 그 상황을 마음에 두고 있던 도냐 베르타가 당신 몫을 자식들에게 나누면서 막내딸 쟌시에게 아버지 돌아가셨을 때 받지 못했던 부분을 더해 줬다고 했다.

도냐 베르타의 딸 훌리에타와 그녀의 가족. 도냐 베르타가 돌아가신 뒤에도 그곳을 찾는 내게 늘 자신의 집을 내줬다. 아들 다니엘은 20여 년 전 나와 같이 커피를 딴 동지다. 그의 꿈대로 그는 수의사가 되었다.

도냐 베르타다운 방식이었다. 살아 생전 그녀는 막내 딸 쟌시와 여느 자식들 간에 전혀 차등을 두지 않았다. 물론, 손주들에게도 마찬가지였다. 스무 명에 가까운 손주들 가운데 도냐 베르타가 가장 마음을 쓰고 아꼈던 손주는 심한 자폐 장애를 가진 쟌시의 아들 안드레이였다. 쟌시가 신혼 초 도냐 베르타와 한 집에서 같이 살다가 독립했을 때 기꺼이 자신의 마당 일부를 내어 그곳에 집을 짓도록 허락해 준 분인지라 쟌시에게 다른 형제들 몫의 두 배가 돌아갔다는 유산 상속은 어쩌면 당연해 보이기도 했다.

도냐 베르타의 집은 쟌시를 포함한 아홉 형제들이 제비를 뽑았단다. 이 또한 도냐 베르타다운 방식. 집 한 채를 여러 자식에게 나누기도, 한 사람에게도 몰아주기도 그러니 자식들 각자의 운에

커피밭 사람들, 그 후 20년

맡기고 떠난 것이다. 한동안 '금빛 발자취'란 당호를 달고 동네 할머니 할아버지들의 쉼터 역할을 했는데 제비뽑기에 당첨된 큰딸이 그 집을 얼마 전 마을에 들어온 중국인들에게 팔았다고 했다. 그간 타라수에 중국 사람들이 들어오는 것을 오랜 시간 지켜봤는데, 결국 도냐 베르타의 집까지 중국 사람들에게 넘어갔다니 괜히 마음이 헛헛했다. 아니나 다를까 타라수의 작은 다운타운에도 중국인 가게들이 제법 많이 들어서고 있었다.

도냐 베르타의 딸 훌리에타와 함께 아홉 명의 자녀들에게 분배된 커피밭을 둘러보았다. 아홉 명의 자녀들 가운데 일부는 그새 자신들 몫의 커피밭을 팔았다고 했다. 막내딸 쟌시가 다른 사람들에게 팔리기 전 그 밭들을 샀다고 하니 아직까지는 도냐 베르타와 돈 나랑호의 삶의 흔적이 흩어지지 않고 남아 있는 것 같아 다행이다 싶었다. 세상을 떠나기 전, 도냐 베르타가 다소 엉뚱하게 내게 집을 짓고 살라고 당부했던 나무는 그 누구에게도 유산으로 분배되지 않은 모양이다. 그녀가 세상을 떠난 뒤 커피밭이 분배되고 다시 사고 팔리는 와중에도 그 누구도 관심을 두지 않은 듯, 그냥 그 자리에 아무렇지도 않은 듯 서 있었다. 이 또한 다행이다 싶었다.

마을을 떠나기 전, 도냐 베르타의 무덤을 찾았다.

'도냐 베르타, 당신의 집이 팔렸답니다. 당신이 돌아가시고 난 뒤로도 이곳에 오면 당신의 집이 있어서 마음 한편이 든든했습니다. 20여 년 전, 먼지를 잔뜩 뒤집어쓰고 나타난 나를 당신 집에

지난 해 도냐 베르타의 집을 찾아갔을 때, 언제까지 그곳에 있을 것 같았던 그녀의 집은 이제 더 이상 그녀의 집이 아니었다. 수확철마다 일꾼들이 머물던 방죽가 집은 여전히 그곳에 있었다. 그 집은 한 때 프레디와 그의 아내 안토니아가, 또 어느 해에는 홀로 남은 과이미 여인이, 그리고 도냐 베르타가 돌아가시던 해에는 로사 가족이 살았던 집이기도 하다.

받아주셔서 정말 고맙습니다. 내게 아무것도 묻지 않고 다락방을 내주셔서 고마웠습니다. 정말 아름다운 방이었습니다. 그 아름다운 방은 이제 사라졌지만 내가 계속하여 기억하겠습니다.'

집이 팔리면서 자녀들은 도냐 베르타가 쓰던 살림을 서로 나누었고, 내 몫으로는 도냐 베르타와 내가 함께 찍은 사진 액자를 남겼다. 그 사진을 훌리에타가 가지고 있다기에, 그냥 당신 집에 그대로 보관해 달라고 했다. 액자에 든 엄마 사진이니 나보다 그녀에게 더 소중할 거라는 생각이 들었다. 그나저나 이제는 집이 사라졌으니, 앞으로는 테킬라를 사들고 가도 놓아둘 곳이 없다.

커피밭 사람들, 그 후 20년

그녀가 세상을 떠난 뒤에도, 나는 그녀 살아 생전 기뻐하던 모습을 기억하고 그녀를 찾아갈 때마다 테킬라를 한 병 사갔었다. 그녀의 무덤에 가 테킬라를 앞에 두고 얼마간 인사를 나눈 후에는 그것을 그녀 없는 그녀의 집 장식장 안에 넣어 드렸었다. 그런데 이제는 그럴 만한 곳이 사라졌다. 20년이 넘는 시간이 흘렀으니 변화는 당연한 일이리라.

그래도 도냐 베르타가 돈 나랑호와 평생을 일궜던 커피밭이 그곳에 있는 한, 나는 아무래도 타라수를 계속해서 찾아갈 것 같다. 도냐 베르타의 무덤을 찾아 인사를 고하고 그녀의 커피밭에 안부를 묻고, 도냐 베르타가 내게 집 짓고 살라고 당부한 그 나무가 여전히 그 자리에 있는지도 살펴봐야겠다. 그리고 오래도록 사라지지 않을 방죽가 그 지붕 낮은 집을 들여다보지 않을까 싶다. 그곳에서 '어떤' 프레디들과 또 '어떤' 과이미들을 만날 수 있다면, 다시 타라수를 찾는 것을 마다할 이유가 없다. 그곳이 내겐 여전히 표류해야 할 망망대해일 테니까. 20년 전 그랬던 것처럼.

프레디 2023년

프레디!

어쩌면, 23년 전 처음 커피밭 사람들에 대한 기록이 시작될 수 있었던 것은 프레디와의 만남 때문이었을지도 모른다. 길고도 아슬아슬했던 여정 끝에 정말 있을까 싶었던 그런 커피밭을 찾아갔지만, 나는 그 안으로 선뜻 들어서지 못한 채 주변을 맴돌았다. 그때 내게 손을 내밀어 준 이가 프레디였다.

커피밭 깊숙한 곳에서 프레디 일행을 만났을 때 나름 기 싸움을 해 보겠다고 나는 말과 행동을 과장하여 거칠게 내뱉었다. 그런데 웬걸, 그들 대부분은 내가 내민 손조차 제대로 잡지 못할 만큼 수줍어 했다. 순하고 선한 사람들이었다. 오직 그중 유일하게 프레디가 나의 신상을 물으며 내게 다가왔고 먼저 손을 내밀어 인사를 청했다. 그의 모습에서 당당함이 느껴졌다. 그는 당장 나의 숙식을 걱정하며 그들의 숙소 한편을 내줬고 음식을 나눠 줬다. 그렇게 나는 프레디 덕분에 커피밭 안으로 좀 더 깊게 들어갈 수 있었고, 그곳에서 커피밭 사람들을 만날 수 있었다.

프레디는 내가 커피밭에서 만난 사람 중 가장 믿을 만한 사람이었다. 또한 나의 친구였다. 그런 프레디가 어느 늦은 밤 벌에 쏘여 가며 직접 딴 꿀 한 통을 들고 나를 찾아와 작별을 고했다. 고향에 들러 아이들을 보고 그곳에서 바로 미국으로 간다고 했다. 그해 커피 수확이 채 끝나지 않은 어느 봄날이었다. 프레디는 그렇게 커피밭에서 사라졌다. 아내 안토니아와 함께.

그 이후 그를 찾아 헤매다가 딱 한 번 더 만날 수 있었다. 그를 만난 곳은 그가 가겠다던 미국도 아니고 그의 고향 니카라과도 아니었다. 그는 여전히 코스타리카 아주 외진 어느 시골 마을에 있었다. 두 발로는 걸어가기 힘들 만큼 길이 험한 곳이었다. 그곳에서 그는 아내 안토니아와 함께 방치되다시피 한 농장을 돌보고 있었다. 부엌도, 화장실도, 목욕탕도 없는 곳이었다. 진흙 뻘밭 한 가운데에 겨우 비 정도 피할 작은 공간을 마련하여 살고 있었다. 그나마 소들이 나무로 된 바닥을 짓밟아 온통 무너져 내리는 집이었다. 그를 찾아간 고향에서 찍어와 건넨 아이들 사진을 한참 쳐다보다 셔츠 주머니에 넣던 그의 모습을 기억한다. 아이들 사진을 셔츠 주머니에 넣던 그의 손이 가볍게 떨리고 있었다. 그것이 내가 마지막으로 본 프레디의 모습이었다.

다시 얼마간 시간이 흘렀을 때, 그가 내게 소식을 전해 왔다. 이번엔 미국 플로리다 주 마이애미라고 했다. 그의 목소리는 한껏 들떠 있었다. 이주 브로커를 통해 국경을 넘으면서 5천 달러의 빚을 지긴 했지만 그가 무사히 미국에 들어간 것을 나 또한 기뻐했다. 처음엔 페인트 칠하는 일을 한다고, 이어 배관공 일을 하고 있다고 했다. 그렇게 한동안, 프레디는 미국에서 내게 소식을 전해 왔다. 그때마다 나에게 하던 이야기의 대부분은 니카라과에 남겨진 아내 안토니아와 아이들에 대한 걱정이었다. 미국에 들어오면서 진 빚만 갚게 된다면 어떻게든 아내와 아이들을 미국으로 불러들이겠다는 각오를 그는 여러 번 내게 비쳤었다.

이후 프레디와 연락이 끊겼지만 나는 프레디가 고향에 남겨진 가족을 위해 열심히 돈을 벌고 있다고 생각했고 당연히 고향에 있는 프레디의 아내 안토니아와 아이들은 미국에 들어간 아버지 덕분에 안정된 생활을 하고 있을 것이라고 생각했다. 그즈음 코스타리카에 있는 인편을 통해 니카라과의 안토니아와 연락을 시도했지만, 그녀와도 연결이 되지 않았다. 무소식이 희소식이라고, 어쩌면 안토니아와 아이들이 그새 프레디가 먼저 건너간 미국으로 따라 들어갔을 것이라고, 그래서 연락이 되지 않는 것이라고 확신했다.

잘 지내고 있으려니 생각하면서도 한편 궁금하고 살짝 걱정이 되기도 했다. 프레디와 안토니아가 미국에서 잘 지내고 있다면 어떻게든 내게 연락을 했을 것이다. 오랜 시간 연락이 끊어져버린 상황이 내내 마음에 걸렸다. 결국, 다시 그들의 고향 마을을 찾아갔다. 그것이 어떻게든 그들과 연결을 시도해 볼 수 있는 유일한 방법이었다. 그러나 찾아간 곳에서 나는 프레디의 소식도, 안토니아의 소식도 얻지 못했다. 참으로 원시적인 방법이었지만 이후로도 몇 번이나 그들의 고향을 찾아갔다. 인터넷은 물론이요 전화도 없던 시절이었다. 그렇게 해를 거듭해 그들의 고향을 찾아갔지만 나는 단 한 번도 그들의 고향 마을에서 그들의 소식을 듣지 못하였고 그들을 만나지 못했다.

어디서도 단서가 될 만한 연락 포인트가 잡히지 않았다. 게다가 그들의 고향 마을을 찾아다니며 접한 그들에 대한 소식들은 도무지 황당하여 믿기 어려운 것들이었다. 더러는 프레디가 다른 여자와 살림을 차렸다고도 하고 혹 어떤 이는 그가 죄를 지어 미국 감옥에 갇혔다고도 했다. 두 소문 다 진위를 확인하기 어려웠다. 안토니아의 생사 여부도 알 길이 없었다.

그렇게 막막하게 몇 년의 시간이 흐른 후 안토니아와 연락이 닿았다. 그녀를 통해 프레디가 미국에서 다른 여자와 살림을 차렸다는 소식을 들었다. 그녀 역시 소문을 들어 알게 된 사실이라고 했다. 미국을 오가는 사람들이 전해준 소식이라고 했다. 나 역시 프레디와 연락이 끊긴 상황이었으니 직접 확인할 수 없었지만 소문의 정황이 구체적인 것으로 보아, 아무래도 사실인 듯했다.

　코스타리카의 남쪽 끝, 그곳 작은 항구 마을에 살고 있는 안토니아를 찾아갈 때마다 그녀는 내게 프레디 소식을 물었다. 어쩌면 그녀는 내가 프레디와 연락을 하고 있다고 여기는 것 같았다. 내가 미국을 드나들 수 있는 여건이 된다는 것을 그녀는 알고 있었다. 그러니 그녀의 물음은 당연한 것이었다. 그녀가 내게 프레디에 대해 물을 때마다 당신은 미국에 갈 수 있는데도 왜 안 가 보느냐고, 나를 채근하는 것처럼 느껴졌다

　나도 한 번쯤은 그를 만나 소문의 진위를 확인해 보고 싶었다. 그런데 그를 다시 만나고 싶은 마음이 쉬 일지 않았다. 그의 아내 안토니아의 삶과 그의 아들 디에고의 삶, 그리고 무엇보다 그의 딸 세일링의 삶을 지켜보면서 내 마음은 점점 그로부터 멀어지고 있었다. 그래도 안토니아는 내가 그녀를 찾아갈 때마다 자꾸만 내게 프레디의 소식을 물었다.

　그렇게 시간이 흘러갔다. 그리고 최근, 프레디와 연락이 닿았다. 아이러니하게도, SNS를 통해서였다. 프레디가 내게 말을 걸어왔다. 프레디라고, 몬타냐 당신 친구 프레디라고. 2003년에 연

락이 끊겼으니 꼬박 20년 만이었다. 처음 도냐 베르타의 커피밭에서 만났을 때 먼저 내밀어 준 그의 손이 생각났다. 커피진에 늘 켜켜이 찌들어 있던 그의 손이 생각났다. 고향에 두고 온 아이들에게 줄 구두를 사와서 양손에 그것을 들고 온 세상 다 가진 것처럼 행복해하던 그의 얼굴, 아니 손이 생각났다. 니카라과 고향마을에서 내가 찍어다 준 아이들 사진을 셔츠 주머니에 넣으며 가늘게 떨리던 그의 손이 생각났다.

SNS 프로필 사진 속의 그는 늙어 있었다. 안토니아가 봤다던 그 온두라스 여자와 딸 세일링이 봤다던 그 집을 나도 오래도록 들여다봤다. 얼핏 봐도 궁색하지 않은 살림이었다. 미국이니까, 그리고 천성이 부지런한 사람이니까, 게다가 사교성이 좋은 사람이니까 미국에서 살았던 지난 20년 동안 이 정도의 기반은 충분히 닦았을 것이다. 그가 계속하여 '몬타냐, 당신의 친구 프레디'라고, 말을 걸어왔지만 나는 쉽게 대답하지 못했다. 그에게 문자가 올 때마다 그의 사진을 들여다보고 그곳에 드러난 그의 삶을 엿볼 뿐, 답을 하지 못했다.

그러던 중 프레디가 내게 직접 전화를 걸어왔다. 크리스마스 즈음이었다. 전화를 받았다. 지난 시간의 삶을 한꺼번에 다 쏟아낼 수가 없었을 테니, 이야기들은 차분하게 이어지지 못하고 툭툭 튀어 자꾸만 다른 곳으로 흘러갔다. 감옥에 갔었다고, 그래서 돈을 보내지 못했다고, 감옥에서 나와 노숙자가 됐었다고, 그러다 겨우 지금의 자리에 왔다고.

나는 프레디에게 혹시 니카라과로 다시 돌아올 생각이 있는지 물었다. 그럴 수 없다는 답이 돌아왔다. 니카라과 산디니스타 정부 시절 그는 자신도 모르게 콘트라 반군이 되었다고 했다. 그래서 미국에서 정치적 망명을 신청할 수 있었다고도 했다. 대신 니카라과로 돌아갈 수 있는 길은 영영 사라졌다고 했다. 그는 그간 내가 알지 못했던 말들을 이어갔다.

　그는 오래도록 자신의 감옥 생활과 노숙자로 살아가던 시간에 대해 이야기했다. 직접 말하지는 않았지만, 그의 장황한 설명 속에 그간 왜 그가 남겨두고 떠난 가족들에게 연락하지 못했는지에 대한 사연과 그에 대한 미안함 혹은 아쉬움을 드러내고 싶어하는 것 같았다. 어쩌면, 미국에서 살아온 그의 삶 또한 아픔이 없지 않았을 것이다. 그럼에도 그의 아픔이 그간 이곳에 남겨진 딸 세일링과 아들 디에고의 시간 속에 켜켜이 쌓인 그 아픔과 같진 않을 것 같다는 생각을 한다. 프레디와의 통화는 계속해서 이어졌지만, 우리의 대화는 계속해서 겉돌았다. 하긴, 그러기도 할 것이, 아무리 친구라지만 너무 많은 시간 서로 연락이 없었다.

　프레디는 말했다. 하루에 몇 백 달러는 쉽게 벌 수 있다고, 지금 살고 있는 집의 대출금도 모두 갚았다고, 그러니 언제든 자신을 찾아오라고, 일자리를 주선하겠다고. 그렇게 프레디는 계속하여 파편 같은 말들을 쏟아냈다. 그 말을 끊을 요량으로 '프레디, 당신 올해 몇 살이오?'라고 물었더니 '몬타냐, 그 사실을 잊었소? 당신과 내가 동갑이란 걸 그새 잊었소?'라고 반문한다.

프레디가 한때 도냐 베르타의 커피밭에서 커피 따고 살던 시절을 아주 잊었는가 싶었는데, 그렇진 않은 모양이다. 그러고 보니 그는 그 시절의 많은 것들을 기억하고 있었다. 도냐 베르타의 축사에 숨어 주인 몰래 방죽 안 고기를 잡던 일, 온 몸을 벌들에 쏘여 가며 꿀을 따던 일, 그리고 나와 헤어지던 날 내가 벗어 준 스웨터와 행운의 상징으로 준 조잡한 볼펜 한 자루를 여전히 기억하고 있었다.

2003년, 프레디가 미국으로 들어간 뒤 내게 연락을 해왔을 때 그는 늘 나에게 마이애미 인터내셔널 에어포트까지만 오면 자기가 마중을 나오겠노라 했다. 자기가 사는 곳에서 가깝다고, 그러니 그곳까지만 오면 자기가 쏜살같이 달려오겠노라 했다. 영어를 전혀 하지 못했지만 '마이애미 인터내셔널 에어포트'만큼은 굳이 영어로 말하면서 방점을 찍었다. 그 말이 마치 자기가 미국에 있음을 증명해 줄 것이라고 생각하는 것 같았다. 그리고 얼마 후 미국에 들어간 그와 연락이 끊어졌다. 혹시나 싶어 나는 그가 사는 곳으로부터 가깝다고 했던 마이애미 국제공항을 찾아가 본 적이 있다. 미국이라는 곳이 사람 이름을 물어 찾을 만한 곳이 아니니 못 만날 것이 뻔했지만, 언젠가 프레디를 만나면 그 말을 해주고 싶어서였다.

'프레디, 내가 당신을 찾아서 마이애미 인터내셔널 에어포트까지 갔었던 사실을 아오?'.

20년이란 시간이 흘러, 다시 프레디와 연락이 되었지만, 나는 전화 말미에 그 말을 하지 않았다. 어쩌면 내 마음엔 여전히 세일링의 삶에 밴 아픔이 프레디를 만난 반가움보다 크게 남아 있는 모양이다. 언젠가 세일링의 삶이 조금 더 평화로워진다면, 여전히 '마이애미 인터내셔널 에어포트' 가까이 산다는 그를 한번 찾아가 봐야겠다. 오랜 시간 불법 이주자로 살아온, 그리고 여전히 이방인으로 살아가는 그도 뭔가 할 말이 있을 것이다. 고향에 두고 온 가족과 연락을 끊고 살아온 그의 이야기 또한 들어 봐야 할 것 같다. 그래야 이들 가족의 이 지난한 슬픔과 아픔의 퍼즐이 맞춰지지 않겠는가 싶어서 말이다.

전화를 끊고 프레디와 안토니아의, 그리고 세일링과 디에고의 지난 20년에 대해 생각했다. 많지도 않은 딱 네 명의 가족이 서로 다른 곳에서 서로 너무 다른 삶을 살아간다. 이제 이들이 더 이상 가족일 수 없지만, 그래도 이들이 한때 가족이었음을 나는 기억한다. 그리고 그들이 고향 마을에 남겨두고 온 그들의 집과 그 집 뒷마당에 있는 우물 또한 한때 이들이 서로 아끼고 사랑하며 가족으로 살았던 시절을 기억할 것이다. 그리고 한 때 이들이 '분명한' 가족이었음을 증명할 것이다.

프레디와 안토니아, 세일링과 디에고. 오래전부터 각자의 삶을 살아왔듯이 이들은 앞으로도 각자 자기 앞에 놓인 생을 살아갈 것이다. 더 이상 가족이지 못한 채, 그러나 그들이 한때 가족이었기에 나눠 가질 수밖에 없는 공통 분모, '슬픔'을 안은 채.

여전히 커피와 닿아 있는 사람들, 그리고 삶

2023년 10월 16일. 낯선 이로부터 전화가 걸려 왔다. 받지 않을 것이라 마음먹는 와중에 전화가 끊기더니 이내 다시 걸려 왔다. 그렇게 여러 번 끊겼다 다시 걸려 오길 반복했다. 아무래도 누군 가의 급한 용건일 것이란 생각이 들었다. 전화를 받았다.

"산티아고가 죽었어요"

전화를 걸어온 이는 코스타리카 푸에르토 히메네스에서 안토 니아가 가사도우미로 일하는 집 주인이었다. 새벽에 일을 나간 산티아고가 오전 9시쯤 죽었다고 했다. 그가 일하던 농장에서, 그 농장의 지붕에서, 떨어져 죽었다고 했다. 아무런 안전 장치도 갖추지 못한 채 지붕을 수리하러 올라갔다가 그곳에서 미끄러졌 다고 했다. 너무 외진 곳이라 시신이 마을에 있는 보건소로 수습

되어 오기까지 한나절이 걸렸다고, 그곳에서 다시 오늘 밤중으로 도시 병원으로 옮겨질 것이라고, 내게 말을 전했다. 소식을 전하는 말이 너무 사무적이고 건조하여 혹시 보이스피싱이 아닐까 하는 생각이 들었다.

안토니아와 통화를 시도했지만 연락이 닿지 않았다. 어쩔 수 없이 다시 조금 전 산티아고의 죽음 소식을 알려 준 안토니아의 일터 주인에게 전화를 걸었다. 그녀에게 다시 자세한 정황을 물었다. 하지만, 그녀 역시 자세한 것을 알지 못하는 것인지 아니면 산티아고의 죽음이 그렇게 뻔하고 간결했는지, 여전히 돌아오는 답은 '농장 지붕에서 떨어져 죽었다'는 말뿐이었다.

늦은 밤 안토니아에게서 연락이 왔다. 딸, 나쟈라가 내년에 중학교에 가는데, 그래서 공책도 사고 가방도 사야 하는데 어떻게 하느냐라며 엉엉 울었다. 시신은 배에 실려 바다 건너 도시 골피토Golfito로 갔다고 했다. 그곳에서 무슨 검사를 다시 받는다는데, 그녀 역시 남편이 죽었다는 사실 외에 자세히 알고 있는 것이 없었다. 안토니아 한 얘기는 사망진단에 관한 일인 듯했다.

다음날 아침에 전화를 걸었을 때, 산티아고의 시신은 여전히 안토니아에게 인도되지 않았고, 장례 절차조차 시작되지 못하고 있었다. 전날 밤 연락을 받은 안토니아의 딸 세일링이 두 아이를 데리고 푸에르토 히메네스로 오고 있다고 했다. 다행히 안토니아가 일하는 주인집에서 장례 절차를 돕는다고 했다.

산티아고의 시신은 그날 오후 늦게야 다시 배에 실려 푸에르

에필로그 여전히 커피와 닿아 있는 사람들, 그리고 삶

토 히메네스로 돌아왔다. 그리고 그다음 날 아침 일찍 마을 공동 묘지에 안장되었다. 내가 직접 가보지 못했으니 알 수 없으나, 별도의 장례 절차 없이 매장된 것 같았다.

산티아고도 나와 동갑이었다. 그의 아버지가 커피 값이 한참 좋던 시절 커피 파이오니어 대열에 합류하는 바람에 산호세 인근에서 태어났다는 산티아고는 한 살이 채 되기 전 부모님 품에 안겨 코스타리카의 커피 생산지 중 최남단이라 할 수 있는 산 비토San Vito로 이주했다. 그런데 그의 아버지는 그곳에서도 땅을 얻지 못했다. 그 와중에 아내를 잃었다. 땅을 얻지도 못한 채 아내를 잃은 아버지가 아들 형제를 데리고 남으로 남으로 내려오다 정착한 곳이 푸에르토 히메네스였다. 땅의 끝, 더 이상 갈 곳이 없는 곳이었다

아버지와 동생이 함께 내려왔는데 결국 이곳에서도 아버지는 땅을 한 평도 얻지 못한 채 세상을 떠났다. 물론, 산티아고도 사고가 나던 그날까지 단 한 평의 땅을 가져 본 적이 없었다. 주인이 없는 뻘을 매워 조성된 빈민가에 판자로 엮은 집 한 채를 가지고 살았고, 자기 땅 아님을 뻔히 알면서도 그 위에 브로크 벽돌을 쌓고 함석을 얹어 만든 집 한 칸을 남기고 삶을 마감했다.

전 부인과의 사이에서 낳은 딸이 한 명 있었고, 전 부인이 다른 남자와의 사이에서 낳은 아들이 한 명 있었다. 산티아고는 그 아들을 자신의 아들로 거뒀다. 그리고 늦게 만난 아내 안토니아와의 사이에 딸 하나를 둬, 세 명의 자식을 남겨둔 채 50여 년의 삶

을 마감했다. 술과 담배를 일절 입에 대지 않았고 시간이 날 때마다 더듬더듬 성경을 읽던 모습을 여러 번 본 적이 있다. 내가 그의 집을 찾을 때마다 그것이 뭐든 아주 작은 것 하나라도 꼭 내게 선물을 건넸다. 말수는 적었지만, 신실한 사람이었다. 지난 봄 그는 그의 집을 떠나는 내게 배 하나와 음료수 한 병을 건넸다. 캄캄한 밤 쏟아지는 비를 뚫고 자전거를 타고 나가 사온 것이었다.

그가 죽었다는 소식을 들었을 때, 십수 년 전 기예르모의 사고가 겹쳐졌다. 둘 다 어떤 안전 장치도 갖추지 못한 채 일을 하다 사고를 당했다. 수차례 목숨을 건 대수술 끝에 기예르모는 목숨을 건졌지만, 산티아고는 그러지 못했다. 기예르모는 평생 안고 가야 할 장애를 입은 채 이 나라 장애인 연금에 기대 살아가고 있고, 산티아고는 땅 한 평을 얻고자 흘러흘러 들어온 이곳 오지 항구 마을 공동묘지 한편에 묻혔다.

다치기 전 기예르모의 옷이 늘 땀에 절어 있었듯, 산티아고도 죽기 직전까지 옷이 땀에 절어 있었을 것이다. 내가 마지막 본 산티아고도 땀으로 흠뻑 젖은 셔츠를 입고 있었다. 셔츠가 온전히 받아 내지 못한 땀이 흘러내려 바지까지 흥건히 젖은 채였다. 푸에르토 히메네스를 떠나오는 나를 배웅하려고 당일 조퇴를 하고 버스 터미널에 나왔던 산티아고. 내가 타고 갈 버스의 기사에게 몇 번이나 머리를 조아려 가며 나를 잘 봐 달라고 부탁하던 그 모습이 내가 본 그의 마지막 모습이 되어 버렸다.

버스에 오르기 전, 그곳에서 우리는 사진을 찍었다. 생각해 보

에필로그 여전히 커피와 닿아 있는 사람들, 그리고 삶

니 그와 내가 찍은 처음이자 마지막 사진이었다. 여러 해 그곳을 찾았지만, 굳이 조퇴를 하고 터미널까지 그가 나를 배웅 나온 것 또한 처음이자 마지막이었다. 그가 죽었다는 소식을 들었을 때, 그날 조퇴를 하기 위해 누군가에게 머리를 조아리며 사정했을 모습이 생각 나 마음이 아팠다.

산티아고가 세상을 떠난 뒤, 가끔 안토니아와 연락을 취한다. 아빠가 졸업식에 올 수 없게 되었다며 울던 산티아고의 딸은 중학교에 들어갔고 산티아고의 보험 처리는 아직 온전히 이루어지지 않았다. 그녀의 코스타리카 국적 취득은 여전히 답보 상태인 듯하다. 그래도 다행인 것은 그녀 스스로 세상에 진 싸움꾼이라 칭하던 아들 디에고가 다시 마음을 잡고 코스타리카 어느 바닷가 마을에서 건축 노동자로 일하며 살아가고 있다는 소식이었다. 생사 여부조차 전하지 않은 채 살아가던 시절에 비한다면 훨씬 좋아진 일이다. 의붓아버지였지만 산티아고의 죽음이 남기고 간 선물인지도 모르겠다.

어쩌다 보니, 시간이 이렇게 흘렀다. 늘 망망대해에 표류하는 것 같았는데 그래도 시간의 흐름이 주는 위안이 있다. 그간 길 위에서 숱한 프레디를, 숱한 안토니아를, 숱한 도냐 베르타와 엘레나, 기예르모를 만났다. 커피밭에서 만났던 그들의 삶은 늘 어딘가 서로 닮아 있다. 그들 대부분은 가난했다. 그리고 많은 시간이 흐른 뒤에도 그들은 여전히 가난하다. 한 세대가 가고 나면 조금 괜찮아질까 싶었는데, 그마저 어려워 보인다.

지난 23년간, 기왕 망망대해에 표류하기로 맘먹었으니 방향을 잃어도 혹은 동력을 잃어도 느긋하게 마음먹자 했는데, 가끔 정신이 번쩍 든다. 이렇게 마냥 흘러가도 되는 것인가? 조금 더 자주 그들을 찾아가고 조금 더 자주 그들의 목소리를 들어야 하지 않을까? 그렇게 그들의 삶을 자꾸자꾸 이 세상 밖으로 드러내야 하지 않을까 싶다. 그런데 글을 쓰다 보니 그들 삶의 아프고 시린 부분이 자꾸만 도드라진다. 하여 막상 글을 이 세상에 내놓으려니 혹시 나의 글마저 그들의 가난에 대해 어떤 선입견이나 고정관념을 더하는 것이 아닐까 하는 걱정이 없지 않다.

그럼에도 내가 이 글을 쓰는 이유는 이 세상 커피밭 어딘가에는 여전히 숱한 프레디와 안토니아, 엘레나와 기예르모, 파니 선생과 로사 가족 들이 살고 있음을 말하기 위함이다. 또한 그들의 목소리를 듣고 그 목소리를 세상에 들려주기 위함이며, 이 세상에서 우리가 마시는 한 잔의 커피 안에 그들의 쓰디쓴 삶이 눅진하게 녹아 있음을 말하기 위함이기도 하다.

프레디도 안토니아도 엘레나도 기예르모도 이제 더 이상 커피밭에 있지 않지만 그들의 삶 한자락은 여전히 이 세상의 커피와 닿아 있음이 분명하다. 그들이 현재 살아가는 삶이 그들의 과거로부터 자유로울 수 없기 때문이다. 이 말은 지금 그들의 삶 가운데 담긴 땀과 눈물, 웃음과 환희, 외로움과 슬픔이 이 세상의 커피로부터 온전히 자유로울 수 없으며 또한 커피를 마시고 사는 이들 역시 그들의 삶으로부터 자유로울 수 없다는 말이기도 하다.

이 세상에서 커피를 따는 이들의 삶과 이 세상에서 커피를 마시는 이들의 삶이 조금 더 가까워지기를 바라는 마음으로 글을 쓰고 맺는다.

커피밭 사람들, 그 후 20년 —커피의 쓴맛이 시작되는 곳의 삶에 대하여

초판1쇄 펴냄 2024년 10월 21일

지은이 림수진
펴낸이 유재건
펴낸곳 (주)그린비출판사
주소 서울시 마포구 와우산로 180, 4층
대표전화 02-702-2717 | **팩스** 02-703-0272
홈페이지 www.greenbee.co.kr
원고투고 및 문의 editor@greenbee.co.kr

편집 이진희, 구세주, 민승환, 성채현 | **디자인** 이은솔, 박예은
물류유통 류경희 | **경영관리** 이선희

독자의 학문사변행學問思辨行을 돕는 든든한 가이드 _(주)그린비출판사